JE SUIS L'ARGILE

Titre original : I AM THE CLAY

CHAÏM POTOK

JE SUIS L'ARGILE

Traduit de l'américain par Élie Robert-Nicoud

JCLattès

DU MÊME AUTEUR :

Je m'appelle Asher Lev, Buchet Chastel, 1973.
Le Livre des lumières, Buchet Chastel, 1984.
Au commencement, Buchet Chastel, 1985.
La Promesse, Buchet Chastel, 1985.
La Harpe de Davida, Buchet Chastel, 1986.
L'Élu, 10/18, 1992.

A Phil Muysson
dont la confiance indéfectible et les encouragements sont à l'origine de ce livre.

A Adena qui fut la première à le lire.

Plusieurs personnes m'ont apporté une aide précieuse dans les recherches nécessaires à ce livre : Millicent et Mario Materassi de Florence, Italie, James Stovall de Havertown, Pennsylvanie, et Kyung-Ae Lim de Séoul, Corée, je tiens à leur exprimer ma profonde gratitude.

Chaïm POTOK.

Il n'y a pas de soleil sans ombre,
et il faut connaître la nuit.

Albert CAMUS.

I

1

C'était la fin : l'armée battait en retraite et les Chinois avec l'armée du Nord déferlaient sur le Sud. Alors, un vieil homme et sa femme s'enfuirent de leur village dans les montagnes et dans la panique générale rejoignirent les foules de l'exode le long de la grande route de Séoul. A un certain moment, pour éviter une colonne de tanks et de Jeeps américains, ils glissèrent avec d'autres réfugiés dans le contrebas de la route. Là, ils rencontrèrent le garçon.

Le vieil homme lui lança un regard; il était couvert de sang, il respirait à peine, allongé sur le dos, inconscient, dans la neige au fond du fossé. Il détourna les yeux avec indifférence.

Deux avions de chasse passèrent au-dessus d'eux à basse altitude. Dans le fracas métallique des tanks, les trépidations du terrain, la terre meuble de chaque côté du fossé tomba en pluie sur le vieil homme, la femme et l'enfant.

Le vieil homme pensa : ce fossé sera mon tombeau. Sans plus.

Des obus explosaient à proximité. L'air s'emplit d'une odeur de cordite. Quelque chose de froid et d'humide tomba sur le visage du vieillard, il fit un geste pour s'en débarrasser et vit que c'était une main. Il crut que c'était la main d'un corps déchiqueté et sentit des frissons lui parcourir la peau. Mais c'était la main du garçon. Allongé sur le dos au fond du fossé, la tête enfoncée dans la neige jusqu'aux oreilles, le garçon venait d'ouvrir les yeux, à demi conscient.

Le vieil homme regarda longtemps dans les yeux sombres, perdus et implorants du garçon, puis il adressa quelques paroles à sa femme.

Elle ouvrit la chemise du garçon et observa la blessure : un éclat d'obus, juste sous la clavicule droite. Le métal brillait d'un sombre éclat. Du sang s'égouttait de la blessure. Une des écailles du dragon de la mort. Enlève-le.

Le dernier tank avait disparu. Les fantassins coréens et américains leur succédaient maintenant sur la route. Les réfugiés commençaient à sortir du fossé : citadins, paysans, villageois venus des vallées du Nord, avec tout ce qu'ils possédaient sur leurs épaules, ou dans des balluchons posés sur la tête ou dans des charrettes. Des nouveau-nés sur le dos d'enfants plus âgés. Des vieilles femmes sur les épaules d'hommes mûrs. Tous sales et terrifiés.

Deux chariots avaient été renversés par les blindés et quelques hommes s'employaient à les tirer hors du fossé. Un bœuf mort y était affalé, attelé à la charrette détruite. L'haleine s'échappait encore de sa bouche et la chair était fumante entre ses cuisses. Le vieil homme ne voyait pas de blessure. On l'avait tué, mais comment ? Le cœur avait brusquement cessé de battre ? Il avait déjà vu ça. Un bœuf qui labourait puis, qui, tout d'un coup, s'était mis à trébucher et s'était effondré sur les sillons. Mort en une minute. C'est comme ça, on n'y peut rien.

Le vieil homme se hissa hors du fossé. Leur charrette était toujours au bord de la route. Comme ils l'avaient laissée. L'air vif et lumineux du matin était traversé de rafales de vent glacé.

La femme resta dans le fossé à côté du garçon. L'homme jeta un regard circulaire. La route, encore gelée l'instant auparavant, n'était plus que cette poudre de glace laissée par les chenilles des blindés. Un nuage de poussière jaune faisait comme un brouillard. De chaque côté s'élevaient des champs en terrasse bordés des herbes sauvages de l'hiver et des hautes collines. On n'entendait plus rien d'humain sur cette route. Seuls parvenaient les crissements du cuir et le claquement du métal des bottes des soldats, le grincement des charrettes et, de temps à autre, le mugissement d'un bœuf.

Le vieil homme se retourna impatiemment et appela la femme, mais elle ne bougeait toujours pas. Le fossé était profond et vide, il ne restait que la femme, le garçon et le bœuf roux, mort, encore attaché à la charrette brisée.

Il appela à nouveau la femme. Elle regarda d'un côté puis de l'autre du fossé vide, puis leva les yeux vers son mari. Elle lui montra le garçon d'un geste de la main, il avait à nouveau perdu conscience, et il était maintenant couché la tête sur les genoux de la femme.

L'homme vit que sa jupe était tachée du sang du garçon et il se mit à crier après elle, mais ses paroles furent couvertes par le bruit saccadé de deux hélicoptères venant du sud et qui volaient si bas que l'homme pouvait voir les visages pâles des pilotes casqués à l'intérieur. Il se boucha les oreilles. Il sentait l'air vibrer dans sa gorge et dans sa tête. Quand il regarda à nouveau, il vit sa femme qui essayait de sortir du fossé en tenant le garçon dans les bras.

Toujours en colère, il prit le garçon, et il fut si surpris par la légèreté de ce corps qu'il faillit en perdre l'équilibre. Un oiseau ! Il le posa sur la pile de couvertures dans la charrette. La femme parvint à sortir toute seule du fossé. Il songea à prendre un morceau de viande sur le bœuf mort. Il allait bientôt être dépecé, pourquoi ne pas en prendre un peu ? Peut-être juste une cuisse. Mais la femme, elle, lui parlait du garçon.

Il regarda le bœuf mort. Deux hommes étaient déjà en train de le découper. On l'avait abandonné, pourquoi ? C'était une bête malade ? Mais on brûle le mal en cuisant la viande sur le feu. Abandonner comme ça un bœuf mort. Avec cette guerre les gens étaient devenus fous.

Le garçon était couché dans la charrette sur les couvertures. La femme se tenait juste à côté, elle nettoyait son visage de la boue du fossé, et regardait le métal qui s'était logé dans sa poitrine. La blessure paraissait profonde, la plaie s'était enflammée. Elle se rappela que le charpentier avait dit que de telles blessures devaient être montrées immédiatement à quelqu'un qui connaît la médecine. Elle se pencha pardessus le rebord de la charrette et essaya d'étancher le sang avec un bout de tissu arraché à sa jupe.

Le vieil homme prit les brancards de la charrette et alla se joindre à la file des réfugiés. Sans quitter des yeux le garçon, la femme marchait à côté de la charrette.

Comme ils passaient devant le cadavre du bœuf, le vieil homme vit que cinq hommes étaient maintenant en train de le découper. A cause de ce garçon, il ne pouvait pas en prendre du tout. Son propre bœuf, il ne l'avait pas emporté, parce qu'il craignait de ne pouvoir le nourrir pendant la fuite. Il l'avait laissé dans l'étable avec un sac de grain ouvert. Il ne pensait pas qu'il vivrait longtemps ou que leur village survivrait à cette attaque. On disait que les Chinois pillaient tout sur leur passage et qu'ils brûlaient ce qu'ils ne pouvaient emporter. Dans leur hâte à fuir le village, sa femme et lui n'avaient pris que des couvertures et deux vieux matelas et la boîte avec le papier blanc qui était l'esprit de son père et juste assez de nourriture pour tenir quelques jours.

Après un tournant ils passèrent devant un vieillard gisant sur le dos. Ses yeux et sa bouche n'étaient plus que des trous noirs. Devait être mort depuis longtemps. La file des hommes, des femmes et des enfants le dépassaient imperturbables.

Le vieil homme avançait comme s'il avait été harnaché à la charrette. Ils emmèneraient le garçon dans un hôpital quelque part, ou dans un orphelinat, puis ils continueraient. Mais il mourrait sans doute avant. Dans ce cas, ils le laisseraient sur le côté de la route. Le pays était plein d'orphelins. Ils écumaient les collines et les vallées comme des hordes de chiens sauvages, à voler, piller, détruire. Cette vieille têtue! Pourquoi se mettre sur le dos maintenant, en plus de tous leurs fardeaux, ce garçon qu'ils n'avaient jamais vu?

La femme marchait à côté de la charrette, sentant à travers le tissu qu'elle tenait contre la plaie du garçon l'humidité tiède du sang qui continuait de couler. Le garçon était presque inconscient, il brûlait de fièvre. Et quand il se mit à trembler, elle déchira d'autres morceaux de tissu de sa jupe et lui en enveloppa la poitrine. Il se raidit quand elle l'obligea à bouger mais il ne poussa pas un cri. Puis elle remonta la couverture sur lui. Elle s'adressa brièvement et en silence à l'esprit de sa mère, morte depuis longtemps, puis à l'esprit du chêne feuillu près de la véranda de sa maison dans le village de son enfance, puis à l'esprit du seul enfant qu'elle eut jamais porté, mort dans sa première année. Elle dessinait dans l'air, juste au-dessus du garçon, de longs traits horizontaux et verticaux comme sa mère le lui avait appris pour éloigner les démons de la mort.

Le vieil homme tirait sur les brancards de la charrette, il entendait au loin le grondement des pièces d'artillerie et il essayait de ne penser qu'à l'endroit où il poserait le pied, tandis qu'il avançait sur cette route abîmée et poussiéreuse. Les Jeeps, les camions et les ambulances étaient agglutinés au milieu. D'un côté, il y avait les réfugiés qui fuyaient vers le sud ; de l'autre, des fantassins qui remontaient vers le nord en colonne par deux. Les troupes sur les sentiers, à travers les champs gelés formaient de fines lignes mouvantes sur toute la vallée.

Deux corsaires approchaient venant du sud à environ cent cinquante mètres au-dessus du sol. Ils suivirent les reliefs de la vallée, disparurent derrière les crêtes de la plus proche chaîne de collines, puis réapparurent de l'autre côté comme s'ils avaient été lancés par des catapultes.

Le vieil homme se tourna vers sa femme juste à temps pour la voir s'éloigner de la charrette et se mettre en travers du chemin d'une ambulance.

Il la regarda, paralysé par son propre étonnement.

Tout autour de lui, il entendait des cris. Il lâcha les brancards de la charrette.

La femme se tenait toujours au milieu de la route. Comme l'ambulance passait devant lui, le vieil homme aperçut le visage stupéfait du conducteur coréen à travers les vitres fermées du véhicule. Il retrouva sa voix et cria à la femme de faire attention. L'ambulance s'arrêta net provoquant un tourbillon de graviers et de poussière.

Il y eut un moment de silence. Derrière l'ambulance, la longue file des véhicules marqua une halte.

Le conducteur baissa sa vitre et sortit la tête.

– Tu es folle ? Tu veux aller nourrir les vers ?

La vieille femme lui montra le garçon dans la charrette.

– Il est blessé. Très grave.

– Pousse-toi de là grand-mère ou je te passe dessus, hurla le conducteur.

Derrière lui, on criait, on klaxonnait, un officier américain descendit de sa Jeep et courut vers eux le long de la colonne de véhicules arrêtés.

– Un enfant, implora la femme. Un garçon. Blessé.

Le vieil homme s'approcha d'elle et la saisit par le bras. Elle se libéra.

Le conducteur rentra la tête dans son ambulance et tendit le bras : il tenait un paquet emballé dans du papier brun qu'il jeta dans la direction de la femme en lui criant quelques instructions, puis il remonta la vitre. Le vieil homme et sa femme se tenaient sur le côté de la route, il regardèrent l'ambulance partir. La femme sentit l'immense croix rouge qui l'effleurait comme un esprit bienveillant et elle traça des lignes horizontales et verticales dans l'air, de la main qui tenait le paquet.

Le vieil homme l'observait. Elle était en train d'ouvrir le paquet. Derrière eux, les gens criaient. Il reprit les brancards et poussa la charrette sur le bord de la route, en dehors du passage. La colonne des réfugiés se remit en marche.

La femme sortit les pansements du paquet. Il y avait aussi un petit sachet de poudre blanche. Elle commença par enlever une à une les étoffes ensanglantées qui s'étaient collées à la plaie du garçon. Le sang s'était coagulé. Elle tira doucement sur le tissu. Le garçon ouvrit un instant les yeux et poussa un gémissement. Elle vida le sachet de poudre sur la blessure et vit les pupilles disparaître sous la paupière. Elle pansa la blessure et remonta la couverture sur ses épaules.

Le vieil homme l'observait. On entendait les grondements de l'artillerie, là-bas, dans la vallée. Deux avions de chasse argentés tournoyaient au-dessus d'une lointaine colline d'où montaient d'épaisses volutes de fumée noire. La terre sacrée était en feu.

Le vieil homme qui pressentait toujours le moment où ce qui était vivant amorçait sa descente vers la mort savait que le garçon allait mourir. Il pensa qu'ils seraient débarrassés de lui à l'aube prochaine. Cette nuit encore, une portion de leur riz irait au garçon. Sa femme allait l'exiger. Quel gaspillage de précieuse nourriture.

Il alla se placer dans la file des réfugiés, serrant les mains sur les brancards de la charrette, ressentant dans ses épaules, ses bras et son dos les blessures que les engins de guerre des étrangers avaient infligées à la route. Les démons de la mort avaient labouré cette terre. Et le garçon n'était qu'une mort insignifiante parmi toutes les autres.

Derrière lui, à quelques pas, la femme marchait à côté de la charrette. Une fois, elle s'arrêta pour recueillir entre ses mains de la neige qu'elle prit dans le fossé, et elle en frotta le visage fiévreux du garçon. Le garçon entrouvrit les yeux, à demi inconscient, et appela sa mère, et la vieille femme sentit son cœur qui battait plus vite. Souvenir d'un gouffre glacial, comme un puits sans eau où seuls peuvent vivre le silence, l'obscurité et les démons. Comme la neige fondait rapidement ! Ruissellements le long de ses yeux fermés, son nez délicat, et cette petite bouche bien dessinée. De quel village est-il ? Neuf ou dix ans. Oh, mon arbre sacré, caresse-le de ton esprit guérisseur comme tu l'as fait pour moi quand j'étais une enfant, quand je suis tombée d'un de tes membres et me cassai un os de la main, le docteur du village était venu, il m'avait pansée. Et je m'étais assise dans ton ombre, tu m'avais murmuré *Arirang, O Arirang, le col d'Arirang est long et difficile à franchir, mais tu parviendras jusqu'au sommet, où le soleil brillera toujours,* et le vieux docteur s'était étonné de voir que ma main avait guéri si vite. Elle ramassa encore un peu de neige sur la route et elle l'appliqua de nouveau sur le front brûlant, et le garçon appela sa mère une fois encore avant de s'évanouir.

La colonne de tanks, de camions, de Jeeps et de soldats s'étendait devant les yeux du vieil homme jusqu'à l'infini. Même une armée de démons n'aurait pu vaincre tant d'hommes et de machines. Nous retournerons bientôt au village. Avant que la femme n'en trouve encore un autre avec qui partager notre nourriture. Avant de commencer à crever de faim.

Il continuait d'avancer péniblement, tirant la charrette. De temps à autre, quand la route devenait tortueuse, la femme se plaçait derrière la charrette pour pousser. Il sentait sa présence à travers les brancards entre ses mains : une vieille femme, mais encore forte. Assez forte pour tout, sauf lui donner des enfants. Ils resteraient toujours sous le poids d'une honte irréductible. Il retrouva ce sentiment d'obscurité et de déshonneur des réveils, au petit matin, dans une maison sans enfants et il fixa son regard sur ses pieds qui progressaient sur la route, un pas après l'autre, un pas après l'autre.

Vers la fin de l'après-midi, ils atteignirent les abords de la ville. Les champs et les rizières s'arrêtaient là. Il y avait des maisons de chaque côté de la route. De la route encombrée de lignes électriques coupées et des débris de murs détruits.

La femme n'était jamais allée à Séoul et elle regardait tout autour d'elle avec étonnement, les larges rues pavées et les grands bâtiments de pierre. Le vieil homme était déjà venu une fois, quand il avait hérité des parcelles de terre à la mort de son père, et que l'administrateur de la ville l'avait envoyé à Séoul pour des raisons qui lui étaient restées obscures, et qu'il avait apporté ses papiers dans le bureau d'un employé méprisant en costume occidental noir, les cheveux gominés, des chaussures noires pointues, qui l'avait fait attendre pendant des jours à la porte de son bureau, avant qu'il ne comprenne qu'il allait avoir besoin de plus d'argent que d'habitude pour obtenir son attention. Homme arrogant, méprisant. Sangsue.

Il remarqua que les fantassins et les véhicules militaires étaient maintenant moins nombreux sur la route.

Il était couvert de sueur sous sa veste bleue molletonnée. Ses mains, ses épaules, son dos tremblaient de fatigue et de douleur. Il sentait le sang battre dans les veines de son cou et dans sa tête.

Certains réfugiés quittaient la route principale pour disparaître dans les rues adjacentes.

Il entendit la voix de sa femme, se tourna vers elle et vit qu'elle parlait avec une jeune fille dans l'embrasure d'une porte devant une maison aux fenêtres brisées et aux murs détruits. La jeune femme désignait la route d'un geste de la main. Elle demanda d'où ils venaient, et la vieille femme dit qu'ils étaient d'un village au-delà de Dongduchon. La jeune femme lui dit que ses parents, deux de ses oncles et sa grand-mère vivaient à Dongduchon, et demanda si les Chinois étaient maintenant près de là, et la vieille femme dit qu'un des fils du charpentier avait vu des soldats chinois dans les collines, juste au nord du village. La jeune femme étouffa un cri et rentra en courant dans la maison.

La vieille femme se retourna vers son mari.

– Nous irons à la rivière.

– Qu'y a-t-il à la rivière ?

– Peut-être un docteur pour le garçon.

Le vieil homme regarda le garçon. Il était parfaitement immobile sous les couvertures qu'elle avait accumulées sur lui. La neige glacée, les couvertures chaudes. Où avait-elle appris ces choses-là ? Vieille folle têtue. Même dans sa vieillesse, elle continuait à l'étonner.

Il reprit les brancards de la charrette et marcha, suivant la colonne de réfugiés à travers les débris amoncelés en travers de la grande rue. Une petite fille au visage sale était assise seule sur des décombres, elle pleurait. Il se tourna vers sa femme et la prévint, par un regard froid et menaçant, qu'il fallait laisser cette enfant. Des cadavres gisaient ici et là de chaque côté de la route. L'air était chargé d'odeurs sombres et fétides : de terre déchirée, de maisons détruites, d'égouts éventrés, de chairs pourrissantes. Des chiens affamés erraient çà et là et il songea qu'il pourrait peut-être en attraper un mais il ne lui restait plus de force après toute une journée à tirer la charrette.

Un peu plus tard, à travers le crépuscule hivernal, il aperçut l'éclat terne du fleuve gelé.

Les berges de la rivière couvertes d'une boue lisse descendaient en pente depuis les maisons grêlées par les éclats d'obus, la peau brune qu'avait formée la boue n'était plus qu'une couche de glace comme dans la toundra. Une foule silencieuse s'était réfugiée pêle-mêle dans des huttes de tôle ondulée et autour de barils d'essence abandonnés dans lesquels brûlait du bois volé. Les flammes se nourrissaient de l'air qu'elles respiraient à travers les trous pratiqués sur le couvercle du baril et rugissaient dans l'obscurité en s'élançant vers le ciel, éclairant la surface gelée du fleuve de motifs rougeoyants, dansants, cuivrés et sinistres.

Sur l'autre rive, un peu plus loin, il y avait un terrain d'aviation. D'énormes avions décollaient et se posaient, le train d'atterrissage sorti, semblables à de gigantesques hérons, ils volaient juste au-dessus du vieil homme, de sa femme et du garçon. La terre et l'air tremblaient au rugissement des moteurs. Des pointes de lumière sur leurs ailes transperçaient l'obscurité.

Accroupi à côté d'un brasero, tandis que la femme cuisait le riz, le vieil homme observait les avions et les barils avec leurs flammes sur chaque rive du fleuve et les jeux d'ombre et de lumière sur la rivière, alors un souvenir d'enfance lui revint : il revoyait des hommes vivants, suspendus à des chaînes, la tête en bas, au-dessus de fosses transformées en brasiers. Un cauchemar du temps où les Japonais gouvernaient le pays et où de partout on entendait parler des cruautés qu'ils infligeaient à tous ceux qui tentaient de leur résister. Les flammes léchaient le bois qui craquait dans une pluie d'étincelles. Il sentait sur ses mains et sur son visage la chaleur des flammes comme une pulsation, et sur la nuquc, l'air glacé de la nuit. A ses pieds, le sol de la rive s'était ramolli sous l'effet de la chaleur et la boue suintait. Il observait la femme qui préparait les portions de riz. Elle était accroupie à côté de la cabane, à faire la cuisine sur ce petit feu de branchages empilés sur trois pierres. Elle avait fait trois portions. Il y en avait une pour le garçon.

Un peu plus tôt, elle avait échangé une pleine poignée de riz contre une place dans cette cabane fabriquée par deux vieillards affamés de la ville. Elle y avait étalé les couvertures et les coussins, puis avait laissé le vieil homme pour qu'il surveille leurs affaires, et portant le garçon dans ses bras, elle avait traversé la rivière gelée. Le vieil homme s'était accroupi à côté du feu à l'extérieur de la cabane et il avait attendu.

Elle était partie longtemps. La faim le harcelait, à le rendre fou, et finalement, une colère sourde s'emparait de lui. Après toutes ces années, est-ce qu'elle ne sait pas encore qui passe en premier? En premier, son mari, après, l'étranger. Elle ne lui a pas donné d'enfant, et elle ne se montre même pas loyale envers son mari. Maudite femme.

Des années d'amertume se réveillaient en lui avec l'effet d'un poison lent.

Elle ne revenait toujours pas.

Au bout de nombreuses heures, sa colère fit place à la peur et à l'angoisse. Il ne pouvait pas imaginer la vie sans elle. Qui préparerait la nourriture, laverait les vêtements, qui travaillerait avec lui dans les champs ? Être seul dans la vieillesse, c'était la malédiction des esprits mauvais.

Il s'assit à côté du brasero, scrutant le corps rouge sombre du fleuve, et il la vit finalement qui émergeait de l'ombre, le garçon dans les bras. Son cœur s'émut et bondit de joie dans sa poitrine, mais il ne dit rien.

Plusieurs heures auparavant, elle avait porté le garçon de l'autre côté du fleuve, léger, léger, comme un écureuil, tandis que l'air glacé soufflait sur ses yeux et qu'elle protégeait le visage de l'enfant sous la couverture. Le dragon dévorera-t-il celui-là aussi ? Encore un festin pour son ventre couvert d'écailles. Il est brûlant de fièvre ! Une autre mort entre mes bras. Où allons-nous l'enterrer ? Le premier est couché en haut de la colline. Son nom de nouveau-né n'aura servi à rien : Longue Vie. Les esprits l'ont emporté dans leur monde et ont abandonné l'argile de son corps. Mais lui, il n'est pas encore mort. Dragon, sois pour lui le dragon du courage. Vois le col de son vêtement, dragon, et ce qu'il révèle. Épargne cet enfant. Ne sois pas pour lui le dragon du feu et de la mort. Grand-Père irait pêcher à la rivière avec sa ligne et son filet, sa longue pipe à la bouche et le panier sur l'épaule. Pourquoi ne pêchent-ils pas dans cette rivière ? Est-elle gelée jusqu'au tréfonds ? Ou le poison de la guerre l'a-t-elle tuée ? Grand-Père dans la forêt ramasse des branches de pin pour le feu. Il n'y a pas de petit bois ici. Nous mourrons sur les berges de cette rivière. Ce garçon mourra sûrement. Si je pouvais lui donner le sein. Je suis une vieille femme et les esprits se jouent encore de moi. Un fils, une mort. Un enfant inconnu, une mort encore. Le feu entre mes bras, la glace sous mes pieds. Jouez-vous donc de moi, esprits sans pitié. Je ne suis qu'une vieille femme. Honte, honte sur vous, esprits mauvais, n'avez-vous pas de honte ? Et où est... Ah, là, la voilà, la rive, les berges du fleuve. Et la tente des secours, où est-elle ? Où sont les docteurs et les soins que l'on donne à nos soldats comme dans les hôpitaux ? Il s'est arrêté de respirer ? Non. Une telle fièvre ne laisse-t-elle pas un mal incurable ? Les abris, il y en a plus ici que de l'autre côté. Est-ce qu'il ne reste personne dans les villages ? Nos soldats, où sont-ils ? Et la tente des docteurs ? Ah, là, la croix toute rouge. Que dit le soldat ? Non ? Est-ce qu'il me dit vraiment non ? Est-ce que je ne suis qu'une vache pour qu'il me dise non, à moi ? Et lui, ce garçon, est-ce un chien ? Non ? Et l'autre ? L'autre aussi dit non ? Il dirige son arme vers moi, est-ce qu'ils ne sont ici que pour les soldats ? Non, et encore non ? Mais regardez le garçon ! Regardez la blessure ! Il va mourir. Enlevez l'éclat d'obus. Refermez la blessure. C'est un enfant. Mais oui. Regardez. *Alors je l'enlève moi-même*. Il mourra ici ! Tout ce sang ! Mes vieux doigts si faibles ! Ah. Voilà. Là. Regardez. Une autre mort. Je suis une femme faite pour la mort des enfants. Je suis punie pour quelque autre mort qui eut lieu bien avant. Une tombe mal placée ? Un ancêtre que je n'aurais pas assez honoré ? Mais qui ? Le temps est long sous cette tente. Ils m'ont oubliée. Pourquoi vous jouez-vous encore de moi, esprits mauvais et cruels ? Je suis une vieille femme et on s'est assez joué de moi pendant au moins deux vies. Suis-je toujours hors des sphères de votre pitié ? Quoi ? Quoi ? Que dit-il ? Il crie. Il est en colère. Le garçon, ils me le ramènent. Un nouveau pansement. Il saigne ? Non. Il est comme le feu entre mes bras, une fois encore. Le vieux va être furieux. Comme il voudrait le voir disparaître ! Me revient le souvenir du tout petit, mort. Comme celui-ci : léger, inerte, brûlant. Il a cessé de respirer ? Mon oreille contre ses lèvres. Non. Pas encore. Attention, ça glisse. L'abri, où est-il ? Ah. Il attend là, au bord de l'eau, le ventre vide. Il est en colère, oui. Tiens-le bien, recouvre son visage. Ce n'est pas le col d'un garçon qui travaille à la charrue. Une couturière, sa mère ? Sa grand-mère ? Un enfant yangban ? Démon dragon, va-t'en ! Va chercher quelqu'un d'autre sur les rives gelées de la rivière. Un seul suffit. Le vieux veut sa nourriture. Et le garçon, que va-t-il manger ? Une soupe de riz avec un goût de queue de poisson. *Arirang, Ô Arirang, le défilé est étroit...*

Le vieil homme l'observait tandis qu'elle mettait le garçon sur les coussins avant de le couvrir avec douceur.

– Qu'ont-ils dit ? demanda-t-il.

– Le docteur de l'armée a refusé de le voir.

– Alors, fit-il au bout d'un moment, pourquoi as-tu mis tant de temps, femme ?

– Après qu'il m'a dit ça, j'ai enlevé le pansement du garçon et j'ai retiré l'éclat de métal avec mes doigts.

Le vieil homme la regardait fixement.

– Je ne savais pas qu'il restait autant de sang dans le corps de ce petit.

Il frissonna de peur et de colère. Le démon de la folie s'était emparé d'elle. Ce garçon est une malédiction.

– Ils l'ont emmené à l'intérieur et j'ai attendu jusqu'à ce qu'ils le ramènent.

– Qui l'a ramené ?

– Un docteur.

– Le docteur qui a refusé de le soigner ?

– Il était en colère.

Le vieil homme garda le silence quelques instants.

– Est-ce qu'il vivra ?

– Le docteur a dit qu'il mourrait. Mais il y en avait un autre qui a dit que s'il ne mourait pas ce serait grâce à la poudre blanche que le chauffeur de l'ambulance m'a donnée. Tout à l'heure.

Puis elle se mit à préparer la nourriture.

Elle était en train de donner au garçon une soupe faite de neige fondue et de riz bouilli. Avec quelques morceaux de poisson. Il était à peine conscient et ne pouvait pas manger, mais elle lui chanta une chanson de son enfance et il mangea, puis il vomit, elle le nettoya et le nourrit de nouveau puis le mit sous les couvertures, elle prit sa part de nourriture et s'accroupit à côté du feu pour manger.

Quelque part dans l'obscurité de la berge colorée par les flammes, deux voix d'hommes en colère s'élevèrent. Une femme poussa un hurlement aigu. De la nourriture volée ? Une bagarre pour un coin de terrain ?

Leur réserve de bois était épuisée. L'homme s'approcha encore un peu du feu, la chaleur lui faisait du bien et il vida son esprit de tout ce qui concernait la femme et l'enfant.

Le ciel était noir et glacé, semé d'étoiles lumineuses. Ici et là, le long de la rivière, les feux des braseros commençaient à s'éteindre. La femme rentra dans la cabane et s'allongea tout habillée à côté du garçon sous les couvertures et le vieil homme entra un peu plus tard, il se pencha et se glissa à son tour dans le lit. Le garçon était couché entre lui et la femme.

Le vieil homme songea : les démons de la nuit marcheront bientôt le long de cette rivière. L'un d'eux emportera le garçon. Le garçon tremblait de fièvre. La femme lui chantait, tout doucement :

Arirang, Arirang, Ô Arirang,
Les temps que nous vivons sont bien éprouvants,
Sur ces milliers de kilomètres de fleuve et de montagne
Que reviennent la paix et la prospérité.

Le vieil homme s'endormit.

Pendant la nuit, il rêva que la femme donnait le sein au garçon. Quand il se réveilla, il avait la tête sous les couvertures. Le garçon et la femme étaient allongés, silencieux. Il faisait chaud sous les couvertures, tant le garçon avait de fièvre. Le vieil homme se rendormit.

Au matin, il se réveilla, sortit de la baraque et vit que beaucoup étaient morts gelés au cours de la nuit. Mais le garçon, lui, était toujours en vie.

La femme resta avec le garçon pendant que le vieil homme allait chercher du bois. Il ne restait plus rien dans les rues, près de la rivière, et le vieil homme s'aventura loin dans la ville. Des ombres noires fouillaient dans les ordures et passaient parmi les décombres. Des hommes et des femmes erraient, frappés de stupeur. Les petites rues étroites grouillaient de réfugiés. Les avenues retentissaient du bruit des véhicules militaires. Était-ce les gros canons que l'on entendait tonner ainsi ? Si près de la ville. Pour l'instant, il n'avait trouvé que des brindilles qu'il avait chargées sur le support triangulaire accroché sur son dos, comme un grand A de bois qui encadrait ses épaules. Pas encore assez pour faire durer le feu toute une journée et toute une nuit. Si seulement on pouvait faire brûler la boue et les pierres. Et s'il forçait la porte d'une maison ? La police est partout. Impitoyable. Les pillards, ils les tuent.

Il prit une rue où s'entassaient des réfugiés, accroupis à même le sol. L'odeur de peur et de crasse empestait l'atmosphère.

Peur. On lui volerait la maigre réserve de bois qu'il venait de ramasser s'il traversait cette rue. Il décida de retourner vers la rivière et il se perdit bientôt dans le dédale des ruelles.

Il ne demandait pas son chemin, honteux d'avoir été si stupide, craignant d'attirer l'attention, il continuait d'avancer péniblement, au hasard, il regardait à l'extrémité de chaque rue dans l'espoir d'apercevoir le morne éclat de l'eau. Mais les rues et les passages tournaient sans cesse, et il ne voyait toujours que d'autres rues, d'autres maisons et des murs bas. Il continuait à errer et il ressentait une douleur dans la poitrine, une douleur familière, une douleur aiguë qui revenait chaque fois que la terreur le submergeait et qu'il se sentait le jouet des démons.

Dans l'une des rues, un jeune chien se mit à le suivre : le poil fauve, les côtes saillantes, sa langue rouge pendait et à chaque respiration il émettait de courtes spirales de vapeur. Il l'appela et le chien s'approcha avec prudence, mais quand il tendit la main, le chien fit un bond de côté. Il lui lança une pierre et il le vit s'enfuir à travers un trou dans un mur de pierre qui semblait avoir été déchiré par un obus, il ne restait plus qu'un amas de gravats grisâtres.

Il s'arrêta, tendit l'oreille. Le fracas des canons. Il s'accroupit rapidement près du mur pour se soulager, et il remarqua, saillant d'un tas de pierres, un bout de bois brisé.

Il se releva, alla jusqu'aux pierres, baissa les yeux et se tourna pour voir autour de lui. Le mur effondré se trouvait devant une cour et une demeure, construite en pierre, qui semblait avoir été abandonnée. L'étroite rue pavée était bordée de murets et de maisons élégantes. Sur les murs de certaines d'entre elles, les balles et les obus avaient laissé leur marque. Le vent poussait une étrange plainte aiguë en soufflant entre les maisons.

Le vieil homme se pencha pour toucher le bois, c'était bien du bois, il déplaça quelques pierres et trouva encore du bois : il déplaça encore d'autres pierres et trouva plus de bois encore, au bout de quelques instants, il se retrouva face à une immense cachette pleine de poutres et de planches brisées, certaines étaient encore percées de clous, il y avait des pans entiers de portes et de murs. Était-ce une cache secrète ? De la marchandise destinée à être vendue ou échangée ? Ce sont les esprits qui m'ont envoyé ici !

Il plaça son porteur par terre, déblaya les pierres et

chargea autant de bois qu'il pensait pouvoir emporter, puis il remit les pierres en place, prit le porteur sur son dos et se hâta de partir de là, trébuchant de temps à autre sous le poids de son fardeau.

La rue partait en pente et il la suivit, il pensait qu'elle le mènerait à la rivière et au bout de quelques instants il aperçut l'éclat morne de l'eau gelée. Il passa devant la rangée de maisons citadines et entra dans la plaine boueuse, il marcha jusqu'à la baraque parmi les réfugiés, sentant le souffle du vent sur son visage et les regards durs que lui lançaient tous ceux qui étaient là, accroupis et qui regardaient sa cargaison de bois.

Quand elle vit le bois, la femme se contenta de dire que le garçon aurait besoin de cette chaleur pour rester en vie et elle se mit rapidement à allumer un feu dans le baril.

Les deux vieillards dont c'était l'abri étaient allongés l'un à côté de l'autre dans un sac de couchage de l'armée américaine, et ils se mirent à bavarder gaiement en voyant le bois, l'un d'eux demanda si la femme cuisinerait pour eux ce soir-là.

Le vieil homme en avait des tressaillements dans le dos et les épaules, tant avait été lourde sa cargaison de bois et ardue la marche forcée. Il alla au bord de la rivière, là où l'eau gelée se joignait à la boue gelée. Il s'accroupit et regarda l'autre rive au-delà de cette vaste étendue de glace, et la horde de femmes, d'hommes et d'enfants qui s'y trouvaient. Un avion, grand comme un bateau, s'éleva dans un terrible grondement de moteur, puis il pencha sur le côté et disparut dans le ciel pâle. Le vieil homme observait, entre l'émerveillement et l'effroi. Les engins des étrangers. Comment peut-on leur infliger une défaite, à ces géants à la peau claire, à ces diables qui foulent notre sol sacré ? Pourtant les canons des Chinois se rapprochent. Le bois que j'ai porté nous réchauffera le corps et permettra au garçon de rester en vie. Elle voudra l'emmener avec nous. Où allons-nous fuir ? La femme vint vers lui au cours de la journée et dit :

– Le garçon vivra peut-être.

– Alors qu'il se débrouille tout seul.

Ses yeux étincelèrent.

– Il aurait mieux valu le laisser dans le fossé.

– Que dis-tu, femme ?

– Est-ce que nous allons le soigner seulement pour le laisser mourir ?

– A quoi penses-tu ?

Il était en colère.

– Allez, dis-le-moi.

Après un long moment, elle répondit :

– Tu parles de graines qui n'ont pas encore donné.

Puis elle s'éloigna.

Tard dans l'après-midi, le vent rassembla de lourds nuages gris au-dessus de la ville et la neige se mit à tomber. La femme était assise à côté du petit feu, à préparer leur nourriture pendant que les vieillards et le garçon étaient couchés dans la baraque. Le garçon était immobilisé par la fièvre et il appelait de temps à autre : des noms prononcés entre deux halètements. Les vieillards s'en plaignirent d'une voix chevrotante et demandèrent à la femme de le faire taire. La femme leur donna un bol de riz, ils mangèrent avidement et ne dirent plus rien.

Beaucoup moururent de froid cette nuit-là, au bord de la rivière et leurs corps furent entassés au matin sur une hauteur, près des rangées de maisons. Les corps gelés étaient figés dans des poses grotesques, certains se fondaient à la glace et ceux qui allaient venir les enterrer devraient travailler à la hache pour les en sortir. Mais le garçon, toujours brûlant de fièvre, restait en vie.

Le vieil homme retourna chercher du bois. Il ralentit le pas le long des rues couvertes de neige pour que personne ne se doute que sa cachette était si proche de la rivière. Il remontait des rues envahies de réfugiés et il les écoutait parler de la guerre : des hommes, des femmes, des enfants que les soldats du Nord avaient obligés à creuser leur tombe pour les abattre ensuite, des villes et des villages incendiés. Il se hâta pour ne pas les entendre et rencontra à nouveau le chien qu'il avait vu la veille, mais cette fois, il prit immédiatement la fuite à son approche. Arrivé devant le mur effondré, il enleva les pierres et chargea le bois sur le porteur, puis il remit les pierres en place et repartit vers la rivière avec le bois.

Les hommes et les femmes accroupis sur la boue le regardaient avec des visages pincés. Ils vont bientôt se mettre à me suivre. Il n'y a qu'au pays des esprits généreux que de tels trésors ne s'épuisent jamais.

La femme regarda le bois sans rien dire : il ne lui revenait pas de faire l'éloge de son mari pour les tâches ordinaires qu'il accomplissait. Les deux vieillards en voyant le bois depuis leur sac de couchage dans la baraque manifestèrent leur joie en poussant de petits cris aigus.

Le garçon était couché dans le cercle de chaleur

qui émanait du feu, et maintenant, le vieil homme pouvait voir clairement qu'il ne mourrait pas.

Le lendemain matin, la femme lui dit que la nourriture allait bientôt s'épuiser.

Il s'accroupit au bord de la rivière. Le vent du nord soufflait, impitoyable. Disque jaune du soleil dans le ciel d'une blancheur laiteuse. Des camions traversaient le pont, là-bas. Au loin, les détonations sourdes de l'artillerie lourde. Et les Chinois comme des nuées de sauterelles dans les champs. Une peur obscure, lancinante, s'empara de lui. Il se souvint de la faim, une fois quand la rivière avait tout inondé, et une autre fois, quand le soleil avait tout séché dans les champs : des lances de feu dans son ventre, des sauterelles dans sa tête, des tremblements le long de ses jambes et de ses bras. Des yeux vides cernés de noir, des visages creusés, des gencives pourrissantes. La longue agonie de sa grand-mère et de son oncle et des autres dans le village. Tous étaient devenus des poupées fripées et puantes. La faim, il la craignait plus encore que la guerre, plus que la mort même. Un sombre fléau comme une lèpre.

Il retourna vers l'abri et sortit le petit carré de tissu qu'il gardait dans sa poche, puis il l'étala sur le sol. De leur panier de nourriture, il prit une poignée de riz et la posa sur le tissu, puis il le noua soigneusement et le replaça dans sa poche. La femme accroupie à côté du garçon endormi regardait le vieil homme en silence, sans la moindre expression sur son petit visage ridé. Il mit le porteur sur ses épaules, comme un grand A de bois, et penché comme s'il portait déjà le fardeau qu'il devait y placer, il quitta leur abri.

La neige s'était durcie en une croûte de boue gelée et glissante. Encore d'autres réfugiés étaient entrés dans la ville au cours des deux derniers jours; une foule d'hommes et de femmes se pressait sur les rives. Personne ne pêchait dans la rivière. Il regarda vers l'autre rive, cherchant la tente avec la croix rouge où un docteur plein de colère avait soigné le garçon. Était-ce à proximité du pont, là-bas, au loin? Elle avait enlevé l'éclat d'obus de la poitrine du garçon avec ses doigts. Pendant leurs premières années ensemble, docile comme une vache, puis il y avait eu la mort du petit. Après la mort, elle était devenue une autre personne. A le tenir alors qu'il brûlait. D'abord ç'avait été le docteur du village. Puis la sorcière. Rien à faire. Larmes et brûlure. Le garçon, enterré en haut de la colline. Et sa première colère, à elle, cette fureur peu après que la charrue se fut cassée contre une pierre dans le champ. Les mots qui étaient sortis de sa bouche! On avait raison de ne faire porter la coiffe de deuil que pour la mort d'un père et d'une mère: une femme est une étrangère qu'on peut toujours remplacer.

Mais la pensée qu'elle pouvait mourir l'effraya. Comment pourrait-il affronter les esprits malins à lui tout seul?

Il se glissa entre les rangées de maisons au bord de la rivière et se rendit directement vers sa cachette de bois.

Dans la rue étroite, avant d'arriver au mur effondré, le vent avait changé la neige en glace. Il soufflait comme dans un ravin, comme s'il passait par-dessus le flanc de la colline dans le village où ils avaient vécu. Et le bœuf dans l'étable? Il devait être mort maintenant. Dans le ventre des sauterelles chinoises.

Arrivé près de la brèche du mur, il sortit le tissu qu'il tenait dans sa poche et fit précautionneusement un petit tas avec le riz, sur la terre recouverte de glace. Il regarda à droite et à gauche, et la rue, silencieuse et déserte, lui présenta son visage grêlé. Il frissonna dans le vent et passa derrière le mur détruit. Après avoir placé quelques pierres tranchantes à portée de sa main droite, ainsi qu'un lourd morceau de bois, il s'accroupit pour attendre.

Il n'attendit pas longtemps.

Le petit chien entra dans la rue à l'autre bout, cou tendu, le museau contre le sol, reniflant. Il hésita, tremblant de froid, redressa la tête. Pelage brun morne dans la pâle lumière d'hiver. Il leva une patte arrière, pissa contre le mur de la maison. Le vieil homme l'observait à travers le trou dans le mur. Il avait grandi dans l'une de ces maisons ? On l'avait abandonné ? N'avait nulle part où aller ? Attendant peut-être le retour de son maître ? Viens, petit chien. Viens, viens. Regarde, du riz, oui. On est toujours poussé par la faim, vous ôte toute prudence. Un homme qui n'est plus qu'un ventre affamé n'est plus un homme. Et un animal affamé n'est plus non plus un animal. L'estomac vide commande l'esprit, et nous ne sommes plus, tous, que de la merde. Regarde le riz, petit chien. Oui, oui. Oh oui. Là. Mange.

Le chien releva la tête tout d'un coup et vit le vieil homme qui se redressait derrière le mur. Il resta pétrifié, quelques grains de riz collés à sa langue. Il vit immédiatement le mouvement de la main du vieil homme. Il essaya de se tourner. Mais il ne pouvait pas prendre d'élan sur la glace et ses pattes glissaient dans tous les sens. La première pierre que le vieil homme lança avec autant de force que s'il avait eu une fronde l'atteignit sur la patte avant droite. Il s'affala sur la glace en jappant, et essaya désespérément de retrouver son équilibre sur les trois jambes qui lui restaient. La deuxième pierre l'atteignit sur le dos et le fit tournoyer. Ses cris résonnaient dans la rue. Le vieil homme se jeta sur lui mais, comme le chien ne cessait de se tordre de douleur et que la glace était glissante, il ne parvint pas à lui donner un seul coup bien placé. Et il dut s'y reprendre à plusieurs fois. Il sentait chaque coup sec dans sa main, le bruit sourd, les os qui se brisaient. Finalement le chien s'immobilisa sur la glace, les grains de riz toujours collés à sa langue rouge pendante.

Le vieil homme regarda tout autour de lui en respirant difficilement. Il n'y avait toujours dans la rue que le vent glacé entre les murs et les maisons. Le riz était pratiquement intact. Il déplia son morceau de tissu par terre, rassembla les restes du riz, les posa sur le tissu qu'il attacha à nouveau pour en faire un paquet, puis il le remit dans sa poche. Il souleva le chien, chaud, inerte, léger. On eût dit qu'il n'était fait que d'os et d'air. Il le posa à côté du tas de bois dans la cour, et chargea rapidement son porteur, puis cacha encore une fois le bois sous les pierres. Il s'interrompit un instant pour pisser dessus. Puis il mit le chien sous sa veste, la tête contre son cou. Avec ce corps tiède contre sa peau il marcha sous son fardeau jusqu'à la berge de la rivière.

A l'intérieur de leur abri, il tendit le chien à la femme qui le reçut sans un mot. Les deux vieillards regardaient le chien en se passant la langue sur leurs lèvres fripées et sèches. Le garçon dormait sous les couvertures.

Le vieil homme descendit jusqu'au bord de la rivière et s'assit pour regarder la ligne sinueuse où l'eau gelée rencontrait la rive gelée. Le ciel s'était couvert. Encore de la neige ? La glace sur la rivière semblait noire. On patinait sur la surface gelée de l'étang juste en dehors du village. Le vieux charpentier et ses deux fils. Des vêtements d'un blanc de neige pour le charpentier et des habits colorés pour ses enfants. En avant et en arrière sur les patins de bois que le charpentier avait sculptés de ses mains habiles. Et quand tout d'un coup le plus jeune de ses fils a trop froid, le charpentier le prend dans ses bras, sous sa veste molletonnée et il patine en le serrant contre sa chair, et l'aîné avance fièrement au côté de son père. En douceur, comme les esprits glissant sur les nuages inondés de soleil. En douceur, comme les gestes de l'amour pendant les trois jours et les trois nuits qui suivent la cérémonie du mariage, et que la mariée sert ses beaux-parents. En douceur. Pas comme l'exécution brutale et maladroite de ce chien. Dont sa main se souvenait encore. Le coup sourd, les craquements du bois et des os. Pas le temps d'adoucir la chair. Pas le temps de la préparer convenablement. L'hiver... mauvaise saison pour manger du chien. En levant les yeux, il vit la femme à côté de l'abri, qui nettoyait l'animal. Le feu dansait, les flammes sautaient dans le baril d'essence. Une neige légère se mit à tomber, flocons tourbillonnants. Les démons du froid sortiront cette nuit. La glace va se durcir avec un bruit comme celui du tonnerre. Ce soir, d'autres mourront sur cette rive. Peut-être le garçon aussi.

Des canons grondaient dans le lointain. Un avion géant apparut soudain dans un vrombissement, les ailes déployées, les roues sorties au-dessus de la rivière et il se posa dans un éclat de réverbération rouge et la violente secousse des moteurs. Comme le furieux Maître Dragon de la Mer d'Orient. Mais il apporte des soldats. Et de la nourriture. Qu'y aura-t-il à manger après ? Pas de chien près de cette rivière. Ils savent se cacher.

La neige tombait en tourbillons, de plus en plus dense.

La femme était accroupie près du baril à préparer le chien. Carcasse ouverte qui fumait dans l'air glacé. L'air piquant ses doigts menus et bruns tachés de sang. Chien décharné, affamé. Cinq bouches à nourrir ici. Le garçon d'abord. Deux nuits et il vit encore. J'offrirai un sacrifice spécial aux dieux si le garçon vit. Promesse de vieille femme. Un sacrifice spécial. Un enfant perdu, ça suffit. Je réfléchirai à ce qu'il faudra sacrifier. Laissez ce petit tranquille.

L'eau bouillait dans la casserole posée au-dessus du feu sur trois pierres. Elle s'assit sur les talons, travaillant d'une main experte sans se soucier de la neige épaisse qui tombait.

Elle ne vit pas les deux hommes qui avançaient lentement le long de la rivière, s'arrêtaient de temps à autre et qui vinrent se poster juste devant le baril, là où la femme était assise.

Ils regardèrent attentivement le tas de bois.

Ils étaient d'âge moyen, encore jeunes, petits, nerveux, la peau brune et les cheveux noirs comme des corbeaux, habillés de pantalons de laine noire, de vestes de cuir, de casquettes doublées de fourrure, et de bottes militaires. L'un d'eux avait un porteur en bois, comme un grand A sur le dos, il l'enleva d'un geste agile et le posa par terre. Ils se mirent à enlever le bois sans dire un mot.

La femme les vit et poussa un cri.

Accroupi au bord de la rivière, le vieil homme entendit son cri et se releva d'un bond, il remonta péniblement le long des pentes boueuses où les deux hommes empilaient le bois en silence sur leur porteur.

Le vieil homme leur demanda ce qu'ils faisaient.

Ils l'ignorèrent et continuèrent à charger le bois.

Le vieil homme leur dit que c'était son bois.

L'un des hommes, sans même le regarder, lança :

– Tais-toi grand-père. Tu ne voudrais pas que je me mette très en colère.

– Vous ne pouvez pas prendre mon bois, dit le vieil homme.

– Grand-père, ce n'est pas ton bois et nous allons le prendre de toute manière. Tu as vraiment de la chance que je ne sois pas très en colère.

– Je vais crier au voleur, dit le vieil homme. Tout le monde au bord de cette rivière se jettera sur vous.

– Grand-père, le seul voleur ici, c'est toi. Mais tu es un vieillard et c'est pour ça que je ne suis pas très en colère.

Tout en parlant, l'homme avait continué à charger le bois.

– Ce bois ne peut pas vous appartenir, dit le vieil homme, vous le volez et vous le cachez. C'est pour le vendre aux riches ?

– Maintenant, tu me mets très en colère, dit l'homme. Et ce n'est pas bon pour ta santé.

– Il y a un garçon très malade à l'intérieur de cet abri. Il va mourir de froid sans ce bois.

– Tu veux ce bois pour un garçon malade ? Notre terre sacrée est pleine de malades. Estime-toi heureux si je ne te fais pas payer pour le bois que tu as déjà brûlé.

Il aida l'autre homme à attacher le porteur sur son dos et à se relever.

La femme vint se mettre devant l'homme qui portait le bois.

– Vous ne pouvez pas prendre ce bois, dit-elle.

L'homme fit un pas de côté. Elle alla de nouveau se placer devant lui.

– Pousse-toi de là, fit le premier.

– Le garçon va mourir.

– Tu n'as qu'à t'en prendre aux esprits.

– Laissez-nous un peu de bois.

– Vous pouvez payer ?

– Nous avons à peine de quoi manger.

– Vous n'avez qu'à vous en prendre au Nord et aux Chinois.

Ils repartirent sur l'étendue boueuse. La femme se mit en travers de l'homme qui portait le bois. Il regarda l'autre qui repoussait brutalement la femme sur le côté. Le vieil homme poussa un cri de rage et fit un pas en avant ; il se retrouva devant une baïonnette qui venait d'apparaître, tout d'un coup, dans la main du premier homme.

– Maintenant tu as réussi à me mettre très en colère, dit l'homme.

Sa bouche s'ouvrit, comme un sourire de rat.

Le vieil homme et la femme demeuraient parfaitement immobiles.

L'homme les regardait. Au bout d'un moment, il rentra la baïonnette sous son manteau.

– Vous avez de la chance que je respecte les vieux, dit-il. C'est une des rares choses que je garde de mon enfance.

Les deux hommes s'éloignèrent sur la boue, emportant le bois.

Le vieil homme et sa femme restèrent à les regarder disparaître dans l'ombre au milieu des maisons. Saisi de honte et de fureur, le vieil homme sentit ses jambes trembler, comme d'une soudaine faiblesse.

– Le feu brûle encore, dit la femme. Il reste de la nourriture.

Ils retournèrent vers leur baraque.

Le chien avait disparu.

Sur la terre gelée, il y avait quelques gouttes de sang rouge vif et des entrailles.

Ils regardèrent, immobiles, les flammes qui dansaient dans le baril d'essence et la casserole d'eau bouillante sur le petit feu. Tout au long de la rivière, des gens étaient allongés dans leurs baraques ou accroupis près de leur feu dans des barils d'essence. Une femme d'âge moyen était assise, sans bouger, à côté d'un feu dans l'abri voisin du leur.

Au bout d'un long moment, la vieille femme dit :

– Je vais faire de la soupe avec ce qu'il reste du riz.

Elle s'accroupit près de la casserole.

L'homme regardait encore l'endroit, sur la rivière, où les deux hommes avaient disparu avec le bois.

Il mangea la soupe en silence, puis la pâte épaisse que la femme avait préparée avec les derniers restes du riz. Une légère saveur de viande se mêlait à la soupe et à ce qui flottait dedans, qui n'était pas du riz. La femme nourrit le garçon qui avala sans recracher sa nourriture. Les deux vieillards mangeaient bruyamment et avidement, puis ils s'allongèrent dans leur sac de couchage et le refermèrent au-dessus de leurs têtes.

Au-dehors, le feu était en train de fumer dans le

baril, et allait bientôt s'éteindre. Une nuit de vent et de neige descendait sur la rivière. Tout au long des berges, la glace était de plus en plus dure, de plus en plus condensée. On l'entendait gronder, comme pour faire écho au fracas de l'artillerie, au loin, et au bruit des Jeeps, des camions et des tanks qui traversaient le pont.

Le vieil homme s'endormit et il rêva à nouveau que la femme avait ouvert sa veste et sa chemise pour donner le sein au garçon. Il entendait distinctement les lèvres du garçon qui tentaient en vain de téter. Il se réveilla en sursaut et resta allongé immobile dans l'obscurité, le froid était si intense et pesant qu'il en devenait palpable. Il ne voyait rien. Il écoutait la respiration de la femme, profonde, lente, sèche. Mais le garçon était si immobile que le vieil homme le crut mort ; il avança une main pour l'approcher de ses narines dans l'obscurité. Il fut surpris de sentir la respiration légère du garçon venir effleurer la paume de sa main. Il était vivant ! Les joues lisses et fraîches. Tout d'un coup, le garçon bougea, il leva les bras, les passa autour du cou du vieil homme et s'accrocha à lui. « Abuji », murmura-t-il, sa joue contre le visage du vieil homme. « Abuji... » Puis il desserra son étreinte et retomba mollement sur le dos. Il s'était rendormi.

Stupéfait, le vieil homme resta sans bouger à entendre les battements sonores et rapides de son cœur. Dans sa poitrine, ses épaules et son cou, c'était comme le son urgent, féroce, d'un tambour qui battait le rappel. Le tambour de la fête des fantômes. Qui battait, qui battait. Martèlements de son cœur. Roulements de son cœur. Comment les autres ne l'entendaient-ils pas ? Ces coups répétés venaient s'ajouter au bruit de la rivière, à ceux des canons et des machines et aux plaintes du vent glacé.

Le froid le réveilla. Il resta allongé sur une couverture, la tête sur un coussin, avec d'autres couvertures sur lui, mais le froid enveloppait sa chair comme une seconde peau. Il dormit par intermittence et se réveilla à nouveau un peu plus tard. Il s'adressa au jour qui se levait alors qu'il ouvrait les yeux : va-t'en loin de moi. La honte le saisit.

Ces hommes qui ont poussé la femme si brutalement ! Dire que ce sont les nôtres. Des sauvages. Ils ne valent pas mieux que les diables japonais. J'ai cru qu'il allait m'enfoncer sa baïonnette dans le ventre. Honte, colère, impuissance.

Il avait mal aux os, il les sentait froids et durs comme du fer.

Jour, ne te lève pas !

Pendant un long moment, il resta sans faire un geste. Puis il prit peu à peu conscience de l'étrange silence qui régnait à l'intérieur de la baraque. Il sortit la tête de dessous les couvertures.

L'air froid le frappa aux yeux et au visage. A travers les planches disjointes du mur il aperçut la rivière et la rive enfouie sous la neige et le ciel froid et gris. La femme, éveillée sous les couvertures et paralysée par le froid, le regardait avec désespoir. Son cœur se fendit quand il rencontra son regard et il fut surpris de ce sentiment de pitié inhabituel. Le garçon dormait entre eux deux, en respirant doucement.

Il se releva et s'appuya sur le coude, puis il regarda vers le sac de couchage où dormaient les deux vieillards. Après quelque temps, il se glissa hors des couvertures et avança silencieusement sur les mains et les genoux jusqu'au sac de couchage qu'il ouvrit par en haut.

Les deux vieillards étaient parfaitement immobiles, les yeux ouverts comme des fentes.

Il plaça sa main sous leurs narines. C'étaient deux vieillards qui venaient de quelque part dans la ville. Les maisons dans lesquelles ils avaient vécu avaient été détruites. Nulle part où aller. On veut rester près de sa maison. Comme le chien. Où sont leurs familles ?

Il sentit la présence de la femme à côté de lui. Elle tremblait. Elle l'aida à sortir les vieillards du sac de couchage. Ils étaient allongés sur le dos, sur la boue gelée, à l'intérieur de la baraque.

La femme se servit du sac de couchage pour couvrir le garçon, puis elle sortit pour s'adonner à ses tâches. Le vieil homme prit les chaussures et les vêtements des deux vieillards et les abandonna là, dans leurs sous-vêtements. Pas besoin de les enterrer. Mieux vaut pourrir à même la terre que d'être jeté dans une mauvaise tombe. La ruine s'abattrait sur leurs familles. Décharnés, amoindris : des paquets d'os. Comme le chien.

Il mit les chaussures et les vêtements dans la charrette, à l'extérieur de la baraque et il marcha un peu le long de la rivière jusqu'à un muret derrière lequel il s'accroupit un moment dans le froid mordant.

A son retour, la femme était dans la baraque. Le garçon dormait.

– La fièvre est partie, dit-elle. Le garçon vivra.

– S'il ne meurt pas gelé.

– Tu as vu son col, pourquoi porte-t-il un tel manteau ?

– Il l'a peut-être volé.

– C'est le fils d'un lettré ou peut-être d'un yang-ban.

Des bras maigres autour de son cou, cette joue lisse contre son visage. « Abuji... »

– Ce n'est pas un enfant qu'on abandonne, dit-elle.

– Je ne veux pas de cet enfant, dit-il, tu m'entends, femme ?

Au bout d'un moment, elle dit :

– Il faut faire un feu. Il faut manger. Les autres ont du feu. Il y a des buissons près du terrain d'aviation.

– Près du terrain d'aviation, il y a des gardes, dit le vieil homme.

La femme regarda de l'autre côté de la rivière.

– J'ai entendu dire, fit-il, que près du terrain d'aviation, ils tuent les vieillards, hommes et femmes, et les enfants aussi.

Elle se tourna vers lui et il vit dans son regard le même air de défi qu'il avait remarqué quand elle s'était mise en travers du chemin de l'ambulance.

Quelques minutes plus tard, elle l'observa avec un visage impassible tandis qu'il fixait le porteur en forme de A sur son dos et se mettait en route pour traverser les champs de boue couverts de neige puis la rivière pour arriver au terrain d'aviation.

Le feu ? Il le sentait dans l'air sombre et stérile. Du bois et du caoutchouc. Et de la chair ? Les canons. Le crépitement des armes légères. Sous ses pieds, la rivière avait gelé sur une profondeur de combien ? Dix, vingt centimètres. Si la rivière gèle jusqu'au fond, est-ce que les poissons sont eux aussi pris dans la glace ?

Est-ce que la glace est la tombe des poissons ? Et se réveillent-ils avec le dégel ?

Ce ruisseau qui coulait jusqu'à la rivière, là où nous mettions nos filets à la verge d'or pour attraper des petits poissons noirs et blancs. Ils frétillaient dans le filet, on les faisait griller sur le feu au bord de la rivière. Ce goût de chair fumée, douce et fondante. Yi Sung, grand, perdu dans ses rêves, sa voix comme un lac où vivent les images, qui nous raconte comment il bâtit notre village quand il était un esprit, cette pierre ici, et cet arbre là. Yi Sung à l'école sur la place du village, qui étudie pour devenir un lettré. Yi Sung dans une prison japonaise. Yi Sung battu à coups de gourdin aux quatre tranchants. Yi Sung frappé par les bottes des soldats, soumis au supplice de la baignoire. Yi Sung mort. Chinois, Japonais, Américains. Démons d'étrangers. Porteurs de feu et de flammes.

Les buissons près du terrain d'aviation. Mais ça ne brûlera pas longtemps. Pas comme le bois qu'ils ont emporté. Autrefois, un homme qui frappait une vieille femme était puni de mort. Qu'est-ce que je pouvais faire ? Vieux paysan que je suis. Au village, quand quelqu'un avait mal agi, il était puni. Une fois, il avait lui-même infligé le châtiment. Il avait fouetté un voleur sur ses fesses nues ; une punition publique. Celui qui tenait la baïonnette, il avait un regard de folie. L'idée de plonger la baïonnette dans ma chair lui donnait du plaisir. Qu'est-ce que c'est que ça ? Ah ! La tente avec la croix rouge. Près du pont. Les engins débouchent du pont avec les blessés. Ils sont si nombreux à travailler là-bas. Lequel a aidé le garçon ? Elle a retiré le bout de métal. Elle, toute seule. Entre ses doigts. Que se passe-t-il là-bas près de la grande tente ?

Tous ces gens qui courent de partout. Les engins alignés, on transporte les blessés à l'intérieur des engins. Du petit bois, près du terrain d'aviation. Ils ne tirent pas si on n'approche pas trop près de la barrière. Et la nourriture ? De l'herbe. Des écorces. Des rats. Regarde dans les poubelles près de la tente. On démonte les tentes. On les démonte ?

Près du périmètre réservé aux médecins militaires, au-delà de l'alignement des braseros qui laissaient s'échapper une épaisse fumée chargée des odeurs de fioul, il s'arrêta pour observer les soldats qui couraient d'une tente à l'autre, chargeant leurs provisions sur leurs Jeeps et leurs camions, et les blessés dans des ambulances. Il entendit qu'on beuglait des ordres et il vit des véhicules qui démarraient. Derrière lui, il y eut un étrange sifflement, comme le vent dans la rue où il avait tué le chien. Le bruit s'amplifiait. Il se tourna et vit une foule en déroute, un flot d'hommes et de femmes qui sortaient de leurs baraques le long de la rivière, dans la panique et le désordre. Des milliers de voix désespérées s'élevèrent en une plainte unique dans laquelle perçaient les accents de la terreur. Sur les pistes d'atterrissage, les moteurs des avions se mirent à rugir, ce fut d'abord comme un gémissement qui prit de l'ampleur, et un immense avion s'éleva, se dirigea vers l'est et disparut au milieu des nuages. Immédiatement après, deux autres avions décollèrent l'un après l'autre et disparurent. Le pont était envahi de Jeeps, de camions, de véhicules à chenilles, qui prenaient tous la direction du sud.

Il reprit son chemin pour traverser la rivière.

Allongée à côté du garçon sous les couvertures et le sac de couchage, la femme sentait son corps tiède, blotti contre elle, genoux repliés, et elle entendait sa respiration irrégulière. Les couvertures et le sac de couchage étaient au-dessus de sa tête, et chaque fois qu'elle ouvrait les yeux elle voyait une lumière blanchâtre imprécise et liquide. Le sac de couchage était lisse et soyeux sur ses paupières. De vagues ondes de son lui parvenaient à travers les couvertures et le sac de couchage, des bruits comme des soupirs qu'elle préféra ignorer. Elle écouta plutôt les murmures du garçon : des mots qu'elle ne comprenait pas et qu'il prononçait dans un souffle, au milieu de son sommeil agité. Mais la fièvre était tombée. Il émanait de lui une odeur de santé revenue. Il était parfois saisi d'un tremblement, il se rapprochait d'elle, et elle passait son bras autour de ses maigres épaules pour le serrer contre elle. Un paquet d'os. Comme le chien. Et il y avait les deux vieillards morts. Et bientôt ce serait son tour, de mourir, de froid, de faim, si le vieil homme ne revenait pas avec du bois et quelque chose à manger. Ces vieillards morts qu'on n'enterre pas et qui pourrissent sur le sol. Pas de tombe pour eux, pas de culte des ancêtres, disparus à jamais de la terre et de la mémoire des hommes, comme des insectes, comme des poissons, comme le chien. Les chiens, il vaut mieux les manger en été. Qui l'a volé ? Les deux hommes. Et cette façon de bousculer une vieille femme ! Qu'ils meurent. Qu'ils mendient leur vie ! Dragon des Montagnes, consume-les de ton feu ! Et protège le garçon. Je t'offrirai un sacrifice si tu protèges le garçon. Envoie-moi un docteur pour protéger et soigner le garçon d'un pansement sur la blessure.

Ou une sorcière pour effrayer de ses cymbales et de ses tambours les démons qui rôdent. C'est le fils d'un lettré ? Ça porte bonheur d'avoir le fils d'un lettré au village. Pour les récoltes. Abondance. Festin de poulpes, de raies salées et d'anguilles frites. Et des œufs et des poivrons rouges. Et du riz et de la volaille et du bœuf. Et une longue vie.

La lumière tomba sur son visage en même temps que le froid cruel. Elle ouvrit les yeux à un monde blanchâtre et sans contours, vit au-dessus d'elle le visage de son mari. Et elle perçut, à travers les murs fragiles de la baraque, comme un déferlement de plaintes.

– Qu'est-ce que c'est, qu'est-ce que c'est ? demanda-t-elle, effrayée.

– Les Chinois !

Elle se releva en s'appuyant sur le coude et eut un moment de vertige. Il l'aida à se mettre sur ses pieds.

Le garçon se réveilla, regarda autour de lui sans pouvoir fixer ses yeux et s'écria « Amuni ! »

Le vieil homme et la femme le regardèrent. Il avait un teint de cendre sous la peau brune de son visage émacié. Ses yeux sombres roulaient de terreur, il se replia, loin d'eux, lançant des regards affolés. Il vit les cadavres des deux vieillards, se recroquevilla et se mit à hurler.

La femme lui parla doucement d'une voix réconfortante.

Le garçon essaya de sortir de sous les couvertures, et retomba, épuisé. Il essaya de nouveau et s'évanouit. Tout en murmurant un flot incessant de paroles apaisantes, la femme l'enveloppa dans une couverture. L'homme le prit dans ses bras et le porta à l'extérieur.

C'était comme avec le chien, la tête du garçon et ses bras et ses jambes inertes qui se balançaient. Il le posa dans la charrette et la femme le couvrit avec les couvertures et le sac de couchage. Ils démantelèrent rapidement la baraque et mirent tous les morceaux de ferraille dans la charrette.

Les deux vieillards étaient allongés sur le sol, dans leurs sous-vêtements, leurs visages sans expression tournés vers le ciel d'hiver. Sous leurs cadavres, la terre gelée s'était mise à fondre. Des ruissellements boueux s'échappaient de sous leurs têtes et leurs épaules rigides et leurs jambes raidies.

Les berges de la rivière se vidaient de leurs occupants : les gens allaient et venaient de toutes parts et dans une folle panique cherchaient à passer de l'autre côté de la rivière. De profondes ornières marquaient les étendues boueuses couvertes de gel et de glace noire.

Le vieil homme et la femme prirent chacun un des brancards de la charrette. Ils tirèrent la charrette et le garçon, ils avancèrent sur la boue, ils traversèrent la rivière en direction du terrain d'aviation et de la grande route.

2

Ils approchaient des faubourgs de la ville. Les maisons disparaissaient maintenant et, de chaque côté de la route, c'étaient les champs nus de l'hiver. La police militaire obligeait les réfugiés à rester en dehors de la route et à avancer le long d'un chemin entre les champs et une tranchée d'écoulement. Des fantassins se traînaient de chaque côté de la route, épuisés, le visage morne, accablés par la défaite. Des Jeeps et des camions passaient à toute vitesse entre ces deux colonnes. Ils allaient tous vers la mer.

En dehors de la ville, la route suivait les barbelés qui entouraient le terrain d'aviation. Le vieil homme vit des femmes et des hommes qui traversaient la route et grimpaient sur le bord du fossé jusqu'à la barrière pour arracher les buissons qui y poussaient au long. La femme prit les deux brancards et l'homme prit le porteur sur son dos, avançant le long de la grille, s'arrêtant pour arracher des branches, il perdait du terrain, rattrapait la charrette, puis à nouveau restait loin derrière.

Le passage des tanks avait transformé le chemin en une gigantesque ornière. Les soubresauts de la charrette réveillèrent le garçon. Il ouvrit les yeux. Sous les couvertures, tout était noir. Il ne savait pas où il était. Il essaya de bouger et se rendit compte que les couvertures l'enserraient. Il voulut les pousser avec les pieds et fut rassuré quand il sentit qu'elles résistaient. Il avait l'impression que la charrette avançait avec un balancement régulier et il éprouva du bien-être à sentir les couvertures qui le tenaient si fermement. Il bougea le bras et les jambes et ressentit une douleur aiguë dans la poitrine comme la pointe d'un couteau qui s'enfonçait. Il s'immobilisa, effrayé.

La femme tirait toujours la charrette, ses jambes lui faisaient mal. Elle se dépêchait pour fuir la guerre mais la guerre la rattrapait. Des quartiers entiers de la ville brûlaient. Une terreur s'était logée au fond de sa gorge et l'étouffait. Elle tira plus fort encore sur les brancards. L'homme était resté très en arrière. Elle crut l'entendre appeler mais elle ne ralentit pas.

Le bruit des bombardements s'amplifiait. Tout autour d'elle, des hommes, des femmes et des enfants étaient saisis de panique. Pendant les brèves interruptions du bombardement, elle entendait ce concert de bruits humains : une plainte aiguë, constante et haletante. Elle tirait de toutes ses forces sur les brancards. Aller loin des démons de la guerre. Très loin. Sauver le garçon.

Dans les plis de la couverture, le garçon, complètement éveillé, essayait maintenant de se souvenir de son nom.

Plusieurs jours auparavant, sur la route de Séoul, des soldats sud-coréens effrayés et furieux avaient fouillé les réfugiés et ils avaient emporté la hache et le couteau du vieil homme. Quand il avait protesté en expliquant qu'il en aurait besoin, un des soldats l'avait mis en joue et avait crié qu'il était un espion nord-coréen. La femme avait imploré, elle avait sangloté. Un officier était arrivé qui leur avait donné l'ordre de reprendre leur chemin. Et maintenant le vieil homme cassait les branches de ses mains nues, près des grilles du terrain d'aviation et il les empilait sur le porteur, comme un grand A. La barrière était haute. Le sommet hérissé de fils de fer barbelés. Il y avait une sorte de douve de l'autre côté, puis une autre rangée de barbelés, tout entortillés, moins haute que la première, et au-delà, les pistes. Les avions décollaient sans cesse. Les Jeeps patrouillaient le périmètre du terrain d'aviation.

Des hommes et des femmes avançaient parmi les buissons le long de la route. Son porteur était à peine à moitié plein.

Du terrain d'aviation parvint la détonation d'un fusil.

Quelques hommes et quelques femmes à côté de la grille se redressèrent pour regarder rapidement autour d'eux. Le vieil homme pensa : mourir d'une balle, ou de faim, ou de froid.

Deux autres coups de feu puis un autre encore. Les hommes et les femmes près de la grille ramassèrent leurs porteurs et s'enfuirent. Le vieil homme traversa la route jusqu'à la colonne de réfugiés, à la recherche de la femme.

Il marcha longtemps sans la voir. Le terrain d'aviation derrière lui, maintenant, et son porteur, un peu plus qu'à moitié chargé, il s'arrêta de nouveau pour ramasser encore du petit bois. Il n'avait pas encore mangé ce jour-là et il essayait d'ignorer la faim qui le travaillait. Nous aurons besoin de bois là où nous dormirons. Quelque part près de la mer ? Il n'avait jamais vu auparavant une étendue d'eau plus large qu'un fleuve. Un bateau va sur la mer pendant des jours, comme les vaisseaux ailés volent dans l'air pendant des heures. Quels esprits pouvaient bien les empêcher de couler ou de tomber ? Il se rappela son village comme dans une vision : les champs, les rizières, la terre aux contours nettement dessinés et les collines au-delà. Debout, les tombes sacrées des ancêtres jusqu'à la quatrième génération. Qu'en était-il du village maintenant ? Brûlé, en ruine, en cendres. Les étables et les maisons calcinées. Les poutres brisées. Les sols défoncés par ceux qui cherchaient à trouver les réserves de nourriture. Le bœuf, mort, rôti maintenant dans le ventre des Chinois et des démons du Nord.

Le porteur était plein. Il le hissa sur son dos et se mit à marcher rapidement le long de la colonne à la recherche de la femme.

Derrière lui, les bruits de la guerre prenaient une ampleur menaçante. Les Chinois se battent de façon étrange. C'est ce que m'avait dit Grand-Père, un jour. Après un repas de riz chaud et de soupe chaude de kimchi, de poisson grillé, de légumes et de pâte de piment au soja. Il fumait sa longue pipe. Grand-Père qui avait sommeil, qui parlait dans un nuage de fumée. Ses paroles devenaient images dans la fumée. Ça je l'ai vu de mes propres yeux, à Mukden, disait Grand-Père. Après la bataille de Pyongyang. Il y a des années et des années, quand j'étais un petit garçon. La cavalerie chinoise s'avançait pour la charge, portant des éventails et des flacons de parfum. Leurs domestiques marchaient derrière eux avec des Winchester. Les cavaliers avançaient selon l'ordre militaire, en faisant des grimaces terrifiantes comme le dieu de la guerre. Quiconque voyant ces visages aurait fui. Mais les Japonais étaient des sauvages, des barbares, qui ne connaissaient pas l'art de vivre des Chinois, la sagesse des écritures chinoises, la beauté des caractères chinois. Les Chinois se jetèrent sur eux, crachant le feu, parfaitement immobiles. Tout le monde pouvait donc voir clairement que les Japonais étaient paralysés par la peur. Le général chinois avait poussé le cri de la victoire quand soudain, une longue ligne de fusils japonais se leva comme un seul bras tendu, un terrible fracas s'ensuivit, et les Chinois tombèrent comme des arbres morts.

Les yeux sombres et humides de Grand-Père à travers la fumée. L'odeur forte et sucrée du tabac. Grand-Père.

Comment les diables chinois et les démons du Nord ont-ils pu défaire les géants à la peau claire, au gros nez, aux yeux bleus, à l'envers ? Leurs bombes et leurs machines avaient chassé ces sauvages de Japonais qui avaient vaincu ces mêmes Chinois tant d'années auparavant. Est-ce possible ? Peut-on être fort une année et faible l'autre ? Les esprits se jouent de nous. Une rivière calme une année qui devient une mer agitée l'année suivante ?

Où est la femme ?

Aussi loin que son regard portait sur la colonne de réfugiés, il ne parvenait pas à l'apercevoir.

Peut-être l'avait-il dépassée, à marcher comme ça, les yeux rivés aux ornières de ce chemin traître et glissant.

Mais elle, elle l'aurait sûrement vu. Elle ne peut pas marcher si vite, en tirant la charrette avec le garçon dessus. Quelle malchance d'être tombé sur lui. Un fardeau que nous envoient les esprits malins. N'ai-je pas fait assez d'offrandes à mes ancêtres le jour du Nouvel An passé ? N'y avait-il pas du vin dans les coupes, et des baguettes sur la viande et les légumes, et des cuillères dans les bols de soupe ? Est-ce que nous ne nous sommes pas agenouillés, la femme et moi, et ne nous sommes-nous pas prosternés, n'avons-nous pas heurté la terre de nos fronts le bon nombre de fois ? Les flammes des bougies n'ont-elles pas vacillé dans le vent glacé qui soufflait sur la table pour dire que les esprits étaient présents et qu'ils participaient au repas ? N'ai-je pas assez nourri les fantômes douloureux de notre village, ces morts tourmentés qui errent sans repos, qui hantent les arbres desquels ils sont tombés et les rivières qui les ont noyés ?

La pensée qu'il ait pu d'une manière ou d'une autre irriter ses ancêtres ou les âmes de son village le terrifia, il se sentit gagné par le désespoir et la solitude au milieu de cette foule de réfugiés en fuite. Y avait-il un autre espoir d'être considéré avec bienveillance par les puissances invisibles au-delà du monde palpable, des puissances qui se montraient brutales un moment, puis aimantes juste après, en dehors de la dévotion aux morts et de la croyance en un petit-fils futur qui ne naîtrait pas ? Mais ce garçon n'est pas mon enfant et il ne me donnera pas de descendance et la femme a perdu l'esprit à cause de cette guerre, comment a-t-elle pu aller si loin ?

Il éprouva soudain le besoin de sa présence, avec plus de force encore que lorsqu'il avait attendu au bord de la rivière qu'elle revienne avec le garçon. C'était une souffrance, une peur, et un désir violent tout à la fois. Il s'emportait contre elle et lui reprochait de ne pas être à côté de lui, et la pensée qu'il ne la reverrait peut-être jamais le glaçait de l'intérieur. C'est la deuxième fois qu'elle m'a fait me sentir comme ça en quelques jours. Sa colère ne fit que croître à cette pensée.

Il continua, avançant avec précaution sentant sur son dos le poids du porteur chargé de petits bois. Il ne voyait toujours pas la femme.

Il marqua une nouvelle pause, affaibli, la faim lui donnait la nausée, et il inspecta l'horizon. Les gens passaient à côté de lui en le frôlant, silencieux, remuant et creusant la terre sous leurs pieds. La colonne des soldats et celle des réfugiés traversaient maintenant une ville d'immeubles à deux étages brûlés et effondrés. Les fils électriques avaient été coupés et s'emmêlaient sur le sol. Des enseignes trouées d'impacts de balles surmontaient des magasins abandonnés et pillés. Des portes brisées, des fenêtres cassées et la nudité vulnérable des pièces derrière les façades éventrées.

Juste à la sortie de la ville, de chaque côté de la route on avait implanté une base militaire. Fils de fer barbelés. Rangées de casernes blanches désertées. Des chiens affamés erraient à la recherche de nourriture, et pissaient contre les arbres.

Le vieil homme pensa : ils laissent entrer les chiens, et si j'entre ils me tueront.

Au-delà du camp militaire, encore des champs, désolés, bordés des hautes herbes de l'hiver. Je trouverai quelque chose. Il y a toujours quelque chose. Mes ancêtres ne nous abandonneront pas pour que nous mourions de faim. A moins que ce garçon ne soit un esprit malin.

Où est la femme ?

Il songea à revenir sur ses pas. Peut-être l'avait-il dépassée après tout. Il y avait une telle foule sur ce chemin.

Restez avec les gens leur avait dit le charpentier avant qu'ils ne s'enfuient du village. Restez toujours ensemble avec les autres. Mais ils avaient perdu le charpentier pendant que la police militaire les fouillait, tôt le premier jour. Et maintenant, il avait perdu la femme.

Puis il la vit, à quelques mètres en dehors de la route dans un champ nu.

Il sentit les battements de son cœur jusque dans sa gorge et ses oreilles. Il alla vite à elle.

Elle se tenait debout, penchée en avant, les yeux fixés sur la terre à ses pieds.

Il aurait voulu dire, je t'ai cherchée, femme, pourquoi es-tu allée si loin sans moi. Il aurait voulu dire, tu m'as fait peur, femme, à me laisser ainsi seul, mais il ne dit rien.

Le visage de la femme était marqué de taches grisâtres. Elle avait du mal à se tenir debout à côté de la charrette.

Il entendit dire : « Je suis fatiguée. »

Son cœur s'attendrit et il sentit en lui une chaleur qu'il avait oubliée depuis longtemps. Comme une vision, il se revit jeune avec elle, alors que les trois jours et les trois nuits ensemble après le mariage allaient juste commencer. Tout était possible : des fils, des pluies abondantes et une terre riche qui donnait du riz et du grain, et des bœufs pour la charrue, ainsi la femme n'aurait jamais besoin de s'y harnacher. Ses ancêtres les regardaient avec bienveillance depuis leurs tombes sur la colline au-delà du village, offrant à leur foyer les bénédictions de la terre et les protégeant du mal qu'auraient pu leur faire les fantômes errants. Oui, tout était possible. Tout.

Il lui demanda d'un ton délibérément froid.

– Où dormirons-nous ce soir ?

Elle toussa.

– J'ai entendu dire qu'il y avait de nombreux bâtiments après le prochain tournant.

Elle s'appuya contre la charrette, elle respirait difficilement. Esprit de mon arbre, rends-moi mon souffle. Père, donne-moi ta force.

Il demanda : – Et le garçon ?

– Il s'est réveillé à un moment.

– Qui est-il ? Où est son village ?

– Je ne sais pas, il m'a regardée avec frayeur et il a remis sa tête sous les couvertures.

– Ce garçon est un boulet.

– Si un chien abandonné s'attache à toi, est-ce que tu le chasses ?

– Nous devrions l'abandonner, femme. Que faisons-nous donc avec ce garçon ?

Elle ne répondit pas. Au bout d'un moment, elle dit : « Nous ne le laisserons pas mourir. Je suis reposée maintenant. »

Elle reprit les brancards et se mit en marche le long du champ vers le chemin où se mouvait la foule.

Le vieil homme marchait à côté d'elle, trop las et trop affamé pour laisser éclater sa colère. Écoute-la. Comment peut-elle me parler comme ça ? Cette femme, cette créature, cette femelle, cette je ne-sais-pas-quoi. Elle qui a failli à son seul devoir de femme : me donner des fils. Elle ne m'a donné personne qui offrira des sacrifices à mon ombre quand je ne serai plus là. Et maintenant écoute-la ! Il marchait, tremblant de colère, pliant sous le poids des brindilles entassées sur le porteur.

Sous les couvertures, dans la charrette, le garçon avait écouté les paroles de la femme et du vieil homme. Le son de la voix du vieil homme, aiguë et rocailleuse, l'avait effrayé. Et les mots qu'il avait prononcés étaient terrifiants. Et les bruits effrayants de la guerre approchaient. Il s'était souvenu de son nom. Et maintenant qu'il sentait les mouvements de la charrette qui reprenaient, il se souvenait de son village.

Il restait allongé, immobile, à se souvenir et à trembler. La charrette roula longtemps sur le chemin entre les champs et la route. Puis elle s'arrêta, et caché dans l'obscurité des couvertures le garçon entendit la voix d'un homme qui criait des ordres : « Pas ici, allez-vous-en d'ici ! » Puis un fracas de voix et soudain des coups de feu et des cris et la charrette qui se remettait à bouger rapidement et, au bout d'un moment, le vieil homme qui criait : « Des soldats comme ça, ça ne mérite que le couteau ! » Et la femme qui essayait de le calmer.

Les coups de feu et la voix du vieil homme terrifièrent le garçon. Il revit la tuerie dans son village et il éclata en sanglots, ses dents claquaient. Il sentait les élancements de sa blessure, l'estomac. Il sentait la faim jusque dans ses jambes et dans ses bras.

Il sortit la tête de sous les couvertures et le sac de couchage ; il vit une étendue de ciel crépusculaire et grisâtre, le dos d'une petite femme qui tirait la charrette et le vieil homme voûté sous son chargement de bois. Qui sont ces vieillards ? Comment les ai-je rencontrés ?

Le vent glacial l'obligea à se couvrir à nouveau. Et allongé là, il se remémora le village et il pleura jusqu'à ce qu'il s'enfonce dans l'obscurité de son sommeil.

La charrette s'arrêta et il se réveilla. Cette douleur dans la poitrine et l'estomac. Tout le centre de son être brûlait de douleur. Dans l'obscurité des couvertures, il se blottit en boule.

Petit, me faire petit. Petit, j'ai été épargné par les fusils des soldats du Nord. Petit, j'ai échappé à la colère de mes oncles après des jeux qui m'avaient été interdits. Petit, je me suis réfugié dans les bras de Grand-Mère après les reproches que prononçait la bouche sévère de Père. Petit, petit, un oiseau tenu légèrement dans la main. Il retomba dans un demi-sommeil, une sorte de torpeur. Les sons lui parvenaient comme s'ils avaient traversé l'eau ou un grand vent.

On souleva la couverture de son visage. Il sentit la morsure du froid et frissonna. En ouvrant les yeux, il vit une ombre menaçante se pencher au-dessus de lui, elle le regardait depuis un gigantesque ciel de crépuscule.

L'ombre s'approcha. Il étouffa un cri.

L'ombre se pencha en avant et il sentit qu'elle glissait une partie d'elle-même sous sa tête. Il recula de peur et poussa un cri aigu. Petit, tout petit. Le dragon disparaîtra. Esprit de mon Grand-Père, protège-moi.

On le soulevait, les couvertures étaient toujours autour de lui. Il sentit une odeur aigre et fétide lui monter aux narines, son estomac se serra et remonta jusque dans sa gorge.

Assis maintenant dans la charrette, appuyé contre un des côtés, il ouvrit les yeux et vit le visage d'une vieille femme. Minuscule, brun, ridé; la bonté dans ses yeux sombres au fond d'une vallée craquelée comme la terre après la sécheresse; ses lèvres étaient fendues avec une blessure au coin de la bouche; le nez épaté, le menton pointu, la tête couverte d'un foulard blanc sale noué sur la nuque, dans ses mains nues, un bol d'où s'échappait une vapeur de nourriture chaude.

Il arracha le bol et l'entendit murmurer : « lentement, mange lentement » mais il ne pouvait pas faire attention à ce qu'elle lui disait, il but la soupe à pleines gorgées et en sentit la brûlure dans son corps, jusque dans son estomac puis il se rappela que cette femme l'avait déjà nourri et qu'il avait vomi, puis il se rappela qu'elle l'avait porté dans ses bras à travers des étendues de glace et de neige jusque dans un endroit où il avait vu une croix rouge, puis il se rappela qu'il avait été couché la tête sur ses genoux quelque part dans la neige, puis il se rappela les explosions de terre tandis qu'il fuyait les Chinois et les soldats du Nord à travers la vallée, et cette sensation lancinante d'avoir reçu un coup dans la poitrine, et après il trébuchait sur la route, le sang chaud ruisselait sans fin sous ses vêtements, sur son ventre et entre ses jambes.

La soupe avait un goût étrange mais pas désagréable. Du riz ? Des pommes de pin ? Et il y avait une sorte de viande qui flottait dedans. Il mâcha avidement.

Une autre ombre apparut qui vint se mettre à côté de la femme. Cette ombre aussi avait un visage : celui d'un vieil homme, des traits bruns et ridés, des yeux sombres et furieux, des poils grisonnants au-dessus de la lèvre et sur le menton, une longue pipe entre ses dents serrées. Son corps petit, maigre, noueux, même sous la veste matelassée. Un vieillard laid et petit, coiffé d'une casquette à oreillettes, une grosse verrue sur la joue gauche.

Le garçon recula à la vue de cette ombre. Elle avait le rayonnement des mauvais serpents. Et le dragon, dans la mare à côté du village : humide, froid, puant, sans merci pour les petits enfants qui pêchaient tout seuls au bord de la mare : Ne jamais, jamais, pêcher seul, Mère l'avait prévenu plus d'une fois. Il allait souvent pêcher là-bas, et il s'était échappé d'une fête familiale, dans son manteau des grands jours et il était allé pêcher tout seul à travers un trou dans la glace, le jour où les soldats du Nord étaient arrivés. Il s'était glissé derrière les arbres et il s'était allongé immobile et petit à écouter les coups de feu et les cris. Il avait cru voir le dragon au fond de l'eau, nageant lentement de gauche et de droite, la masse énorme de son corps formait une ombre obscure sous la glace. Ce vieil homme est un mauvais dragon.

Le dragon ridé et colérique qui plus tôt ce même jour avait crié : « Des soldats comme ça ne méritent que le couteau ! » Le garçon rendit le bol vide à la femme et se glissa sous les couvertures jusqu'à ce qu'elles lui recouvrent le visage et la tête. Petit, tout petit. Si les mauvais dragons ne te voient pas ils s'en vont. Bon dragon, aide-moi. Petit. Comme un oiseau qui prend son envol. Comme un papillon. Comme un grain de riz. Tout petit.

Le vieil homme avait dressé les bouts de métal qui leur avaient servi d'abri sur la berge et ils dormirent cette nuit-là dans un pré quelque part entre la ville et la mer. Il se réveilla pendant la nuit et mit ce qui restait des brindilles sur le feu, tandis qu'il apercevait des quartiers entiers de la ville brûler, les longues flammes rouges dansaient devant les nuages bas. Un vent glacial s'éleva des champs et souffla dans sa direction en gémissant. Des feux éparpillés parsemaient l'obscurité, éclairant des silhouettes incertaines, accroupies. Leur présence le réconfortait. Le charpentier les avait bien prévenus : restez avec les gens. Où étaient-ils maintenant, le charpentier, sa femme et ses fils ? Le long de la route, des véhicules avançaient comme des ombres vers la mer. On ne voyait que leurs phares : les yeux fendus des esprits malins. Les bruits de la guerre étaient seuls, perceptibles. Que mangerons-nous demain ? Ce garçon mange pour deux. Et cette femme, têtue comme un poney, comme ça, tout d'un coup. Ce garçon nous amènera des ennuis, je le sens. Des silhouettes, comme des ombres. Des chiens affamés ? Elles se glissent autour du périmètre de lumière jaunâtre projetée des flammes. Il cria pour les éloigner. Il y eut comme un bruit de bête qui détale, puis le silence.

Il avait mal aux jambes et dans le dos à cause du fardeau qu'il avait porté pendant la plus grande partie de la journée. Il retourna à l'abri et se glissa sous les couvertures. Le garçon était allongé entre lui et la femme, il respirait doucement. Il n'est rien pour moi. Un inconnu d'un autre village, d'un autre clan. De qui est-il le fils ? D'un propriétaire terrien ? D'un érudit ? Qu'ils s'occupent donc eux-mêmes de leur engeance. Il me prend mes forces et ma nourriture. Comme elle s'accroche à lui, cette femme. Quel est le démon qui nous aura poussés dans ce fossé où nous avons trouvé le garçon ?

Il entendait le fracas des tanks qui lui parvenait de la grande route. La terre gelée tremblait. Après un certain temps, le vieil homme s'endormit.

Pendant toute la matinée du lendemain, ils marchèrent vers la mer, à travers des champs et des rizières qui descendaient en pente douce vers un horizon de plus en plus vaste et de plus en plus vide. Le vieil homme et la femme tiraient ensemble la charrette. A un certain moment, le garçon sortit la tête de sous les couvertures et vit un immense ciel gris sans l'ombre d'une montagne, et des étendues de champs gelés que traversaient péniblement des hordes de réfugiés. L'immensité du ciel le terrifia. Il respirait l'air saturé de l'odeur de la mer. De l'encens pour apaiser les esprits de l'eau ? Il observa le vieil homme qui tirait sur un des brancards de la charrette. Il ne veut pas de moi. Il me chassera. Tout tremblant, il retourna sous les couvertures.

Vers le début de l'après-midi, la femme entr'aperçut la mer, une énorme plaque de métal qui brillait d'un éclat morne, et qui se fondait à un horizon fragile et indistinct. Elle éprouva de la peur devant cette étendue d'eau sans limite. Au cœur des collines et des montagnes, elle avait trouvé un monde délimité et rassurant, un endroit solide. Cet espace infini lui donnait le vertige et le sentiment de l'éparpillement. Là, s'arrête la terre. Si nous ne nous montrons pas prudents, nous nous perdrons dans le néant ou dans une caverne sous-marine peuplée de fantômes et de démons. Comment y protégerai-je le garçon ?

Le vieil homme non plus n'avait jamais vu la mer. Il s'était imaginé une centaine de rivières mises côte à côte et sur lesquelles les esprits faisaient souffler des vents furieux. Il vit les champs de boue devant lui, un paysage désolé qui s'enfonçait dans la mer. La ligne brisée des buissons et des arbres se terminait sur les étendues de boue. Le vieil homme passa le porteur sur ses épaules et se dirigea vers quelques buissons où d'autres s'employaient déjà à ramasser du bois. Saisissant les deux brancards de la charrette, la femme reprit seule son chemin.

Plus tard, ils entrèrent dans une ville au bord de la mer et s'installèrent avec des centaines d'autres, au crépuscule naissant, auprès d'une jetée de pierre qui s'enfonçait loin dans la mer. Tout en montant les murs de l'abri, le vieil homme observa la femme qui portait le garçon jusqu'au rebord de la jetée où elle le soutint pour qu'il puisse se soulager. Comme elle le tenait tendrement, la couverture sur ses épaules. Tandis qu'il faisait du feu, il la vit parler au garçon, il observa les mouvements délicats de ses mains alors qu'elle l'aidait à uriner dans les vagues. Il sentit à nouveau la colère qui montait en lui. Cet étranger qui vole la nourriture et la fidélité des gens!

La mer murmurait dans son oscillation. Grise et sombre, les crêtes de ses vagues ornées. Elles se jetaient sur la côte désolée. L'horizon obscurci par les nuages et la venue du soir perdait à chaque instant de sa clarté et la mer semblait s'étendre à l'infini, alors que derrière lui, les maisons de la ville, voilées par le crépuscule, commençaient à disparaître. Plaine du soir, vaste et sans fin. Il se tenait au bord de la mer, il écoutait l'obscurité et il imaginait les eaux poussées soudain par une tornade de vent, qui s'élevait pour les engloutir tous : elles s'avanceraient comme un mur, s'écrouleraient sur eux, et les emporteraient dans ce monde liquide, ce néant qui les aspirerait. Et pourtant, ils étaient si nombreux à vivre ici. Une cité entière. Maintenant désertée. Ne reste que les soldats qui entrent et sortent des maisons, traversent les ponts et les routes. Un peu plus tôt, deux soldats sud-coréens étaient sortis de derrière un arbre, les armes à la main. Le vieil homme avait autrefois senti leurs mains se poser sur lui sans égards. Il détourna les yeux alors que les soldats s'adressaient à la femme.

– Qu'est-ce qu'il y a dans cette charrette ? demanda l'un d'eux.

La femme répondit rapidement :

– Des choses que nous avons emportées de notre village, des couvertures, des paillasses, des pots. Toutes sortes de choses.

– Qu'est-ce qu'il y a sous le sac de couchage ?

Après une fraction de seconde d'hésitation.

– Un garçon.

– Comment ça un garçon ?

Le vieil homme l'entendit répondre :

– Notre fils.

– Retire le sac de couchage, grand-mère, très lentement.

Le vieil homme détournait toujours la tête.

– Qu'est-ce qui lui est arrivé ? demanda le premier soldat.

– Une horrible blessure à la poitrine.

– Il pue comme un sac de merde.

– Hé grand-père, tu as de l'argent ? demanda l'autre soldat.

– Pas d'argent. Pas d'argent, répondit le vieil homme.

– Si je fouille la charrette et que je trouve de l'argent, je te casse la tête.

– Pas d'argent, pas de nourriture. Voilà notre seule nourriture.

Il brandit le petit animal sauvage qu'il avait trouvé à moitié mort dans un buisson et il vit que les soldats le regardaient, puis qu'ils échangèrent un regard dans lequel l'étonnement se mêlait au dégoût. Ils lui firent signe de continuer et il reprit les brancards avec la vieille femme, ils passèrent devant eux, marchant sans un mot à travers la ville côtière sur laquelle l'obscurité s'abattait, jusqu'aux champs boueux près de la jetée.

Là, l'eau n'avait pas gelé. Là, elle soupirait toujours, toute la nuit, et elle se mouvait comme un esprit agité, avançant et reculant sur la plage froide et humide.

Des détonations d'armes automatiques les réveillèrent dans la lumière de l'aube.

Le vieil homme bondit de sous les couvertures et se heurta à un mur d'air glacial; il courut jusqu'à la charrette sans se soucier de la douleur dans ses muscles. Et ses os. La vieille femme prit le garçon dans ses bras, encore enveloppé dans les couvertures. Tout au long des champs on entendait les coups de feu et le fracas infernal.

Des soldats traversaient en courant les étendues de vase et tiraient des coups de feu en l'air.

Le vieil homme se mit à charger les planches de métal de leur baraque dans la charrette.

Un soldat courut vers lui.

– Tire-toi de là, grand-père, tout de suite.

Le vieil homme lui désigna du doigt l'abri à moitié démonté, et joignit les mains d'un geste implorant.

– Tire-toi, grand-père! Vite! Les Américains font sauter la ville!

La femme saisit les brancards de la charrette.

Ils s'enfuirent à travers les étendues de boue, la

mer gris clair sur leur droite, ils suivirent un chemin sablonneux qui s'enfonçait entre les buissons éparpillés et débouchait sur d'autres champs boueux. Ils entendirent un grondement sourd derrière eux qui s'amplifia en un rugissement qui leur glaça le sang et ils virent la ville tout entière se transformer en fumée et en flammes. De gigantesques langues de feu dansaient dans l'air, suivis de nuages bouillonnants de poussière et de débris. Un immense nuage sale, brun-rouge, se forma au-dessus de la ville. Le vieil homme et la femme sentirent la terre trembler sous leurs pieds, d'épaisses vagues d'air les frappaient de plein fouet et vidaient leurs poumons. Le garçon sortit la tête de sous les couvertures, il regarda la ville et le vieil homme vit sur son visage maigre une expression d'horreur. Puis il émergea de sous les couvertures et descendit péniblement de la charrette. Un flot de noms et de mots se déversait maintenant de sa bouche. Le vieil homme entendit : « la mare » et « pêcher » et « dragon » et « soldat » et « le village brûle ». Le garçon se mit à courir en trébuchant dans l'aube glaciale, loin de la ville détruite. Il trébucha, tomba, se releva, tomba de nouveau et la femme courait vers lui avec une couverture qu'elle mit finalement sur ses épaules, puis elle le ramena à la charrette, en lui murmurant de douces paroles. Le vieil homme reprit les brancards de la charrette et reprit sa marche, la femme avançait maintenant à côté de la charrette, apaisait le garçon allongé, tremblant, sous les couvertures.

Ils marchèrent toute la journée vers le sud et ils pouvaient voir distinctement la ville qui brûlait derrière eux, des nuages de poussière tournoyant dans le ciel comme une horde d'esprits déchaînés.

Vers le soir, le garçon eut un autre accès de fièvre.

Tremblante, la femme posa sa main gauche sur son visage et de l'autre main fit quelques mouvements verticaux et horizontaux au-dessus de sa tête. Esprit de mon grand-père, protège-le. Esprit de mon arbre, protège-le.

Le vieil homme regardait le garçon. Cette fièvre ne lui vient pas de la blessure. La blessure guérit. Elle se referme. Bientôt la femme devra enlever les fils.

D'où vient cette fièvre ? Peut-être des démons de la mémoire. Ils s'attachent à quelqu'un jusqu'à ce que cette personne dépérisse. Il avait déjà vu ça, au village. Le frère du vieux charpentier qui avait perdu un fils l'année de l'inondation : les démons de la mémoire l'avaient dévoré jusqu'à ce qu'il ne reste plus de lui que son ombre et tout le village avait pu le voir.

Le vieil homme se surprit à penser que cette fois le garçon mourrait vraiment.

Il se demanda alors pourquoi il voulait tant voir ce garçon mourir. La femme ne l'abandonnerait pas. Et le garçon, blessé et seul, ne partirait pas de lui-même. Plus tard, certainement, pour retourner dans son village. Et si son village n'existait plus ? Il retournerait dans sa famille, dans son clan. Mais s'ils avaient tous été anéantis, comme c'était arrivé à tant de personnes ? Alors ils le donneraient à la charge du gouvernement ou à un orphelinat. Mais, et si la femme refusait, et si le garçon choisissait de rester ? Et quand bien même... Pourquoi voulait-il que ce garçon meure ? Un enfant sans défense.

Le vieil homme se surprit alors à observer quelque chose au fond de lui-même qu'il voyait pour la première fois. Tout le monde connaissait l'existence du monde invisible, au-delà du royaume quotidien des apparences, mais il n'avait jamais soupçonné la présence d'un tel monde en lui-même. Un monde inconnu, comme une caverne. Et comme il ne pouvait pas comprendre ce monde ni lui donner un nom, il se demanda quel esprit ou quel démon pouvait s'y cacher. C'était là que résidait pour lui la plus grande crainte, la plus grande perplexité.

En tout cas, il était sûr qu'il voulait voir mourir le garçon.

Ils dormirent par terre près d'un bosquet d'arbres détruits. Des branches mortes recouvraient le sol grêlé de trous d'obus. Mais quelques soldats étaient venus un peu plus tôt parmi les réfugiés pour les prévenir de ne pas faire de feu. La femme ne pouvait pas dormir, à cause du froid. Elle entendait des pas et des gémissements tout autour, et les sifflements des esprits des arbres qui murmuraient. Elle était allongée sous les couvertures et le sac de couchage à côté du garçon, elle entendait parfaitement ce que disaient les arbres : la colère des esprits que l'on n'avait pas nourris, les vengeances qu'ils préparaient : l'enfant de celui-ci mourrait noyé dans la mare, l'autre brûlerait de la fièvre, un troisième tomberait de sa balançoire... La fillette sur la balançoire va et vient et sent le vent chaud du printemps sur son visage ; plus haut, toujours plus haut, jusqu'à ce que ses pieds nus fassent tomber en pluie les fleurs du pêcher sur sa tête et encore plus haut, jusqu'au ciel. Les anémones blanches étincelaient sur les pentes de la colline et les grenouilles commençaient à faire entendre leurs chants dans les ruisseaux voisins. Un, deux, toujours plus haut sous la protection de l'esprit de l'arbre. Le garçon était allongé à côté d'elle parfaitement immobile. Mère était venue en courant ce jour-là m'apporter la nouvelle de mon mariage : nos noms et nos dates de naissance s'accordaient bien. Des hommes arriveraient bientôt, envoyés par le fiancé, les bras chargés de présents : coton, soie et fins souliers. Le garçon était tout raide, plongé dans une étrange immobilité. Peut-être qu'il mourrait après tout. Les esprits se moquent bien du nombre d'enfants qu'ils ôtent à une mère. N'en ont-ils pas pris trois à la femme du vieux charpentier ?

En haut et en bas toujours plus haut la terreur cette créature à côté de moi et où pourrais-je fuir ils sont tous morts les mains attachées dans le dos dans leur tombe si peu profonde et pourquoi chante-t-elle donc cette vieille femme ?

Elle sentit soudain le garçon qui s'agitait, son gémissement lui transperça le cœur. Elle leva son bras raidi, sentit sur son visage la peau rêche et sèche et les ongles cassés de sa main, puis elle accomplit sous les couvertures les gestes verticaux et horizontaux que lui avait appris sa mère et murmura au garçon quelques paroles apaisantes. Le vieil homme dormait toujours, il respirait profondément. Le garçon se raidit et poussa un cri.

Les mains attachées dans le dos. La terre tombait sur leurs visages. Grand-Père, Mère, Père. Tous. La terre dans leurs bouches ouvertes, sur leurs yeux, et leurs têtes dans d'étranges positions comme s'ils n'avaient plus d'os et encore, et, et... Fuir. Qui sont ces deux vieilles gens, et voilà que les démons du feu sont sur mes yeux, et que fait cette vieille femme, là, à chanter ? Mère chante avec de la terre dans la bouche ; il y a des ennemis dans ces arbres brisés, je les entends ; et ils tueront le garçon cette nuit. Le balancement quand elle allait toujours plus haut jusqu'à ce qu'elle ne puisse plus monter plus loin, au sommet de la courbe, à cet instant incertain entre le mouvement vers le haut et le mouvement vers le bas, elle a sauté de la balançoire vers le tronc d'arbre le plus proche, brisé, ses bras et ses jambes flottèrent dans l'air et pénétrèrent profond dans le corps de l'arbre, et dans les profondeurs de l'arbre elle rencontra l'esprit visqueux et puant et s'y accrocha, enfonça ses doigts dans ses yeux, entendit son cri aigu, sentit sa queue qui lui fouettait les jambes et qui s'enroulait autour de ses cuisses. Un cri en forme de pierre se planta dans sa gorge. *La douleur !* Elle enserra la gorge couverte d'écailles, appuyant de tout son poids, et la créature, se tordant dans tous les sens pour se libérer, relâcha son étreinte et se glissa hors d'elle avec des gémissements de bête vaincue, et elle disparut dans le cœur et la racine de l'arbre. La vieille femme demeurait immobile, elle sentait encore ce battement dans la poitrine et dans les cuisses. Elle s'assit sur la balançoire et s'envola toujours plus haut, emportant avec elle la douleur du garçon jusque dans les fleurs de pêcher sur les branches et jusqu'au ciel là-haut. Elle s'endormit enfin, délirant de faim et de peur au milieu des détonations d'armes automatiques qui encerclaient le camp de réfugiés comme un fil.

Le vieil homme perçut un mouvement, un gémissement de douleur. Il y eut un éclat de lumière, des étincelles incandescentes. Les lumières étaient dans ses propres yeux. Il pensa qu'il était en train de mourir. La mort était la bienvenue. Mais être inhumé dans cette désolation ! Ou ne pas être enterré du tout.

Cette dernière pensée le réveilla tout d'un coup. Ses paupières irritaient ses yeux gonflés.

Il vit la femme, la tête posée sur la poitrine dénudée du garçon, la bouche ouverte à même la peau, elle était en train de ronger un des fils noirs de la plaie.

Le garçon poussa un petit cri et repoussa la tête de la femme de ses deux bras raides comme des bâtons. Elle releva légèrement la tête et prit le fil entre ses doigts, puis elle le tira du bourrelet de chair autour de la blessure refermée.

Le garçon regardait, horrifié.

La cicatrice qui faisait à peu près cinq centimètres, parallèle à la clavicule, était rouge et laide. A de nombreuses reprises, elle posa sa bouche contre la blessure, et chaque fois elle mâchait longuement les fils tout en faisant des bruits secs comme des grincements avec ses dents. Le garçon sentait l'humidité de sa langue et de ses lèvres sur sa poitrine, il sentait son haleine ; elle enleva tous les fils, les tint un moment entre ses doigts, ficelles noires et sinueuses, et elle les jeta loin des couvertures.

C'était fini. Elle avait mal à la bouche. Elle sentait le goût du sang qui avait coulé de ses gencives. Tout en couvrant la poitrine du garçon, elle lui murmura quelques mots pour l'apaiser. Et le garçon resta tranquille.

Le vieil homme les regardait dans la lumière de l'aube qui filtrait à travers le haut du sac de couchage entrouvert et il savait désormais que le garçon ne mourrait pas de sa blessure, mais qu'ils allaient tous mourir de faim, la faim qui finirait par s'installer définitivement dans leurs vies.

Il y avait déjà beaucoup de morts sur la plage. Ils étaient là où la mort les avait surpris dans leur sommeil, et on les laissait là, après avoir pris leurs chaussures et leurs vêtements. La femme, vacillant de faiblesse, secoua les couvertures et le sac de couchage pour en enlever la vermine. Les cafards s'éparpillèrent sur le sable; les poux, elle s'en occuperait plus tard.

Elle porta les couvertures dans la charrette; elle se mit soudain à marmonner et se pencha en avant, puis elle disparut en trébuchant derrière un bosquet.

Le garçon resta là un moment, à regarder autour de lui et à frissonner.

Le vieil homme sentit que les yeux du garçon s'étaient posés sur lui. Il l'aida à monter dans la charrette et l'enveloppa dans les couvertures.

Comme il savait désormais que le garçon ne mourrait pas de ses blessures, le vieil homme songea à l'étudier de plus près et il vit dans les plis des couvertures une créature aux cheveux noirs, tremblante de peur, le front plissé, un large nez épaté, une bouche pleine en son centre dont les lèvres pâles devenaient fines à leur extrémité, un menton rond aux lignes douces, des pommettes saillantes et un cou mince et long. Ses lèvres étaient sèches et fendues. Il avait des égratignures rougeâtres sur le visage.

Le vieil homme détourna son regard, secoué d'une colère incompréhensible contre les esprits qui l'avaient mis sur leur chemin. Pourquoi lui ont-ils rendu la vie? Possède-t-il une force magique?

– Est-ce que tu peux parler?

Le garçon répondit d'un hochement de tête incertain. Il me veut du mal.

– Comment t'appelles-tu ?
– Kim Sin Gyu.
– D'où viens-tu ?
Le garçon lui donna le nom d'un endroit qui se trouvait au nord du village du vieil homme, d'une voix aiguë et légèrement haletante.
– Que fait ton père ?
– Mon père ?
Un long silence s'ensuivit. Le garçon détourna les yeux et les reposa sur le visage du vieil homme.
– C'est un érudit, un poète.
– Où sont les tiens ?
Cette fois le garçon ne répondit pas.
– Qu'est-il arrivé aux tiens ?
Le garçon ne disait toujours rien.
– Tu n'as personne ?
– J'avais un chien.
Le vieil homme sembla surpris.
– Un chien de trois couleurs. Il s'appelait Badook, Spotty. Je l'appelais parfois Trois Quatre, comme une insulte, pour l'embêter. Trois couleurs et quatre pattes.
Le garçon s'interrompit brièvement. Ses yeux soudain pleins de souvenirs.
– Badook s'est enfui quand on a commencé à entendre le bruit. Et j'ai eu peur de courir après lui parce que j'ai pensé qu'ils me verraient, et il est passé de l'autre côté de la mare et il s'est enfoncé dans la forêt et... et... et...
Le garçon se tut, l'effort qu'il avait produit pour parler rendait sa respiration difficile.
Il y eut un silence.
Le vieil homme regarda fixement le garçon :
– Redis-moi ton nom.

– Kim Sin Gyu.

– Quel âge as-tu ?

– Onze ans.

– Que veux-tu que nous fassions de toi ?

Le garçon ne dit rien. Il percevait bien la cruauté dans les yeux sombres du vieil homme, il avait peur, il se sentait perdu.

– Tu n'es pas des nôtres, dit le vieil homme.

Le garçon se mit à pleurer.

Le vieil homme détourna les yeux.

On entendit un fracas d'armes à feu provenant des collines, à l'est. Le vieil homme vit la femme qui venait vers eux en se dépêchant. Son visage était verdâtre, comme sans vie. D'autres s'étaient mis à fuir en désordre de la plage. Le vieil homme et la femme reprirent les brancards de la charrette.

La mer, poussée par les vents, écumait sur le rivage. Le vieil homme et la femme marchaient avec d'autres, tournant le dos à la mer, vers une région de montagnes couvertes de glace.

Au début de l'après-midi, ils atteignirent une vallée étroite. Le bruit de la guerre ne leur parvenait plus que faiblement.

Avec ce qu'il lui restait de force, le vieil homme ramassa du bois et fit un feu. La femme prépara une soupe de neige fondue, d'herbes d'hiver et des restes d'un corbeau gelé qu'elle avait trouvé un peu plus tôt sur la plage. Les chiens sauvages tournaient en rond dans l'obscurité juste au-delà du cercle de lumière que projetaient les flammes. Le garçon s'assit et se mit à manger, serrant le bol entre ses mains tremblantes. Il lançait sans cesse des regards à droite et à gauche, mais il n'osait pas rencontrer les yeux du vieil homme. La femme l'observait tandis qu'il mangeait, et parlait silencieusement à l'arbre de son enfance et aux esprits de son père et de son grand-père.

Le lendemain matin, ils continuèrent leur marche vers le sud, le long de sentiers, loin des bruits de la guerre qui allaient en s'atténuant.

Aux premières heures du jour, ils arrivèrent dans une vallée étroite et le garçon put marcher quelque temps, appuyé sur le côté de la charrette. La femme, au comble de la joie, se retenait de lui parler pour ne pas le fatiguer. Le vieil homme était content de ne plus avoir à tirer la charrette avec le garçon dedans, le long des chemins caillouteux de la vallée. Des murs de granit élevés se dressaient de chaque côté de la vallée, l'assombrissant d'une ombre spectrale. Le vent dressait un mur d'air glacé en travers de la vallée, et bientôt, le garçon ne put plus marcher, la femme l'aida à remonter dans la charrette et elle plaça les couvertures et le sac de couchage sur lui.

– Faim ! fit-il d'une voix implorante.

– Bientôt.

– Faim, dit-il de nouveau.

Elle se détourna, prit un des brancards et marcha à côté du vieil homme.

– Jusqu'où allons-nous ? demanda-t-elle.

– Nous restons avec les autres.

– Certains ne continuent pas.

– Ils ne vivront pas longtemps.

– Le garçon a besoin de manger.

– Le garçon ! Le garçon !

– Je ne peux pas aller plus loin.

– Quand nous nous arrêterons, je ferai du feu et j'attraperai un lapin.

Elle savait qu'il n'avait pas la force de chasser les lapins.

– Je suis malade et je ne reverrai jamais notre village.

– Arrête, cria-t-il en lançant des regards effrayés tout autour de lui. Quand les esprits entendent des choses pareilles, ils savent immédiatement où aller.

– Je suis une vieille femme et avec moi ils savent depuis longtemps où aller.

– S'ils viennent vers toi, ils me remarqueront moi aussi.

– Tu as peur ? Combien de fois m'as-tu dit que tu n'avais pas peur ?

– Ils remarqueront le garçon.

Ces paroles la firent taire.

– Monte dans la charrette, dit le vieil homme.

– Ah, non !

Elle avait honte.

– Monte femme.

– Je t'ai dit, non.

– Qu'est-ce que je pourrais faire pour le garçon si tu tombes malade ?

Elle réfléchit à ce qu'il venait de lui dire, et l'instant d'après elle monta dans la charrette. Le vieil homme tira la charrette le long du chemin étroit qui traversait la vallée.

Elle s'allongea en frissonnant, à côté du garçon. La douleur qu'elle éprouvait à l'estomac l'effrayait. Elle se mit à trembler violemment et sentit le garçon qui se rapprochait d'elle, pour lui communiquer de sa chaleur. Il tira le haut du sac de couchage au-dessus de leurs têtes et ils restèrent dans l'obscurité.

La guerre était maintenant loin derrière eux et ils ne pouvaient plus l'entendre.

Le soir, le vieil homme fit un feu et essaya de chauffer une soupe de neige fondue et d'herbe. Elle avait un goût de terre et de pierre. La femme ne pouvait pas manger et elle s'assit penchée en avant au-delà du cercle de lumière que produisait le feu, pour vomir. Le vieil homme s'assit à la chaleur du feu. Le garçon s'accroupit de l'autre côté du foyer, loin de l'homme et il écouta les bruits que faisait la femme. Que ferai-je si la femme meurt et que l'homme me renvoie?

Mais la femme ne mourut pas. Au matin, elle marcha sur ses jambes tremblantes à côté de la charrette et l'après-midi, ils atteignirent une vaste plaine, où l'homme, ramassant du bois, trouva un lapin que la femme prépara et qu'elle fit rôtir cette nuit-là. Ils s'assirent tous trois autour du feu pour manger.

Des centaines d'hommes et de femmes étaient dispersés dans la plaine par cette nuit glaciale. On avait allumé des feux de partout, et les bruits de la guerre s'étaient tus. Aucun d'entre eux ne semblait vraiment savoir où il allait. On disait qu'il y avait un gigantesque camp de réfugiés un peu plus loin, avec de la nourriture et des tentes où ils seraient au chaud là-bas, juste après la chaîne des collines.

Au matin, le vieil homme souffrait de crampes et de fièvres. Il tira la charrette avec la femme jusqu'à ce qu'il ne sente plus ses bras et ses jambes. Ils suivaient un chemin charretier dans une vallée étroite. La montagne était creusée de grottes.

Le vieil homme était allongé dans la charrette que tiraient la femme et le garçon.

Je vais mourir ici, dans cette charrette derrière

cette femme que je ne connais plus et ce garçon qui m'est un étranger. Cette charrette sera mon lit de mort et cette vallée ma tombe. Voilà où m'ont amené toutes ces offrandes que j'ai faites aux esprits. Voilà où m'ont amené toutes les fêtes à la mémoire des ancêtres. Voilà pour tous les présents que j'ai adressés aux âmes des disparus.

Au bout d'un moment, la femme et le garçon ne purent plus tirer la charrette avec le vieil homme dedans. Ils s'arrêtèrent à côté de la charrette, penchés en avant, tremblant d'épuisement. Puis ils tirèrent la charrette en dehors du sentier et s'accroupirent pour se reposer.

Pendant tout le reste de la journée, le flot des réfugiés passa devant eux sans interruption. Ils étaient si nombreux. La femme ne s'était jamais imaginé que la guerre avait pu détruire tant de personnes. Tous marchaient les yeux baissés. Des hommes avec des porteurs sur les épaules, comme de grands A, des femmes avec des enfants attachés à leurs dos et des paquets sur la tête. Soupirs, gémissements, cris d'enfant. Des charrettes, des carrioles, quelques bœufs. Personne ne dit le moindre mot à la femme ou au garçon. Le vieil homme relevait la tête de temps à autre et les regardait passer.

L'air était clair et d'un froid cruel. Le bleu intense et glacé au ciel pâlissait lentement avec la venue du soir.

Le vieil homme avait pratiquement perdu connaissance lorsque la horde des derniers réfugiés les dépassa. Les premières étoiles apparurent. Un quartier de lune flottait au-dessus des montagnes, au loin. Dans cette lumière fantomatique, le vieil homme vit les silhouettes incertaines du garçon et de la femme, debout à côté de la charrette, qui le regardaient.

[illegible]

ceux-là que je ne [illegible]

[illegible] aux tâches de [illegible]

[illegible] qu'elles [illegible]

[illegible] nombreux [illegible] que la [illegible]

[illegible]

[illegible]

II

3

Lentement, à la lumière de la lune qui montait dans le ciel, la femme et le garçon tirèrent la charrette ensemble, le vieil homme y était toujours allongé. Ils suivirent un chemin rocailleux jusqu'à la grotte la plus proche.

Ils restèrent à l'entrée de la caverne, effarés, regardant cette obscurité qui refusait de s'ouvrir à leurs yeux. L'odeur des moisissures qui s'étaient déposées sur la terre et les pierres privées de soleil passa sur leur visage et leur emplit les narines.

Des esprits habitent peut-être ici, pensa la femme. Allons-nous les troubler ?

Le garçon n'avait encore jamais vu de grotte. Cette bouche noire grande ouverte, un peu plus large que la charrette et un peu plus haute que la femme, au pied d'une falaise de granit lui faisait peur.

Ils laissèrent la charrette à l'entrée de la grotte, pour la protéger du vent de la toundra qui soufflait à travers la vallée, tout chargé de neige à venir.

La femme alla derrière quelques buissons sur le côté pour se soulager. Puis elle appela doucement le garçon pour qu'ils ramassent ensemble quelques herbes hivernales et du petit bois. Elle alluma un feu, juste à l'entrée de la grotte. Elle fit bouillir de la neige dans laquelle elle mit diverses herbes. Elle offrit la soupe aux esprits de la grotte. Puis elle se tourna vers le garçon.

– Ne mange pas l'herbe, lui rappela-t-elle. Il faut seulement boire la soupe.

Le garçon lançait des regards affamés vers le contenu du bol, mais il fit comme elle l'avait dit.

Elle alla vers la charrette et retira avec précaution le haut du sac de couchage pour découvrir le visage du vieil homme. Elle fut surprise par la chaleur qui émanait de son corps en proie à la fièvre. Il bougea avec un gémissement. Ses yeux étincelaient d'une sombre lueur à la lumière des flammes.

– Bois lentement, lui dit-elle.

Mais il vomissait toute la nourriture qu'il avalait, et, au bout d'un moment, elle retourna près du feu.

Elle prit quelques brindilles et en enflamma les extrémités dans le feu. Puis, les tenant au-dessus de sa tête comme une torche, elle s'éloigna de la charrette pour pénétrer dans la grotte. Le garçon la suivit et resta près d'elle.

La grotte était profonde d'environ quatre mètres, ses parois de granit étaient fissurées, noires, rocailleuses. Le plafond voûté s'élevait à une hauteur d'environ trois mètres sur le mur du fond. Une couche de moisissures prise par le gel couvrait les parois et lui donnait un reflet noir, luisant. Le sol de la grotte était d'argile dure. Au centre, à l'endroit même où ils se tenaient flottait une odeur délétère d'eau stagnante et de marais pestilentiels.

Au pied du mur, à l'autre extrémité, il y avait une

seconde ouverture, haute à peu près comme le garçon, mais deux fois plus large que lui. Quand la femme vit la deuxième grotte elle se mit à trembler. Une grotte qui mène à une autre, jusque dans les entrailles de la terre. Il y a certainement des esprits qui habitent là. Que va-t-il nous arriver ?

Elle ramena le garçon à l'entrée de la grotte et jeta les brindilles dans le feu. Elle étala des couvertures et des coussins par terre tout autour de la charrette et fit signe au garçon qui s'allongea dessus.

Le vieil homme poussa un long gémissement et l'appela depuis la charrette. Elle l'aida à en descendre. Comme cette chair décharnée était chaude ! Elle le soutint tandis qu'il s'accroupissait près du buisson devant la caverne et détourna la tête comme des excréments puants s'écoulaient de ses entrailles. Elle le ramena à la charrette et empila des couvertures au-dessus de lui tandis qu'il restait allongé faible et tremblant.

S'il meurt, je resterai seule avec le garçon et nous mourrons peut-être tous les deux. S'il vit, il chassera le garçon.

Elle sentait peser sur elle tout le poids de la vaste montagne au-dessus de la grotte. Un monde chargé d'une froide malveillance. Elle s'accroupit à côté du feu et regarda les visages qui se dessinaient dans les flammes dansantes. Père fumait sa pipe en fixant des yeux les flammes. Les enfants n'avaient pas le droit de l'approcher quand il était assis comme ça. Surtout les filles. Il avait de la fumée dans ses yeux étroits et sa barbe fine et longue. Comme il détestait les filles. Un poids sur ses épaules, une honte obscure. Cinq filles et un garçon de sa première femme. Après la cinquième fille, une seconde femme et trois garçons. Puis on a vendu mes sœurs à la marieuse, une grosse femme parfumée, vêtue de jupes ondoyantes, qui allait et venait avec son domestique, entourée de mystères et de murmures. Quelle honte de les avoir ainsi vendues. Mère l'a empêché de me vendre. Femme entêtée! avait-il crié. Mais on ne m'a pas vendue. Flammes dansantes et volutes de feu : les visages des morts.

Le garçon était allongé sous les couvertures, à écouter le craquement des flammes. C'était pareil : ces bruits. Ceux des flammes sur les murs en bois et les toits de chaume qui brûlaient. Même l'air était en feu. Il crut s'entendre crier : Mère, tu avais de la terre dans la bouche. Et Père était si étrange avec sa tête penchée en arrière, comme ça. Grand-Père, si le vieil homme meurt, la femme ne me chassera pas. Mais pourrons-nous survivre sans le vieil homme. Est-ce que je vais mourir dans cette grotte avec ces inconnus? Et toi qui voulais que je sois un érudit ou un poète.

On entendait le feu qui crépitait de plus en plus, au fur et à mesure que la femme ajoutait des brindilles.

Le bois brûlait. Et la paille. Le bœuf beuglait dans l'étable, et les cochons couinaient, les chiens affolés couraient dans tous les sens et Badook disparaissait dans la forêt tandis que l'air s'emplissait d'une fumée rouge.

La femme quitta sa place à côté du feu et se glissa sous les couvertures près du garçon. Il sentait sur elle l'odeur de la fumée et la chaleur des flammes. Il se recroquevilla. Il avait de nouveau des élancements à l'endroit de sa blessure.

A l'extérieur de la grotte la lune avait disparu depuis longtemps et le feu commençait à mourir.

Toutes sortes de créatures rôdaient à l'entrée de la grotte sans oser entrer. Le vent soufflait à travers l'obscurité parsemée d'étoiles et, avant l'aube, il apporta une neige épaisse qui recouvrit bientôt la vallée.

Aux premières heures du matin, la neige cessa de tomber et le vent de souffler. Une section d'infanterie coréenne entra dans la vallée par le sud. Les soldats s'approchèrent de la grotte où le vieil homme, la femme et l'enfant dormaient, mais ils ne s'arrêtèrent pas pour regarder à l'intérieur. Ils traversèrent la vallée vers la cité détruite au bord de la mer, laissant derrière eux leurs traces sur la neige.

La femme pensa : comme le garçon est silencieux. Comme un lieu clos. La bouche toujours serrée, les yeux tournés ailleurs. Il a les mains fines. Comme les mains d'une de mes sœurs que la grosse marieuse avait achetée. Il a des gestes délicats, du cou et des épaules. Un danseur. Une fille se cacherait-elle dans ce garçon ? Son pénis et ses testicules sont bien formés, il n'y a pas de doute. Il ne parle jamais si on ne lui adresse pas la parole en premier. Souvent, quand il est seul, il penche la tête, comme s'il écoutait quelque chose. Il est porteur d'une mémoire trop lourde. Ses yeux sont comme les grands miroirs sur la place du marché. Je vois en eux se refléter son village en flammes. Que m'arrive-t-il donc dans cette folie de guerre ? Une vieille femme peut-elle se mettre à aimer l'enfant d'une inconnue aussi rapidement ? Les esprits seraient-ils en train de se jouer de moi ? N'ont-ils rien de mieux à faire que de torturer une vieille femme encore meurtrie par ce qu'ils lui ont déjà infligé ? Esprits, éloignez-vous de moi. Laissez-moi tranquille. Combien d'années me reste-t-il à vivre ? Passerez-vous chacune de ces années à vous amuser ainsi ? Ma vie n'est-elle que le théâtre de vos jeux et de vos rires ? Pourquoi m'avez-vous envoyé ce garçon ? Il m'a dit tout à l'heure en réponse à ma question qu'il avait onze ans, et j'ai dit, je sais que ton père et ton grand-père étaient des érudits et de célèbres poètes, depuis dix générations, célèbres dans le Nord et le pays des Chinois, les rois et les empereurs connaissent leurs œuvres, ce sont des auteurs de poèmes, des amateurs de calligraphie chinoise et des précepteurs des fils d'ambassadeurs et de propriétaires terriens, mon Grand-Père et mon arrière-Grand-Père ont autrefois servi le gouvernement de Séoul. J'ai dit : dis-moi, si tu veux bien, ce qui est arrivé à ta mère, et il a dit, des larmes dans les yeux, Ma mère a de la terre dans la bouche elle chante quand elle coud ou quand elle prépare les mets les plus délicats ma mère me raconte des histoires de tigres et d'oiseaux et d'acrobates, ma mère est couchée dans le village en feu dans une tombe si peu profonde que la terre ne lui arrive même pas aux oreilles mais elle a de la terre dans la bouche, je l'ai vu quand ils sont partis, l'air tout autour était en feu, et il y avait une pluie de cendres brûlantes, et j'ai couru dans la forêt, mais je n'ai pas trouvé Badook Trois Quatre et j'ai traversé la forêt en courant et la vallée et puis, je, et puis... Calme-toi, calme-toi, c'est ce que j'ai dit au garçon. Le vieil homme m'a dit que tu t'appelais Kim Sin Gyu. Nous étions beaucoup de générations dans notre village, dit le garçon en proie à une grande agitation. Pourquoi l'ont-ils brûlé ? Nous étions comme les pierres sur la terre, comme les collines au-dessus de la vallée, des générations et des générations remontant à l'époque de la dynastie élue. C'est Grand-Père qui me l'a dit. Comment est-ce qu'ils ont pu venir ? On aurait dit une rivière déchaînée, un essaim de sauterelles, une armée de fous, et ils nous ont tués jusqu'à ce que pas un seul, pas un seul d'entre nous ne reste et si je n'avais pas désobéi à ma mère, si je n'étais pas allé à la mare pour regarder les poissons glisser dans leur sommeil d'hiver, sous la glace, si je n'étais pas parti avec mon chien Badook que j'appelle parfois Trois Quatre pour le taquiner, vers la mare près de la forêt à la sortie du village, j'aurais de la terre dans la bouche et je serais dans cette tombe à ras de terre parce qu'ils ont aussi tué tous les enfants, les amis de mon âge et aussi les plus jeunes, ils n'ont épargné que les bébés, ils ont laissé les bébés par terre à pleurer au milieu des flammes.

Comme il tremblait en parlant ! Ses doigts grattaient les plaies sur son visage et je pris ses mains pour l'en empêcher parce qu'il se faisait saigner, et il pleurait, après il s'est calmé et j'ai entendu des bruits inquiétants à l'intérieur de la grotte et j'ai essayé en vain de les ignorer. Est-ce que c'était des esprits qui s'agitaient dans leur sommeil ? J'ai cru que le garçon s'était endormi, mais au bout d'un moment, il a dit, tu crois que je ne sais pas ce que le vieil homme pense de moi ? Qu'est-ce que j'ai fait pour qu'il me déteste avant même que j'aie dit un mot ? Je sais qu'il me chassera ou qu'il me mettra dans un orphelinat.

Et il a pleuré et j'ai dit : Calme-toi, calme-toi, tu n'en sais encore rien, ce n'est pas encore arrivé alors comment peux-tu le savoir ? Il n'y a pas que cet homme ici avec toi, il y a aussi une femme ici, qui s'est occupée de toi quand le bout de métal était dans ta chair, elle t'a aidé à guérir et elle ne t'abandonnera pas si facilement, elle ne te donnera pas à des étrangers, calme-toi ou tu retomberas malade. Il n'a plus rien dit et après un long silence j'ai dit, si tu veux, mais seulement si tu veux, tu peux m'appeler Mère. Et il a dit Non, avec tout mon respect, tu n'es pas ma mère, tu n'es pas du tout ma mère, comment pourrais-je t'appeler Amuni ?

Le garçon se réveilla et se souvint de son nom et de l'endroit où il était. Il releva la tête, regarda alentour et sentit immédiatement l'élancement qui battait dans sa poitrine. Il décida de ne pas y prêter attention. La plaie était guérie. Comment ce qui est guéri pourrait-il redevenir malade ?

Puis il se rendit compte que la femme n'était plus à côté de lui et dans un moment d'inquiétude il sortit de sous les couvertures.

La grotte était éclairée par la lumière du soleil que réfléchissait la neige.

Le vieil homme était allongé dans la charrette, endormi ; la fièvre donnait à son visage une teinte entre le rouge et le brun, ses lèvres et ses paupières tremblaient. Le garçon vit les murs fissurés de la grotte et l'ouverture à l'autre extrémité, et les petites créatures velues et ailées accrochées au plafond et sur les murs. Il frémit à ce spectacle et se précipita hors de la grotte.

Où était la femme ?

La neige recouvrait la vallée et les montagnes. Un paysage enveloppé de silence, d'un blanc éclatant sous le soleil du matin au milieu d'un ciel d'un bleu profond. La vallée, large de huit cents mètres environ, s'étendait sur quelque cinq kilomètres jusqu'à la prochaine chaîne de montagnes. Le garçon remarqua avec effroi les traces à moins de trente mètres de l'entrée de la grotte. Puis il vit une autre piste. Un chien était aussi passé par là.

Où est la vieille femme ?

Quelques bruits à proximité le firent sursauter et il retourna rapidement dans la grotte, puis ressortit la tête avec précaution et vit la femme qui venait de derrière les buissons, avec le porteur sur ses épaules, chargé de brindilles. Il se précipita pour l'aider et ressentit à nouveau les élancements de la blessure guérie.

Ils empilèrent les brindilles près du foyer qu'elle avait creusé la veille devant la porte de la grotte. Il demanda :

– Qui a laissé ces traces sur la neige ?

– Des soldats. Tu ne vois pas ? Ce ne sont pas des traces de chaussures en caoutchouc, mais de bottes.

– Il y avait un chien aussi.

– Ne laisse pas les chiens sauvages s'approcher de toi.

– Que sont ces choses sur les murs de la grotte ?

– Il ne faut pas t'en approcher, ce sont les esprits de la grotte.

Le garçon frissonna. Au bout d'un moment, il demanda :

– Est-ce que l'homme vivra ou est-ce qu'il mourra ?

Elle répondit d'une voix impassible :

– Il mourra.

Le garçon regarda vers la charrette puis baissa les yeux.

– Il y a un petit ruisseau de l'autre côté de ces

buissons, dit la femme. Entre les buissons et cette ligne de pierres. Mais il est entièrement gelé et il n'y a plus de poissons dedans. Même les berges sont gelées.

– Que mangerons-nous ? demanda le garçon.

– On trouvera quelque chose. Sous un roc ou dans la terre, je trouverai.

Et elle se mit à faire le feu.

Elle s'éloigna de la grotte pendant un moment, et revint en tenant quelque chose entre ses mains fermées, elle fit une soupe, puis le garçon travailla longtemps avec elle à ramasser des brindilles et à en faire un tas, à l'entrée de la grotte, en laissant assez de place entre le tas de bois et l'entrée de la grotte pour ménager la place du foyer, mais de manière en fait à cacher l'entrée de la grotte. Puis la femme essaya à nouveau de nourrir le vieil homme mais il ne pouvait pas avaler la nourriture. Elle s'accroupit près du feu avec une couverture sur les épaules, à regarder les flammes et à écouter les faibles gémissements qui parvenaient de la charrette.

Le garçon partit vers le ruisseau et le découvrit à quelques mètres à peine de l'entrée de la grotte : une étroite fente d'où s'échappait un filet d'eau gelée entre deux gros rocs au pied de la montagne, et qui disparaissait dans des buissons impénétrables et épineux. Là, le soleil matinal était caché par la montagne qui surplombait la vallée, et bien que le vent ne soufflât plus, le garçon frissonna dans cette zone d'ombre.

Il s'approcha de la paroi de la montagne et vit qu'il pouvait se glisser dans la crevasse entre deux gros rochers. La neige gelée et coupante en recouvrait la surface et il s'y écorcha les mains. Presque arrivé de l'autre côté, il se heurta la poitrine et poussa un cri, comme la douleur irradiait de la blessure et lui parcourait tout le corps. Il mit le doigt là où sa veste était déchirée, il appuya doucement, et sentit de nouveau la douleur, dans le cou, dans la tête et jusqu'au fond de sa poitrine. Ça fait presque aussi mal qu'au premier jour. Comment est-ce possible ? Puis il oublia sa blessure, parce qu'il venait de trouver l'endroit précis où le ruisseau entrait dans la vallée. Un étang couvert de glace comme une petite mare à la base même de la paroi montagneuse, à cinquante mètres à peine de l'entrée de la grotte.

Il jeta avec précaution un regard circulaire et attendit, l'oreille aux aguets. Était-ce les battements de son cœur qu'il entendait, ou là-bas, au loin, le tonnerre de la guerre ? Non, c'était les battements de son cœur, comme un tambour, comme le tonnerre dans ses oreilles, qui faisait si étrangement battre le sang dans la plaie. Un frisson le parcourut, puis il s'approcha du bord de l'étang, s'accroupit et regarda la surface blanche de glace qui étincelait à l'ombre de la montagne. De ses mains tremblantes, il déblaya la neige et trouva une grosse pierre tranchante. Il prit la pierre à deux mains et avança prudemment sur la glace qui résistait.

Il alla tout doucement jusqu'au centre de la mare où il se pencha et se mit à frapper la glace avec la pierre. Elle était plus épaisse qu'il ne l'avait cru d'abord, il lui fallut un long moment pour la percer.

Le froid de l'eau lui brûla les doigts et envoya une décharge à travers son corps. Il claquait des dents. Il voyait le pâle liquide s'écouler lentement sous la glace, comme une substance épaisse, comme une soupe verte et grise à travers laquelle un long poisson argenté et presque assoupi se mouvait paresseusement.

Il frappait toujours la glace sur les rebords du trou pour l'agrandir. Pendant tout ce temps il sentait des élancements à sa blessure.

Il y avait quelques buissons près de l'étang. Il cassa une longue branche assez épaisse, et parvint à en fendre une extrémité à force de frapper avec le tranchant de la pierre, puis il fit une fourche dont les dents avaient un écartement d'environ six centimètres. Il l'emporta près du trou dans la glace et s'accroupit en attendant.

Un long poisson argenté apparut, porté par les légers remous de l'eau plutôt que par ses propres mouvements, le garçon le harponna adroitement et le laissa à côté de lui se débattre sur la glace, puis il en attrapa deux autres.

Il ramassa les poissons encore vivants entre ses mains, se retourna pour reprendre le chemin de la grotte et se trouva face à face avec trois chiens.

Ils se tenaient entre lui et les rochers. Deux gros chiens, et un petit, au long nez, au poil brun, à la langue rouge. Affamés.

Le garçon resta parfaitement immobile, plus surpris qu'effrayé. Les chiens ne bougeaient pas. Il entendait leur respiration haletante. Au bout d'un moment, il gratta un peu de neige sur le sol avec ses chaussures et trouva quelques cailloux qu'il leur jeta. Ils évitèrent agilement les pierres, mais ne s'éloignèrent pas des rochers.

Le garçon brandit un des poissons au-dessus de sa tête et un des gros chiens se mit à aboyer et se rua vers lui. Le garçon lança le poisson aussi loin qu'il put, sentant alors une douleur qui lui déchirait la poitrine. Les chiens se jetèrent sur le poisson. Il passa entre les rochers et retourna à la grotte.

Il donna les deux autres poissons à la femme qui les prit sans dire un mot. Elle mit de la neige dans une casserole et la fit bouillir. Elle ne nettoya pas les poissons et les mit entiers dans l'eau bouillante.

Le garçon s'accroupit à côté du feu et pensa au petit chien qu'il avait vu de l'autre côté des rochers. Il n'est pas comme mon Badook, il n'est que d'une seule couleur. Mais il est de la même taille. Est-ce que l'esprit de mon grand-père voudrait me parler à travers ce petit chien ?

La femme laissa la soupe bouillir pendant un long moment puis elle la mangea avec le garçon quand elle se changea en une gelée brûlante. Mais le vieil homme ne mangeait toujours pas.

Tard dans l'après-midi, la femme dit sur un ton indifférent au garçon qui était assis à l'entrée de la grotte :

– Nous attendrons qu'il meure, puis nous l'enterrerons dans la grotte.

– Mais et les chiens ? dit le garçon.

Au bout d'un moment, la femme répondit :

– Les esprits de la grotte le protégeront.

– Et que va-t-il nous arriver à nous ?

– Nous traverserons la vallée et les montagnes et nous essaierons de trouver le camp de réfugiés.

Le garçon releva la tête et regarda vers l'étroite vallée.

– Et s'il y a une tempête de neige en chemin ?

– Les esprits de nos ancêtres ne nous abandonneront pas.

Le garçon s'accroupit à l'entrée de la grotte, il

regarda le soleil disparaître derrière les montagnes et les ombres profondes qui glissaient sur le sol de la vallée. Puis il regarda vers le torrent, et là, il vit le plus petit des trois chiens, près du buisson épineux, qui l'observait, sa langue rouge pendante, il agitait lentement la queue. Un petit chien brun, à moitié chien de berger. Le garçon ne vit pas les autres chiens. Peut-être ne peuvent-ils pas passer entre les rochers. Je suis plus maigre que ces deux chiens ? Seul le petit peut passer ?

Il ne restait plus du feu qu'un tas de cendres grises et rougeoyantes. Le garçon regarda dans la casserole. Il y restait un fond de gelée, ce que le vieil homme avait refusé de manger.

Accroupie à l'entrée de la grotte, la vieille femme regarda le garçon qui prenait la casserole, la posait à une dizaine de centimètres du chien, et revenait vers la grotte.

Le chien s'approcha avec précaution, fit quelques pas en arrière, revint et renifla prudemment la casserole. Il y plongea son museau, recula légèrement, regarda tout autour de lui, s'approcha encore une fois d'un bond, et renversant la casserole sur le côté en dévora rapidement le contenu. Puis il aboya à deux reprises, se mit à courir vers les rochers et disparut.

Le garçon nettoya la casserole avec de la neige et la remit près du feu.

Avant la nuit, il retourna à l'étang et attrapa quatre poissons. Les trois chiens étaient là, et les deux plus gros se ruèrent sur le poisson qu'il leur lança. Le plus petit resta en arrière et il lui lança un poisson qu'il attrapa adroitement entre ses dents et qu'il se mit immédiatement à dévorer.

Le garçon donna les deux autres poissons à la

femme qui les enfouit profondément dans la neige, devant l'entrée de la grotte, et au matin, encore une fois, elle les fit bouillir en une gelée chaude qu'elle mangea avec le garçon. Elle releva la tête du vieil homme et essaya de le nourrir de force mais il recracha la nourriture en gémissant. Il avait les yeux rouges et desséchés par la fièvre. Elle fit fondre de la neige dans une autre casserole et il accepta d'en boire un peu.

– Il mourra demain. Ou après-demain, dit-elle un peu plus tard au garçon tandis qu'ils étaient assis près du feu.

– Comme c'est étrange, je croyais que les esprits m'emporteraient la première.

Pour toute réponse, le garçon fit un bruit étrange, comme s'il étouffait.

La femme se retourna pour le regarder.

– Ma tête, murmura-t-il.

– Quoi ?

– Ça fait mal.

– Où ?

Il tenta de lever la main, puis s'arrêta net. Son visage était d'une rougeur inquiétante. La femme le vit tomber lentement sur le côté depuis sa position accroupie, ses pupilles roulèrent sous les paupières et l'on ne voyait plus que le blanc de ses yeux. Il resta évanoui, comme mort, à côté du feu.

Elle lui lava le visage de ses mains tremblantes avec de l'eau qu'elle prit dans la casserole. Il est brûlant de fièvre. Pourquoi ? Le garçon ouvrit les yeux et gémit.

– Ma tête, fit-il d'une voix plaintive, ma tête.

Elle l'emmena dans la grotte là où se trouvaient les couvertures. Et comme elle le couvrait, sa main effleura sa poitrine, il se raidit et poussa un cri. Elle ouvrit doucement sa veste déchirée, puis sa chemise et son maillot et elle chercha la blessure. Elle resta pétrifiée en la voyant. Là, sous la clavicule droite. C'était rouge, enflé, ouvert. Il en émanait une odeur suave et écœurante.

La peau était striée de rouge tout autour des lèvres de la blessure qui avait durci par endroits et qui avait pris une teinte d'un blanc grisâtre. Elle appuya doucement avec ses doigts le long de la plaie, une humeur épaisse, gris-blanc en sortit tout d'un coup en un jet qui faillit l'atteindre au visage.

Elle regarda, horrifiée, la plaie et posa la main sur la poitrine du garçon. Elle était en feu.

Elle le couvrit et lui lava le visage de nouveau. Il poussa des gémissements et se mit à prononcer des paroles incohérentes sur la mare près de son village qui se changeait en rivière et Badook, perdu dans la forêt qui devenait un petit oiseau rouge et son grand-père couché dans l'herbe du pré regardant à travers ses lunettes un esprit velu de la forme d'une souris grise. Elle ajouta du bois sur le feu et s'approcha des flammes, une couverture sur les épaules.

Elle pensa : maintenant ils mourront certainement tous deux.

Cette grotte sera leur tombeau. Moi aussi je mourrai ici, mais il n'y aura pas de tombe pour moi. L'homme voulait que je chasse le garçon, et voilà qu'ils seront enterrés ensemble. Là où ils sont, ils doivent bien rire les esprits.

Elle était trop lasse pour éprouver de la colère. Elle ne savait que faire.

Pendant toute la nuit, elle entretint le feu et nettoya les visages du garçon et du vieil homme. S'il reste quelques esprits compatissants dans cette guerre, qu'ils trouvent cette grotte. Qu'ils trouvent cette vallée et ces montagnes et cette vieille femme qui promet de nombreuses offrandes à l'esprit qui trouvera cette grotte et guérira le garçon et le vieil homme. Elle se répéta ces paroles encore et encore. Parfois, comme elle allait du feu au garçon et du garçon au vieil homme en prononçant ces mots à voix haute, elle entendait alors, venant des profondeurs de la grotte, des battements d'ailes et les mouvements de petites créatures velues.

Elle sortit de la grotte à l'aube, trouva le passage entre les rochers et s'y glissa difficilement.

Entre les rochers, au pied de la montagne, l'air semblait plus froid que dans la grotte.

La glace s'était reformée à l'endroit où le garçon avait fait un trou, et elle dut briser la fine pellicule en utilisant la pierre que le garçon avait laissée là. Elle prit son outil de bois et attrapa cinq poissons. Quand elle se releva péniblement, elle vit qu'elle était entourée des trois chiens.

Le garçon lui en avait parlé.

Elle s'avança vers eux lentement, en leur parlant d'une voix douce, et quand l'un d'eux se mit à grogner, elle brandit un poisson au-dessus de sa tête pour qu'ils le voient et elle le lança très loin. Les deux gros chiens aboyèrent et se mirent à courir après le poisson mais le plus petit resta à sa place. Elle lui lança un poisson qu'il attrapa et qu'il se mit à manger. Puis elle retourna à la grotte.

Elle était en train d'essayer de nourrir le garçon quand elle entendit un bruit à l'entrée de la grotte, elle se retourna et vit le petit chien se profiler dans la lumière du matin. Le garçon, à demi conscient, vit lui aussi le chien et prononça des mots étranges que la femme ne comprit pas. Elle versa un peu de soupe dans une casserole qu'elle laissa à l'entrée de la grotte ; le chien la mangea, puis il s'assit et la regarda fixement. Quand la femme alla chercher du petit bois pour alimenter le feu, le chien s'avança jusqu'à l'endoit où le garçon était couché et le renifla. Elle regarda le chien qui reniflait la poitrine et la tête du garçon en remuant la queue. Il aboya et le bruit résonna dans la grotte, suivi par de rapides battements d'ailes puis ce fut de nouveau le silence. Le chien se coucha à côté du garçon, le long des couvertures. La femme s'assit près du feu, épuisée, et s'endormit.

Quand elle se réveilla, le chien était toujours à la même place, son long museau contre la poitrine du garçon. Elle regarda le chien et frissonna. C'était comme un vague souvenir.

L'homme poussa un gémissement, elle l'aida à descendre de la charrette et le soutint tandis qu'il s'asseyait. Le soleil brillait d'une lumière éclatante sur la neige. Elle regarda la montagne et la vallée. Personne. Pas de soldats. Où était la guerre ? Avaient-ils tous quitté la terre pour s'aventurer dans le monde des esprits, elle, l'homme et le garçon ?

Si nous sommes dans le monde des esprits, ils nous tueront tous ou ils nous aideront tous. Ou bien, les esprits se battraient-ils entre eux à notre propos ? Ceux qui veulent nous secourir auraient-ils besoin de notre aide pour réussir ?

L'homme poussa un grognement. Il ne pouvait pas marcher sans être soutenu. Il n'avait plus que la peau sur les os. Elle le mena dans la grotte et l'aida à remonter dans la charrette. Si quelques esprits veulent nous secourir, comment pourrai-je les aider ?

Elle se rappela alors avoir vu dans son enfance la sorcière du village qui soignait une voisine, une vieille dame. Ce souvenir l'étonna, elle n'y avait jamais repensé depuis et, avec un tremblement de peur, elle songea que c'était un esprit, qui à cet instant même le lui avait envoyé.

Elle prit une poignée d'argile du sol de la caverne et la mit dans une casserole puis la réchauffa et la réduisit en poudre à l'aide d'une pierre. Elle y versa de l'eau chaude puis l'apporta au vieil homme et essaya de le forcer à manger. Il refusa, mais elle la déversa dans sa bouche et le tint de force tandis qu'il toussait et s'étranglait, il en recracha un peu et il en avala un peu.

Puis elle alla voir le garçon, elle lui lava le visage, ouvrit sa veste et sa chemise pour regarder encore une fois la blessure. La puanteur qui s'en dégagea lui donna un haut-le-cœur. Mais le chien, qui s'était éloigné à l'approche de la femme, réapparut à ce moment ; la femme sentit la chaleur de son corps et l'observa avec étonnement comme il mettait sa gueule contre la poitrine du garçon en sortant sa langue rouge, chaude et humide à plusieurs reprises, pour essayer de lécher la blessure du garçon.

Soudain, le garçon ouvrit les yeux, gémit et repoussa la tête du chien. Le chien se retira mais il revint l'instant d'après et sa langue rouge lécha avidement la blessure purulente.

Le garçon était parfaitement immobile, les yeux entrouverts dont on n'apercevait que le blanc.

La femme regarda la plaie chaude qui venait

d'être nettoyée. Elle recouvrit le garçon et adressa quelques douces paroles au chien qui se coucha à côté de lui.

Elle s'assit près du feu, se mit à somnoler et à rêver. Dans un de ces rêves, elle montait haut dans le ciel sur sa balançoire, puis elle tombait et un chien venait lécher sa jambe ensanglantée. Elle se réveilla. Elle avait l'impression de n'avoir dormi que quelques minutes mais le soleil était déjà au-dessus des montagnes à l'ouest. Elle se leva, broya de l'argile et la donna à manger au vieil homme, puis elle regarda la plaie du garçon d'où le pus sortait à nouveau, et elle observa le chien qui la nettoyait en la léchant. Elle alla à la rivière et rapporta trois autres poissons après en avoir donné un aux deux chiens. Elle en lança un deuxième au petit chien et fit une soupe avec ceux qui restaient. Puis elle lava le visage du vieil homme et lui donna de l'eau chaude avec de l'argile, elle lava le garçon et lui donna une soupe chaude et gélatineuse, et une fois encore, elle laissa le chien nettoyer la plaie.

Cette nuit-là, elle dormit à côté du garçon tandis que le chien dormait de l'autre côté, par terre près des couvertures, et pendant son sommeil, elle crut entendre les soupirs et les frémissements des esprits de la grotte.

Le lendemain, elle fit la même chose que la veille ainsi que le jour suivant.

Au matin du quatrième jour, elle regarda la plaie du garçon et vit qu'elle n'était plus enflée et qu'elle était propre. Le visage du garçon était frais, il dormait d'un profond sommeil, le chien était à côté de lui. L'homme se releva à l'intérieur de la charrette et, d'une voix faible, demanda à manger. Elle lui donna de la soupe, puis il se rallongea et s'endormit. Elle pensa alors avec crainte : cet endroit est hanté par les esprits de la guérison. Je marcherai prudemment et je garderai le silence.

L'après-midi, elle alla à l'étang et, après avoir nourri les deux chiens, elle rapporta trois poissons, elle en donna un au petit chien. Elle prépara une soupe et l'offrit aux esprits de la grotte, puis après un moment, elle en donna à l'homme, au garçon et en mangea un peu elle-même.

Les fièvres avaient quitté le vieil homme et le garçon mais ils étaient tous deux squelettiques et ne pouvaient pas se tenir debout sans l'aide de la femme.

Le garçon était allongé par terre sous les couvertures et il serrait le chien contre lui dans son sommeil. Le vieil homme était dans la charrette à regarder la vallée et à essayer de se souvenir comment il était arrivé à la grotte.

– D'où viennent les poissons ? demanda-t-il à la femme.

Elle lui répondit et il lança un regard étonné vers le garçon.

– Et le chien ?

Une fois encore, elle lui raconta ce qui s'était passé.

– Nous ne pouvons pas vivre dans cette grotte pour toujours, dit-il.

– Il faut d'abord que tu retrouves tes forces.

– Nous avons besoin de viande, dit-il.

Elle ne répondit pas.

– Nous avons besoin de viande, femme, répéta-t-il.

Elle se leva et sortit de la grotte. Il la regarda partir, se coucha et ferma les yeux.

Le lendemain matin, deux avions de chasse survolèrent au-dessus de la vallée et le bruit qu'ils firent en passant le mur du son se répercuta contre les montagnes et réveilla les créatures sur les parois de la grotte. Elles se mirent à virevoleter dans l'air en poussant de petits cris aigus. Le chien s'enfuit et le vieil homme, la femme et le garçon sortirent et allèrent s'asseoir au soleil.

Au bout d'un moment, la femme se leva.

– Je vais chercher du poisson.

– Nous avons besoin de viande, dit le vieil homme avec colère.

Elle partit vers les rochers.

Le vieil homme resta assis, le visage baigné de soleil. Il avait pensé qu'il ne reverrait jamais le soleil.

La femme n'aurait jamais pu faire ça sans le garçon. Comme c'est étrange, ce chien qui a guéri sa plaie. J'ai entendu quelque chose comme ça dans le temps. Un chien qui avait guéri en la léchant une plaie infligée par une épée, et qui ne voulait pas se refermer. A l'époque des Japonais. C'est le charpentier qui m'avait raconté cette histoire.

Le garçon s'éveilla et cligna les yeux; il vit le vieil homme qui l'observait. Son cœur se mit à battre rapidement et il se détourna.

Comme il me hait. Je le vois bien. Pourquoi?

Le vieil homme s'agita d'un air irrité. Il y a quelque chose chez ce garçon... quelque chose et pourtant regarde comme il a bien aidé la femme et comme il a su attraper les poissons; et c'est lui qui a amené le chien. Ah, mes bras, mes jambes. La maladie m'a liquéfié. Je ne peux plus bouger. Je suis comme la femme après son accouchement et que sa nourrice a dû emporter l'enfant. Nous lui avions donné du bœuf et des algues, je m'en souviens. J'avais acheté le bœuf à prix d'or pour la nourrir et la remettre sur pied. Tiens, voilà que le garçon est assis et qu'il est tourné vers le soleil maintenant. Sa peau est si fine que je peux voir le sang battre dans ses veines. Des veines bleues, le long de ses joues et sur ses tempes. Peau lisse et délicate comme du papier. Fils d'érudits et de poètes. Et de propriétaires terriens aussi, pas de doute. Les riches. Pas étonnant que les démons du Nord les aient tous tués. Ils boivent notre sang, ces propriétaires terriens. Mais le garçon, que sait-il de toutes ces choses? Il n'est qu'un enfant? Encore. Érudits et poètes, et au service des rois et des empereurs. Si les démons du Nord nous rattrapent et nous trouvent avec ce garçon, ils nous tuerons tous. Il entendit un bruit et il entendit la femme qui revenait, les bras chargés de brindilles. Elle les posa en faisant bien attention, juste à l'entrée de la grotte.

– Y a-t-il du poisson? demanda le vieil homme.

Elle secoua la tête et mit de la neige dans la casserole, puis elle plaça la casserole sur le feu. Elle retourna vers le tas de bois à l'entrée de la grotte et s'accroupit en tournant le dos au vieil homme et au garçon.

Au bout d'un moment, le garçon détourna les yeux de la femme et observa le ciel de l'après-midi au-delà de la vallée blanche.

Le vieil homme observait la femme et écoutait le silence. Nous sommes dans un monde hanté par les esprits. Ce garçon est-il l'enfant des esprits pour m'avoir ainsi sauvé la vie à plusieurs reprises? Cet enfant prodigue-t-il une magie bénéfique?

La femme fit une soupe et l'offrit aux esprits de la grotte. Puis elle la plaça devant le vieil homme et le garçon. Le vieil homme vit la viande dans la soupe et eut du mal à ne pas la vomir. Le garçon mangeait lentement et en silence. Quand ils eurent fini, la femme mangea à son tour.

Esprit de ma Mère, esprit de mon Grand-Père, se répétait-elle à elle-même.

Ils dormirent ensemble cette nuit-là sur le sol de la grotte, sous les couvertures et le sac de couchage. Le garçon était couché entre le vieil homme et la femme.

Le lendemain, le garçon se sentit assez fort pour retourner à l'étang où il harponna quatre poissons. Quand il reprit le chemin des rochers, tenant entre ses mains les poissons encore vivants, il vit les deux gros chiens qui lui bloquaient le passage.

Il leur parla d'une voix douce. Ils restèrent immobiles à le regarder. Une offrande, murmura-t-il, à l'esprit de la vie. Grand-Père m'a appris ça, une offrande pour rendre grâces. Il plaça deux des poissons devant les chiens et retourna à la grotte.

La femme était restée éveillée toute une partie de la nuit, à écouter les esprits de la grotte. Elle sentait une certaine inquiétude dans leur va-et-vient agité. Des ailes velues frappaient l'air, des corps grouillaient dans l'obscurité. Ils nous disent que nous sommes restés ici assez longtemps. Même les esprits pleins de bonté montrent de l'impatience à l'égard des hommes. Il est aussi dangereux de devenir trop proches des esprits. Et qu'est-ce que le garçon pourrait faire d'autre pour nous ici ?

Deux jours plus tard, par un matin froid et gris, ils quittèrent la grotte.

JE SUIS L'ARGILE

Comme ils avançaient le long de la vallée, la guerre vint à leur rencontre. Parfois ils passaient devant des cadavres le long du sentier. Ils arrivèrent à un moment devant un cimetière de Jeeps rouillées et de tanks. Là, une bataille s'était déroulée. Ils marchaient vers le sud, s'enfonçant toujours plus profondément dans la vallée. Ils pensaient prendre un chemin à travers la montagne, en quête du camp de réfugiés. Le vent du nord, glacial, parcourait la vallée. Ils se relayaient pour tirer la charrette.

4

Pendant toute une partie de l'après-midi le vieil homme et le garçon tirèrent ensemble les brancards de la charrette et la femme poussait derrière. Des vents glacés, drus et cristallins, leur griffaient les yeux. Le soleil éclairait le sommet des montagnes et ses rayons qui en rasaient le faîte découpaient la vallée en une terrifiante alternance d'ombre et de lumière. Le soleil les réchauffait quand ils marchaient dans sa lumière et les ombres les glaçaient. Comme le garçon marchait au soleil et foulait son ombre, il vit devant lui, sur la neige, des traces de bottes et de semelles de caoutchouc. D'autres étaient passés à cet endroit de la vallée et avaient tassé la neige sur le chemin. Quand ? Pendant les nuits ?

Comme ils approchaient des contrebas, les murs de la vallée se faisaient plus grands et plus abrupts, la vallée, elle, se rétrécissait. Des conifères et des pins, des branches alourdies par le poids de la neige et de la glace, couvraient la jonction de la vallée et des collines qui l'entouraient, et en un endroit précis, une étroite ligne de mélèzes remontait la pente d'une montagne basse, ne s'arrêtant que devant la falaise de granit et l'air qui se raréfiait. Des fleurs de montagne jaunes et rouges parsemaient le sol de la vallée et les surfaces rocailleuses des collines un peu plus haut : elles poussaient dans les fentes et les crevasses au milieu des rochers. Le long de certaines parois, les arbres semblaient pousser perpendiculairement et les pitons rocheux se penchaient au-dessus de la vallée, comme, comme quoi ? Oui, le vieil homme s'en souvenait maintenant, comme, oui, comme le fil de fer barbelé au-dessus de la clôture métallique autour du terrain d'aviation à la sortie de Séoul, où, pendant qu'il ramassait du petit bois – quand ? Il y avait combien de temps ? – pendant que nous ramassions du petit bois, ils nous ont tiré dessus avec leurs armes et un homme, qui se tenait à une dizaine de mètres à peine de moi, a été touché à la poitrine, et il a tourné sur lui-même et il est tombé, visage contre le sol, et tous ceux d'entre nous qui étions près de lui nous nous sommes jetés sur le bois qu'il avait ramassé sur son dos, et nous nous sommes mis à courir comme ils ouvraient à nouveau le feu sur nous, mais personne n'a été touché.

Les sommets se penchaient au-dessus de la vallée jusqu'à ce qu'ils forment presque un dôme. Pour la femme qui poussait la charrette derrière en se demandant combien de temps les roues tiendraient, pour cette femme, le bout de ciel dans le lointain, bleu pâle, trop vite vidé de son soleil, reflétait le rétrécissement du sol de la vallée et du chemin qui se réduisaient à une fissure couverte de cailloux : un ravin à la racine même du monde.

Des ombres bleu-gris pénétrèrent dans la vallée. Le vieil homme marchait à côté du garçon, il pensait : où sommes-nous ? Comment cet endroit s'appellet-il ? Quand j'étais dans le Nord je suis allé chasser un hiver dans une vallée comme celle-ci avec mon Oncle et deux cousins. Une rivière étroite et profonde la traversait et les arbres descendaient jusqu'à la rive. J'avais quel âge ? Quatorze, quinze ans ? C'était bien avant la guerre entre les Japonais et les Américains. Mon Oncle avait tué six faisans. Et deux énormes sangliers. Nous les avions surpris alors qu'ils recherchaient des glands sous la neige. Noirs comme du charbon, gros comme des ours avec de longues défenses. L'un d'eux, blessé, s'était mis à charger jusqu'à deux mètres à peine de l'endroit où je me tenais avec mon Oncle. J'ai senti son odeur et j'ai vu ses yeux jaunes. Plus tard, dans la hutte, mon Oncle m'a donné un morceau du foie du sanglier. Cru, chaud, dégoulinant de sang. Mes cousins ont mis longtemps à traquer et à tuer un goral ; mon Oncle avait dit que j'aurais dû devenir chasseur et pas fermier. Reste avec moi, je t'apprendrai à chasser. Tu emmèneras les riches Japonais et les Russes chasser. De loin, on a vu des léopards et un tigre. Mais mon Oncle n'aurait jamais tué un tigre. Un animal sacré, le tigre. Mon Oncle disait que les tigres protègent les racines de ginseng sauvages et miraculeuses. Avec une seule boisson préparée à base de racine de ginseng, un homme ne tremblera jamais plus de froid et ne souffrira jamais de la chaleur. C'est ce que disait mon Oncle. Tu deviens fort et tu résistes à la maladie. Tu vis jusqu'à quatre-vingts ou quatre-vingt-dix ans. Mais il faut que ce soit la racine de ginseng sauvage, rouge, disait mon Oncle, pas celle qu'on cultive. Quelle est cette vallée ? Où sommes-nous ? Est-ce que je suis tombé au milieu d'un rêve de mon enfance ? Ces pensées me viennent parce que je ne mange pas assez de viande ? J'ai bien fait de garder le foie cru du chien jusqu'à maintenant. Il reste frais par ce temps. Le réchauffer juste un peu, près du feu. Le manger ce soir, cru et chaud. Un morceau pour le garçon. Qu'est-ce que je vais faire de ce garçon ? Est-ce qu'il nous apporte de bonnes choses ? Est-ce qu'on le ramène avec nous dans le village ? Mais il n'est pas de notre sang.

Le vieil homme sentit que le vent tournait et que le sol de la vallée se mettait à grimper. Là, le vent s'accompagnait d'une faible plainte, le même bruit que dans les rues de la ville où il avait tué le petit chien. Il continua d'avancer péniblement, les muscles de ses épaules lui faisaient mal et tremblaient. Ses pieds se posaient prudemment sur le chemin rocailleux et couvert de glace. Il suait, épuisé, sous sa lourde casquette et ses vêtements molletonnés.

Il y a cinq jours, j'étais presque mort. Et maintenant me voilà toujours vivant. Où dormirons-nous cette nuit ? Peut-être dans une grotte quelque part. Ils ont emporté tous les morceaux de notre abri, ces soldats. Nos soldats. Ne méritent que le couteau !

Au pied des collines, il vit, appuyé contre un rocher, le cadavre à moitié décomposé d'une femme. Des cheveux noirs, filandreux, des orbites vides. On lui avait laissé ses vêtements mais elle n'avait plus de chaussures et les plantes de ses pieds étaient déchirées en lamelles de peau rouge et noire par les cailloux et la glace tranchante comme un rasoir. Ses jambes étaient devenues noires. Noirs aussi ses bras comme deux bâtons, son visage creux et ce qui restait de son nez.

La femme vit le cadavre et détourna les yeux. Elle lui murmura des paroles que lui avait apprises sa mère et fit rapidement plusieurs gestes horizontaux et verticaux de son bras droit. Ça aurait pu être moi, dans la grotte, là-bas, sans le secours des esprits guérisseurs. Les animaux se sont jetés sur elle, son esprit ne connaîtra pas le repos. Comme les milliers et les milliers d'esprits de ceux qui ont été massacrés dans cette guerre. Pas de repos. Personne pour leur apporter des offrandes. Terrible solitude. Cette même solitude qu'aurait connue mon esprit si le garçon et l'homme avaient péri. Mais mieux vaut ne pas être enterré que de l'être dans la mauvaise tombe.

Le garçon regarda longtemps le cadavre de la femme avant de détourner les yeux. Mère, avec ses yeux grands ouverts et gelés. Le nez droit et ferme, sali par la boue. La terre dans sa bouche béante. Le feu n'a peut-être pas tout détruit et je me suis enfui trop tôt ? Peut-être que je demeurerai avec eux dans le camp de réfugiés et ensuite je retournerai chez moi pour voir s'il en reste quelque chose, peut-être que quelqu'un est encore vivant et que Badook est revenu et qu'il m'attend et, et je devrais retourner et... et puis... et puis...

La femme quitta l'arrière de la charrette et vint devant pour prendre la place du vieil homme qui mit alors son porteur sur les épaules et s'en alla vers les arbres pour ramasser du petit bois.

On entendit soudain le bruit saccadé des hélices d'un hélicoptère qui résonnait à travers les collines et venait vers la vallée. La neige tomba des branches des arbres et une pluie de petites pierres tomba en cascade au fond d'un ravin. Mais les sons et les échos s'éteignirent faisant place aux murmures du vent. Il y avait maintenant des étoiles dans le ciel, au crépuscule.

La femme et le garçon marchaient toujours, tirant les brancards de la charrette pendant que le vieil homme travaillant au milieu des arbres chargeait du bois sur son porteur, comme un grand A qui encadrait ses épaules, tout en surveillant les mouvements de la charrette pour ne pas la perdre de vue.

Avant la nuit, ils trouvèrent refuge dans une grotte sous la montagne et la femme alluma un feu. Une avancée rocheuse s'étendait au-dessus de leur abri, sur presque toute la longueur. Le vieil homme, aidé par le garçon, tourna la charrette sur le côté et la poussa contre la paroi de la montagne. La charrette et la montagne formaient deux murs et le feu un troisième. Sur un rocher plat à côté de la charrette, le vieil homme plaça avec tendresse la boîte contenant le papier blanc qui représentait l'esprit de son père.

La femme remplit une casserole de neige, la fit bouillir et ajouta le petit serpent noir des montagnes que l'homme avait trouvé lové sous un rocher au cours de l'après-midi. Elle offrit la nourriture aux esprits de la montagne, et elle pensa : les esprits de cette montagne sont-ils semblables aux esprits bénéfiques de la grotte ? Après quoi, ils prirent la soupe et mangèrent le foie cru.

Depuis qu'ils avaient quitté la grotte au pied de la montagne, le vieil homme, la femme et le garçon n'avaient pas échangé une seule parole.

– Je ne t'ai pas remercié, dit alors le vieil homme au garçon quand il eut mangé la soupe et la viande. Je veux te remercier maintenant.

Le garçon inclina la tête. La femme eut pour elle-même un sourire joyeux.

– Tu es un garçon très adroit, qui t'a appris à pêcher ?

– Grand-Père.

– L'érudit ?

– Non, le père de ma mère. Il avait de longs harpons et de grandes bottes, et il pêchait dans les grands fleuves.

– Que faisait-il, ce grand-père-là ?

– Il possédait de nombreuses fermes.

– Paysan ?

– Non, il était le propriétaire de la terre.

– Ah !

– Il était aussi un grand chasseur.

– Ah oui ?

– Mais je ne suis jamais allé chasser avec lui.

– Ah !

– Est-ce que tu as déjà chassé ?

– Quand j'étais jeune, mais je ne m'en souviens plus très bien.

– Le père de ma mère disait que j'aurais dû devenir chasseur au lieu de lire tout le temps. Mais mon père et son père ne l'autorisaient pas.

La femme écoutait sans rien dire.

– Quand nous arriverons au camp, dit le garçon, est-ce que tu me renverras ?

L'homme secoua la tête et se gratta la verrue qu'il avait sur la joue.

– Si les autorités me posent des questions, je dirai que tu n'es pas mon fils mais je ne te renverrai pas.

– Est-ce qu'ils m'emmèneront si je ne suis pas ton fils.

– Ça, je ne le sais pas.

– Qu'est-ce qu'il faut que je fasse pour qu'ils ne m'emmènent pas ?

– Je ne connais pas la loi.

– Il ne restait plus rien quand j'ai fui mon village.

Il était en flammes et tout le monde était mort. Sinon, je ne serais pas parti.

La femme se tourna vers le garçon.

– J'ai couru de partout à travers le village pour trouver quelqu'un, je ne me suis pas enfui par lâcheté.

– Je n'ai jamais dit ça.

– J'avais très peur mais je ne suis pas un lâche. J'ai essayé d'éteindre le feu, tu sais, l'air même brûlait.

– Je ne l'ai jamais pensé non plus, dit le vieil homme, mais tu n'es pas de notre sang.

– Et tu ne me renverras pas ?

– Nous ne te chasserons pas tant que nous ne serons pas certains que c'est la meilleure chose pour toi.

– Est-ce que je peux retourner avec vous dans votre village ?

Le vieil homme secoua la tête.

– Ce n'est pas ton village et je ne suis pas ton père, et cette femme n'est pas ta mère. Allons, il faut dormir maintenant ou la fatigue nous rendra malades de nouveau.

La femme déplia rapidement les couvertures et le sac de couchage, puis elle les secoua. Elle les étala sur le sol, juste en dessous de l'avancée rocheuse. Le vent qui soufflait à travers le ravin portait jusqu'à eux les cris et les hululements des animaux de la nuit. Les colonnes de fumée et la chaleur du feu s'épandaient dans leur abri.

Le garçon s'était un peu éloigné pour faire ses besoins.

– Écoute, dit posément la femme au vieil homme, tu laisserais ce garçon partir ?

– Qu'est-ce que tu me demandes là ?

– Ce garçon détient d'étranges pouvoirs.

Elle connaissait le fonctionnement de sa pensée.

– Qu'est-ce que tu veux dire, femme ? demanda-t-il en tremblant.

– La mare. Les poissons. Le chien.

– Oui ?

– Ce garçon a un pouvoir magique.

– Magique ?

– Il peut nous être utile.

– Qu'il emmène sa magie chez lui, dit le vieil homme.

– J'ai vu comme le chien s'est approché de lui. Comme il l'a soigné.

– Nous sommes trop vieux pour ce jeune garçon. Il apporte trop de souvenirs avec lui.

– Quels souvenirs ?

– Celui de la vie que j'aurais pu avoir. De tous les enfants et les petits-enfants qui m'ont été enlevés.

– Je ne voulais pas cela, répondit la femme au bout d'un moment.

– Dans le camp, nous trouverons où le placer. Qu'il emmène sa magie, je n'ai pas besoin de magie.

– Parle plus doucement, dit-elle, il y a des esprits de partout.

Il se recroquevilla et regarda autour de lui, terrifié.

Le garçon revint et comprit aux regards qu'ils lui lançaient qu'ils avaient parlé de lui.

– Nous allons mourir dans ce froid, si nous n'entretenons pas le feu, dit le vieil homme. La femme et moi nous nous relaierons.

– Je le surveillerai moi aussi, dit le garçon.

– Tu es un enfant, dit la femme.

– Je suis un garçon et ma blessure est guérie.

– Il fait trop froid pour que tu restes éveillé.

– Je surveillerai le feu moi aussi, fit le garçon en insistant.

– Parle-lui, dit la femme au vieil homme.

– S'il veut surveiller le feu, qu'il le surveille, dit le vieil homme en pensant aux heures de sommeil qu'il pourrait prendre en plus et aux heures de torpeur engourdissantes qu'il aurait à passer en moins devant le feu.

– Mais il n'est qu'un enfant, dit la femme.

– Il est plus que ça, dit le vieil homme, tu l'as dit toi-même.

La femme faillit répondre, mais elle se ravisa et se tut.

– Fais bien attention à ne pas t'endormir devant le feu, prévint le vieil homme, ou sinon, nous ne nous réveillerons jamais de ce sommeil.

– Quand dois-je te réveiller ?

– Laisse le feu brûler jusqu'à ce que les flammes atteignent cette hauteur. Le vieil homme s'accroupit et marqua un trait dans l'air de ses mains. Puis tu ajouteras du bois jusqu'à ce que les flammes montent à cette hauteur. Quand tu auras ajouté du bois une cinquième fois, tu me réveilleras. Bonne nuit, Kim Sin Gyu.

– Je ne sais pas comment tu t'appelles ?

– Appelle-le Père. La femme s'entendit prononcer ces paroles à son plus grand étonnement.

– Femme ! cria le vieil homme furieux.

– Comment pourrais-je l'appeler Père, demanda le garçon en élevant la voix, comment ? Il pleurait maintenant. Comment, comment, comment ?

Elle essuya ses larmes puis regarda durement le vieil homme.

– Je t'appellerai Oncle.

Les deux vieillards se turent.

– Bonne nuit, Oncle, dit le garçon. Puis il se tourna vers la femme et d'une voix douce dit :

– Bonne nuit.

Il leur tourna le dos, et se mit une couverture sur les épaules et s'accroupit près du feu.

Au bout d'un moment, la femme se glissa entre les couvertures sur le sol de pierre. Elle pensa : ce garçon vivra toute sa vie avec ces souvenirs. Il est encore trop dans son village.

Le vieil homme se coucha à côté d'elle et elle sentit son corps sec à côté du sien. Il se gratta furieusement, trembla, grinça des dents. Puis il s'enfonça dans le sommeil, lentement.

Le garçon s'accroupit sur le sol et entretint le feu.

Il était blotti sous la couverture : on ne voyait que ses yeux. Du feu s'élevait un halo de lumière; il passait avec nonchalance des doigts caressants de fumée et de chaleur sur la pierre et les deux corps endormis sous les couvertures. Les minutes passaient, et il entendit, provenant de la montagne, les cris perçants d'une créature de la nuit : trois longs hululements qui résonnèrent dans l'obscurité. Il frémit, tandis que les sons le pénétraient, faisaient courir un frisson sur sa nuque et des picotements au bout de ses doigts et de ses orteils.

Qui a produit ces bruits effroyables ? Un oiseau pris dans le nid par une chouette ? Un lapin qui se serait aventuré en dehors de son terrier et se serait fait prendre par un léopard ? Y a-t-il des léopards ici ? Les flammes dansaient dans le vent avec des bruits de respiration lourde, haletante, et des giclées d'étincelles qui tourbillonnaient dans la nuit terrifiante.

Mère m'a un jour raconté l'histoire d'un lapin, d'un poisson et d'une tortue, quand j'étais petit. La voix chaude de Mère, emplie maintenant de terre glacée. Un lapin, une tortue, un poisson. La reine des poissons. Alors un jour elle avala un ver et un hameçon se planta dans sa bouche. Ça fait mal ! Dans un sursaut d'énergie, elle cassa la ligne et s'échappa avec l'hameçon toujours dans sa bouche. Elle tomba très malade à cause du méchant hameçon. Elle eut mal et beaucoup de fièvre. Tous les savants du royaume furent appelés à son palais. Grand-Père écoutait l'histoire en fumant sa longue pipe, il souriait derrière la fumée. Père étudiait un livre en caractères chinois mais il écoutait lui aussi derrière son livre. La tortue, grasse et fourbe, déclara que seul un médicament préparé à partir du foie d'un lapin pourrait guérir la reine.

« Je connais un lapin, je le vois se promener parfois sur la plage, je l'amènerai au palais de Votre Majesté », dit-elle. En vérité, la tortue ne connaissait pas très bien le lapin, mais elle espérait que sa ruse et sa fourberie l'aideraient à se créer une grande réputation auprès de la reine... Le feu est-il déjà si bas ? Est-ce que je me suis endormi ? Nous mourrons tous de froid si je m'endors. Plus de bois. Jusque-là, a dit le vieil homme. Ce vent de la montagne est comme un mur de glace. Je me souviens comment un jour j'avais enfoncé ma main dans la neige pour prouver à mes amis que je pouvais la laisser comme ça très longtemps, et quand je l'ai retirée, je ne pouvais plus sentir mes doigts, ils étaient d'une drôle de couleur et le docteur du village a fait claquer sa langue et a dit que, si j'avais laissé ma main dans la neige deux minutes de plus, j'aurais perdu plusieurs doigts. Père était fou de colère. Ce garçon est idiot, avait-il dit. J'ai sous mon toit un fils idiot... Bon, et qu'est-ce qu'a fait la tortue grasse et fourbe ? Elle est allée sur la plage, et par chance, elle y trouva un lapin, qui se montra étonné et demanda à la tortue pourquoi elle n'était pas dans l'eau. « Pour la vue, dit la tortue. » « Nous avons de plus belles vues que celle-là », dit le lapin. « Ah ! tu devrais voir le spectacle qui s'offre sous l'eau, dit la tortue. Des montagnes, des forêts, des vallées, des grottes et d'immenses plaines. Et surtout le palais de la reine... Encore du bois ? Comme il brûle vite. Doucement, pour ne pas les réveiller. Les animaux dans l'obscurité, je les entends. Des chiens affamés ? Un léopard ? Ou est-ce que les léopards ne vivent que dans le Nord ?... « J'aimerais voir le palais de la reine », dit le lapin. Monte sur mon dos, proposa vivement la tortue et ils s'enfoncèrent dans l'eau ; le lapin était ébloui par ce qu'il voyait des montagnes sous-marines, des vallées, des grottes et des plaines. Et le palais royal était superbe, et le lapin fut emmené jusque dans les appartements de la reine, où il rencontra les savants et les docteurs ; on lui offrit du vin de riz chaud et une délicieuse omelette au soja, du millet, du maïs et du riz avec des légumes. Comme le lapin mangeait, il entendit deux domestiques qui parlaient de la nécessité d'obtenir son foie pour sauver la vie de leur reine.

Le lapin fut très effrayé en entendant ça, mais il garda ses esprits, et lorsqu'il fut à nouveau convoqué devant la reine le feu brûle si rapidement c'est la troisième ou la quatrième fois que j'ajoute du bois ça doit être la troisième fois je vois des ombres qui se meuvent au-delà des flammes des animaux de la nuit il faut rajouter du bois mais seulement jusqu'à la hauteur que m'a indiquée le vieil homme le lapin resta très calme et dit qu'il serait ravi de donner son foie pour sauver la reine mais qu'il pouvait enlever et remettre son foie comme des lunettes et qu'il l'avait laissé sur la plage pour ne pas le mouiller et qu'il serait heureux de le rapporter pour sa Majesté. Va le chercher, dirent les docteurs et les savants. Et le lapin grimpa sur le dos de la tortue qui le ramena sur la plage où le lapin fit savoir à la tortue qu'il n'avait qu'un seul foie et qu'il avait l'intention de le garder et il s'en alla laissant la tortue grasse et fourbe s'expliquer auprès de la reine. Et Grand-Père s'était mis à rire, serrant toujours sa pipe entre ses dents et, et, père souriait sans détacher les yeux de son livre chinois, et Mère m'avait souhaité bonne nuit en chuchotant et Badook avait aboyé quelque part au-dehors, et, et, et, le feu a brûlé bien bas encore une fois et cette couverture n'est pas assez chaude pour me protéger du froid et sans ce feu, nous mourrions tous gelés comme cette femme et comme Mère qui a de la terre dans la bouche. Stupide tortue et habile lapin. Sois avisé comme le lapin, m'avait dit Grand-Père le lendemain. Et Père avait dit, il ne fait que des bêtises, il rêve toute la journée près de la mare et Mère lui avait répondu : Mais il n'est qu'un enfant. Maintenant, ils ont tous les mains attachées dans le dos et la tête tordue dans d'étranges positions.

Il s'assoupit un bref instant et se réveilla terrifié, et pendant un moment, il ne sut pas où il était, puis il vit que le feu était presque éteint, que le vent ne soufflait plus, que l'air était pris dans une immobilité polaire ; il ajouta des brindilles sur le feu, des épines se plantaient dans ses mains, et il se traîna jusqu'aux couvertures pour réveiller le vieil homme.

D'abord, il ne voulait pas se réveiller et le garçon dut le secouer. Puis il ouvrit les yeux, poussa un cri affolé et regarda frénétiquement tout autour de lui. Surpris, le garçon fit un pas en arrière et faillit se prendre le pied dans la couverture qui lui enveloppait les épaules.

– Tu m'as dit de te réveiller.

Il entendit le tremblement de sa voix.

Le vieil homme regarda le garçon comme s'il ne le connaissait pas.

– Qu'est-ce que c'est ? Qu'est-ce qui se passe ?

Ses yeux avaient pris une expression de folie et de peur, sa voix était rauque et faible. Il toussa pour se gratter la gorge et plissa les yeux.

– C'est la cinquième fois, dit le garçon en tremblant.

Mais est-ce vraiment la cinquième fois ? Est-ce que j'ai mal compté parce que je me suis endormi ?

– Quoi ? Ah oui, la cinquième fois.

Le vieil homme s'extirpa de dessous les couvertures en tâchant de ne pas tomber, il grogna, il se gratta et réajusta ses vêtements.

Le jeune garçon retira la couverture qui lui recouvrait les épaules et la tendit au vieil homme, et comme il s'apprêtait à disparaître sous les couvertures sur le sol rocheux, il sentit le choc de l'air glacial qui entrait sous ses vêtements jusqu'à sa peau. Comme s'il venait de recevoir de l'eau glacée sur tout le corps. Sans pouvoir contrôler ses tremblements, il se blottit contre la femme. Petit. Tout petit. Comme le lapin dans son terrier. Comme le petit chien qui dormait à côté de moi dans la grotte. Les points blancs minuscules de son museau brun. La queue qui remuait. L'esprit de Badook dans ce petit chien ? Tout petit.

Le vieil homme était assis près de la chaleur du feu; il regardait les flammes et les colonnes de fumée qui s'élevaient dans l'obscurité.

Je rêvais que j'étais enterré sous la terre lourde et froide et le garçon me tendait la main pour sortir de ma tombe. Ce garçon possède une bonne magie, oui, mais mon Oncle a dit un jour : La magie, qu'elle soit bonne ou mauvaise, tu t'en tiens éloigné. Trop de bonne magie ou trop de mauvaise magie ne t'apporteront que des malheurs finalement. Sois un chasseur et les esprits ne sauront pas que tu vis, ils ne feront pas attention à toi, les bons comme les mauvais. Écoute-moi, mon neveu, quand il t'arrive trop de bien les esprits mauvais deviennent jaloux. Sois un chasseur et va vivre dans les montagnes au Nord ou à l'Est, regarde, regarde donc tes cousins, de bons fils, des garçons pleins de santé, ils seront de grands chasseurs un jour, regarde avec quelle patience ils ont traqué ce goral, regarde la taille de ses bois et la couleur de sa peau. Ou deviens paysan avec ton père, dans le Sud, mais éloigne-toi de tout ce qui est magie et souviens-toi que tout est écrit : Le monde est un torrent furieux, quel est l'homme qui pourrait en guider le cours ? Vaut-il pas mieux se choisir un maître qui fuit le monde qu'un maître qui fuit tel ou tel homme ? Tu vois, la chasse est mon maître et ensemble, nous fuyons le monde et nous vivons au milieu des montagnes et les animaux me connaissent, même ceux que je tue, je vis avec leurs esprits et je leur apporte des offrandes et jusqu'à présent, ils ne m'ont pas fait de mal. Le vieil homme frémit, submergé par le torrent de ces paroles oubliées pendant presque toute une vie. La mémoire est une tombe qu'il vaut mieux ne pas venir troubler. Pourquoi se souvenir maintenant ? C'est ce garçon. Sa présence me ramène des souvenirs enfouis. Quelle sorte de magie est-ce donc ? Qu'il retourne dans son village. Ah, le feu a baissé. Je vais laisser la femme dormir et je prendrai son tour. Elle en a assez fait ces jours-ci. S'occuper du garçon et de son mari, au milieu de cette guerre. Le monde est un torrent furieux. Oncle citait les paroles sages du maître. Il devrait remercier les esprits qui le protégeaient de ne pas avoir vécu pour voir cette guerre, et d'être mort heureux au milieu de ces montagnes. Je n'ai pas besoin de ces souvenirs. Ce garçon, il y a quelque chose chez lui, sa présence nous rendra fous. Le feu a encore baissé ? Est-ce que ce bois brûle trop vite ou est-ce le souvenir qui prend tant de temps ? L'air est aussi froid que lorsque j'étais un petit garçon et que je plongeais les bras dans la rivière près du village et que je sentais l'eau épaissie par le froid. Il va m'appeler son Oncle. Je n'ai personne qui puisse m'appeler « Mon Oncle ». J'étais le seul fils qu'eut jamais mon père et j'approche de la fin de ma vie : tout mourra avec moi.

Il entendit un léger bruissement, comme un bruit d'ailes dans les montagnes et tout autour.

Il releva la tête, effrayé.

Une fine ligne de lumière s'était glissée imperceptiblement dans le ciel, à l'est. Les animaux s'éveillaient. Le sommet des montagnes et les arbres apparaissaient de nouveau.

Il secoua la tête, ébloui. Comment les heures avaient-elles pu passer si vite ? Ce garçon est-il un sorcier capable d'exercer son pouvoir sur la mémoire et le temps ?

Il ajouta des brindilles sur le feu et resta tendu et inquiet sous sa couverture, à regarder les flammes s'élever dans un rugissement à la rencontre du jour.

Plus tard il s'efforça de redresser la charrette tout seul, sans prêter attention à la raideur qu'il sentait dans ses muscles et ses os, et le garçon entendit à travers les couvertures et le sac de couchage le bruit du bois qui frottait contre la pierre et il quitta la chaleur qui l'enveloppait pour l'aider à remettre la charrette sur ses roues fendues. Il observa le vieil homme qui reprenait la boîte contenant les cendres de son père, qui la serrait tendrement entre ses bras, puis la posait dans la charrette.

La femme sortit la tête de dessous les couvertures pour voir la lumière du matin, et elle jeta un regard circulaire en plissant les yeux, étonnée. Elle foudroya le vieil homme qui haussa les épaules et se détourna.

– Tu en as fait bien assez quand nous étions dans la grotte, marmonna-t-il.

– Qu'est-ce que ça veut dire, assez ? demanda-t-elle, mais sa voix était encore tout ensommeillée. Elle se gratta la gorge, cracha et dit de nouveau plus fort :

– Qu'est-ce que ça veut dire, assez ? Qu'est-ce que tu veux dire ?

– Le temps a vite passé, il n'était pas nécessaire de te réveiller.

– Je suis ta femme ! dit-elle sèchement.

– Alors aide-nous à partir d'ici.

Le garçon les écoutait, un peu en retrait.

– Je ne suis pas si vieille qu'il faille m'épargner ainsi.

– Femme, il y a quelques jours à peine, tu disais que les esprits allaient bientôt t'emporter.

– Il y a quelques jours à peine, les esprits t'avaient déjà pris. C'est nous qui t'avons arraché à leurs griffes. Si tu peux passer la nuit sans dormir pour surveiller le feu, ta femme aussi.

– Je t'entends, dit-il.

– Si ce garçon peut veiller, ta femme aussi.

– Femme, tu hurles dans mes oreilles.

Créature têtue et bruyante.

Ses os lui faisaient mal, mais pour la première fois depuis des jours elle se sentait pleine d'énergie, et l'œil clair, elle regarda les montagnes, la charrette, et le garçon juste à côté qui baissait les yeux.

– Le sommeil m'a fait du bien, je te remercie de m'avoir laissée dormir, partons maintenant.

L'homme pensa : elle ne connaît plus sa place. D'où vient donc cette autorité, cette agressivité ? Je la traite avec bonté et elle se met en colère. Est-ce à cause du garçon ? Qu'est-ce qu'il peut bien lui faire ce magicien, ce sorcier ?

– Je ne sais pas où est le camp de réfugiés, dit-il en saisissant un des brancards de la charrette, si c'est à plus d'une journée de voyage...

Il ne finit pas sa phrase. Fais marcher ta bonne magie, sorcier, et aide-nous à trouver le camp de réfugiés. Nous ne survivrons peut-être pas une autre nuit au milieu de ces montagnes.

Le chemin, qui parfois n'était même pas assez large pour permettre à la charrette de passer, grimpait lentement, suivait les courbes de la montagne et bientôt ils se retrouvèrent au-dessus de la ligne d'arbres, le soleil brillait sur les étendues de glace, les ravins couverts de neige, et le vent était coupant comme une épée. Ils suivirent le chemin pendant toute la matinée à travers la montagne sans rencontrer personne. Pourtant on voyait que d'autres étaient passés par là, il y avait des traces sur la neige durcie.

Le vieil homme et la femme tiraient sur les brancards de la charrette pendant que le garçon poussait derrière. Ils s'arrêtèrent trois fois pour se reposer avant que le soleil n'atteigne son zénith : le vieil homme, ou peut-être était-ce la femme, leva un bras et lâcha la charrette. Ils se blottirent dans les couvertures pour se réchauffer, si proches qu'ils échangeaient leur haleine. Pas une seule parole ne fut prononcée pendant tout ce temps. La troisième fois, alors qu'ils s'étaient accroupis près de la charrette, sous leurs couvertures, le garçon remarqua que la roue se fendait. Le rebord était tailladé et fendu et la roue elle-même, une roue tout en bois, depuis la jante jusqu'au moyeu, du bois massif sans espacement, commençait à se détacher de l'essieu. Il resta assis sous sa couverture, tremblant entre le vieil homme et la femme et observa la roue. Je ne leur dirai rien. Le vieil homme l'a sans doute déjà remarqué. De toute manière, nous n'avons pas d'outils, comment pourrions-nous la réparer ? Elle tiendra peut-être jusqu'au camp de réfugiés.

Un peu plus tard, le garçon avait repris sa place derrière la charrette, il essayait de la soulever légèrement chaque fois qu'il craignait que la roue branlante ne heurte une grosse pierre ou une plaque de glace. Il fit la même chose un peu plus tard encore, quand il prit le brancard et que la vieille femme passa derrière pour pousser. Le vieil homme sentait ces interruptions dans le rythme de leur marche et, au cours du repos suivant, le garçon le vit qui observait la roue branlante, et il remarqua le regard qu'il lui lança. Après le repos, le vieil homme prit le brancard du côté de la roue abîmée, le garçon prit l'autre et tous deux levaient la charrette en même temps pour épargner les deux roues sur les passages les plus accidentés du chemin.

La femme, au bord de l'épuisement, ne s'aperçut de rien. Elle vit que l'homme n'allait plus chercher du petit bois pour le feu. Ce n'était pas un feu qui leur aurait permis de survivre dans ces montagnes, avec la nuit qui s'annonçait. Il n'y avait pas de grotte là, ni de surplomb rocheux, ni de coin abrité, seulement des falaises à pic, des ravins pleins de rochers éboulés, des cheminées rocailleuses, des champs recouverts d'une épaisse couche de neige.

L'homme voulait aller aussi loin et aussi rapidement que possible et il refusait d'abandonner le brancard de la charrette pour aller chercher du bois. Elle lançait des regards hébétés. Qu'est-ce que je raconte, il n'y a pas de bois ici, que des pierres, de la neige et de la glace. Mais pourquoi n'y a-t-il personne, où sont-ils partis tous ceux qui nous ont dépassés le jour où l'homme est tombé malade ? Disparus dans les montagnes ? Avons-nous pris la mauvaise route ? Mais ce sentier allait toujours tout droit. Aurions-nous manqué un croisement, une autre route enfouie sous la neige ? Mais nous aurions vu leurs traces.

Elle continua à pousser la charrette en se parlant à elle-même, plongée dans une sorte de stupeur. Pourquoi soulèvent-ils sans cesse la charrette ? Est-ce qu'ils s'imaginent qu'elle va s'envoler ? Regarde comme ils la soulèvent pour la reposer ensuite. Mais qu'est-ce qu'ils font ? Est-ce un jeu ? Cette idée lui plaisait, que l'homme et le garçon se soient d'une certaine façon entendus, pour transformer en jeu la tâche qui leur incombait. Mais elle remarqua bientôt avec un frisson d'angoisse la roue qui se détachait, et à partir de ce moment, elle essaya à son tour d'aider le garçon et le vieil homme en soulevant la charrette par-derrière, mais elle y renonça au bout d'un moment, elle était au bord de l'évanouissement.

Plus tard dans l'après-midi, le sentier s'aplanit pour ne plus devenir qu'un gigantesque tournant, bordé d'un côté par une déclivité abrupte et de l'autre par une paroi pratiquement perpendiculaire. Ils virent une coulée de neige tomber en avalanche au fond d'une crevasse, et en entendirent le grondement qui se répercutait au loin. Ils virent aussi les ombres descendre sur la montagne comme des colonnes de fumée ondoyantes et l'approche du crépuscule et l'apparition des premières étoiles. Étrange comme les étoiles forment un dôme dans le ciel et brillent d'un éclat glacial, bleu, orange, brûlant : un énorme pan de ciel, comme si les étoiles étaient tombées, comme si le ciel et la terre n'étaient plus qu'un paradis étoilé et sans horizon. L'air de la montagne affecte les yeux, disait l'Oncle, et le cœur et les poumons, le monde entier apparaît sous un jour différent. Et maintenant, nous avons rencontré le garçon et nous avons fait tout ce chemin pour venir mourir ici, dans ces montagnes, quel genre d'esprits êtes-vous pour faire de telles choses à une vieille femme, je n'ai plus de force en moi, pas même pour la colère, sinon, je vous haïrais. Et si je ne m'étais pas enfui, si j'étais resté, peut-être que quelqu'un aurait survécu et et j'aurais pu vivre avec eux mais personne n'était plus vivant et Badook s'était aussi enfui et et je serais mort au milieu de ces flammes tout brûlait les maisons l'air les corps et puis et puis regarde les étoiles toutes les étoiles de partout la glace sur les montagnes qui réfléchissent les étoiles dans le ciel et dans la neige les étoiles et encore les étoiles.

Le vieil homme arrêta soudain de tirer et la femme se cogna à l'arrière de la charrette. Éprouvée par le choc, elle se sentit soulevée au-dessus de l'obscurité dans laquelle elle était plongée. Le garçon laissa tomber son brancard, il tremblait de fatigue, incapable de faire le moindre mouvement.

Le vieil homme était au bord du chemin, regardant l'obscurité en dessous.

« Des feux », fit-il d'une voix rauque.

La femme et le garçon fixèrent l'abysse : tout là-bas, des flammes minuscules vacillaient et de toutes petites silhouettes se mouvaient dans leur clarté.

Alors, ils tirèrent et poussèrent la charrette sans se soucier des roues, et ils durent bientôt s'y appuyer pour la retenir comme le chemin était en pente raide.

Presque au terme de la descente, comme l'air était quasi imprégné du noir de la nuit, le chemin suivit un moment une large route poussiéreuse puis la rejoignit. Une longue file de réfugiés avançaient en désordre, lentement, vers une vaste plaine parsemée d'abris, de foyers et de braseros. Des camions passaient sur la route, vers le Nord, on ne voyait que leurs phares. A l'autre extrémité de la plaine, un camp militaire, entouré de barbelés, éclairé par des braseros et patrouillé par des gardes armés. Le vieil homme la femme et le garçon suivirent la route comme elle quittait la montagne pour s'enfoncer dans la plaine.

5

Un peu plus loin, des groupes de soldats se réchauffaient près de bidons d'essence dans lesquels ils avaient allumé des feux à l'entrée du camp, là où la route débouchait sur la plaine. Des flammes orange éclairaient leurs visages et faisaient étinceler les lettres blanches sur leurs casques. L'air s'emplissait de l'odeur chaude et âcre des colonnes de fumée.

Comme le vieil homme, la femme et le garçon approchaient du poste, à l'entrée, un soldat leur cria un ordre en coréen et le vieil homme et la femme reposèrent rapidement les brancards. Le garçon sortit de derrière la charrette et se glissa entre eux. Il sentit les doigts de la femme qui se serraient sur son bras.

Le vieil homme regarda le soldat avec crainte. Petit, mince, une parka avec une capuche bordée de fourrure, des gants. Visage fermé, arrogant, comme celui des magistrats, des bureaucrates, comme celui des propriétaires terriens. Le fusil sur l'épaule, une arme à la ceinture. Il nous regarde, il sait que nos vies sont entre ses mains. Encore une fouille ? Ses doigts sur mon dos, sur mes bras, ma poitrine, entre mes cuisses, le long de mes jambes. La femme aussi. Il va la fouiller ? Le garçon a tellement peur que je le sens trembler. Qu'est-ce que je vais dire s'ils me posent des questions sur lui ? Ne mens pas à nos soldats. Le vieux charpentier nous a prévenus. Ils tirent au moindre soupçon. Ils croient que des Soldats du Nord se cachent parmi les réfugiés du Sud.

Les yeux plissés dans l'obscurité trouée de l'éclat des flammes, le vieil homme aspira une bouffée d'air glacé et sentit des souvenirs récents remonter comme des bulles à la surface de sa mémoire. Sur la route qui partait de Séoul, après le terrain d'aviation, c'était plein de fantassins et de véhicules. Il cherchait la femme. File des réfugiés sur le sentier étroit entre la route et les champs gelés. Un homme déboule du sentier, traverse la route en courant. Il avait glissé entre les fantassins, il avait évité deux Jeeps qui approchaient et courait avec un chargement de bois sur les épaules. Un seul coup de feu, un bruit net : il est tombé à genoux, puis visage contre terre. Deux soldats l'ont tiré sur le côté de la route et jeté dans la rigole. Pourquoi s'est-il mis à courir ? Quel démon l'a pris, d'un seul coup ? La cinquantaine... visage tourné vers le ciel, la poitrine, une masse de sang ; des hommes, des femmes se battaient pour son bois. Je l'avais oublié, je m'en souviens maintenant. Où vont-ils quand ils disparaissent les souvenirs, et qu'est-ce qui nous les ramène ? Le garçon a peur. Je vois ses yeux. Se débarrasser de lui, ne plus avoir à le traîner comme un fardeau. Mais la femme sera furieuse. Femme têtue. Il me parle. Que dit-il ?

– Toi, le vieux, toi là.

Le soldat, sa torche électrique dans les yeux du vieil homme, n'était plus qu'une voix, son visage et son corps avaient disparu dans la lumière aveuglante.

Le vieil homme baissa les paupières, cligna les yeux.

– Toi, le vieux. Tes papiers.

– Ah, nous n'avons pas de papiers, nous avons laissé nos papiers dans notre maison dans notre village. Nous avons fui devant les Chinois et l'armée du Nord, très vite.

La femme ferma les yeux un instant. Revint une vague de souvenirs terrifiants : le jeune fils du charpentier qui courait à travers le village et qui criait les Chinois sont dans les collines! et la débandade avec les charrettes, les couvertures qu'on jette dedans, quelques casseroles et des bols et de la nourriture et la boîte avec l'esprit du père de l'époux et la fuite à travers les rizières pour rejoindre la grand-route, le long de sentiers où la charrette pouvait à peine passer. Le bœuf était sans doute mort maintenant et le village en cendres, comme celui du garçon. Et les tombes des ancêtres dans le cimetière, sur la colline, au-delà du village ? Est-ce qu'ils détruisent les tombes ?

– Quel village, vieux ?

Le vieil homme clignant toujours les yeux à la lumière donna au soldat le nom de leur village.

– Près de quelle ville ?

– Dongduchon.

Il y eut un silence.

Le faisceau de lumière balaya l'obscurité et se posa sur le visage de la femme. Elle ferma les yeux.

– C'est qui ça, vieux ?

– C'est ma femme.

Le faisceau de lumière s'attarda un instant sur la femme, puis se posa sur le garçon.

Le garçon regardait fixement la lumière. Petit. Tout petit.

– Qui est-ce, la vieille, ton petit-fils ?

– Oui, petit-fils, répondit rapidement la femme.

– Qu'est-ce qui lui est arrivé ?

– Ses parents sont morts, son village a brûlé.

– Tu as des armes, des couteaux, le vieux ?

– Non, non.

– Qu'est-ce qu'il y a dans la charrette ?

– Quelques objets qui viennent de notre maison, dit la femme.

Il examina la charrette avec sa lampe, s'attardant sur la roue fendue, puis passant sur les couvertures. Il prenait son temps, donnant quelques coups avec la torche, pour être sûr qu'elles ne cachaient rien. Le faisceau de lumière rétrécit, s'enfouit brièvement dans l'obscurité et réapparut. Le monde ainsi, rétrécissait, disparaissait et revenait.

Le vieil homme observait le soldat, et la femme s'appuya contre la charrette, tremblante, les yeux fixés sur les feux qui brûlaient dans la plaine, tandis que le garçon, parfaitement immobile, sentait sur son bras les petits doigts osseux de la femme.

La longue file des réfugiés s'était immobilisée derrière eux en silence, à peine visibles dans la faible lumière de la nuit froide et étoilée. Une procession de véhicules innombrables remontaient toujours le long de la route, en direction du Nord.

Une voix s'éleva dans l'obcurité, un peu plus loin, appelant dans une langue étrangère. Le faisceau lumineux s'éloigna de la charrette et éclaira en plein le visage du vieil homme.

– Tu as de la famille dans le Nord, grand-père ?

Presque tout le monde avait de la famille dans le Nord. Mais le Nord, c'était l'ennemi.

– Ah oui, un oncle et quelques cousins. L'oncle est retourné depuis longtemps auprès de ses ancêtres. Je n'ai plus vu mes cousins depuis mon enfance.

– Et toi grand-mère ?

– Je n'ai pas de famille dans le Nord, toute ma famille vient du Sud.

Il éclaira de nouveau le visage du garçon.

– Qu'est-ce qui lui est arrivé ?

– Une très mauvaise blessure dit la femme.

Elle ouvrit la veste et la chemise du garçon. Il reprit son souffle en sentant l'air glacé qui mordait dans sa chair. Dans la lumière crue de la lampe électrique, la blessure ressemblait à une chair profanée.

Le soldat se détourna et leur fit signe de continuer.

Le vieil homme se pencha pour reprendre le brancard de la charrette.

Il entendit la femme qui disait :

– Nous n'avons rien à manger.

– Les camions viendront au matin avec des vivres.

– Nous n'avons rien pour ce soir, dit la femme.

Ils entendirent de nouveau cette voix qui sortait de l'obscurité, là-bas, appelant dans cette langue inconnue. Le soldat cria et la voix lui répondit.

– Allez, allez, fit le soldat en s'adressant au vieil homme.

– Nous mourrons si nous ne mangeons pas, dit la femme.

– Dis à ta femme de continuer, grand-père.

– Allez, viens, aboya le vieil homme.

Elle prit le brancard. Le garçon poussait derrière.

Comme ils passaient devant la rangée de barils dans lesquels brûlaient des feux, un soldat sortit de l'ombre, s'approcha d'eux, et brandit un petit paquet de riz enveloppé dans du papier. Sans dire un mot, il le jeta sur les couvertures dans la charrette et disparut dans la nuit.

Ils quittèrent la route principale et tirèrent la charrette sur un sentier poussiéreux et étroit qui traversait la plaine. La roue cassée menaçait de se détacher à chaque instant, la charrette cahotait en grinçant le long du sentier, et le garçon essayait sans cesse de la soulever pour que la roue ne touche pas le sol. Mais il crut au bout d'un moment que ses bras allaient se détacher de son corps s'il continuait, il reposa donc la charrette sur ses roues et poussa à l'arrière. Puis le vieil homme vint se placer près de la roue et souleva la charrette pendant que la femme et le garçon tiraient sur les brancards.

Un immense bidonville s'étendait dans la plaine. Parsemé de barils d'essence, de feux allumés, de baraques de tôle dressées sur le sol gelé, parmi lesquelles de sombres silhouettes se reposaient accroupies, ou se déplaçaient lentement.

Froid polaire et sombre d'une nuit sans lune, traversé de colonnes de fumée et de chaleur qui s'échappaient des feux. Quelques buissons nains rabougris perçant sous les amas de neige. Un bruit étrange traverse la plaine : gémissements et soupirs étouffés s'élevant vers le ciel noir, interrompus de temps à autre par le fracas métallique provenant du camp militaire.

Un coin d'ombres inhabité, cerné par les feux environnants.

Et tout autour, des abris de fortune et des silhouettes recroquevillées.

Vite, le vieil homme alla enlever la neige qui s'était déposée sur un buisson à proximité, et avec l'aide du garçon chargea son porteur tandis que la femme, rassemblant ce qui lui restait de force, dégageait la neige autour de la charrette et creusait un trou peu profond avec la même pierre dont le garçon s'était servi pour briser la glace près de la grotte. Pendant qu'elle creusait, une pensée lui traversa l'esprit et elle se demanda pourquoi le froid n'avait pas rendu la terre dure comme le roc. Elle remplit une casserole de neige et, quand le vieil homme fut revenu en compagnie du garçon, elle fit du feu et prépara le riz.

Elle songeait : qui était-il ce soldat silencieux qui avait fait don de ce riz ? Une de ces hommes au teint pâle avec les yeux à l'envers ? Créatures parfois bonnes et parfois cruelles. Ma mère m'avait raconté comment un jour, quand elle était servante chez le gouverneur de la province, elle avait aperçu avec les autres servantes, en faisant un trou avec ses doigts dans les portes de papier, le gouverneur qui dînait avec un homme au teint pâle. C'était étrange comme il avait enlevé son chapeau en entrant dans la maison. Mal élevés, ces gens. Mère m'avait dit qu'elle avait appris par son grand-père que des êtres différents se nourrissent différemment, certains mangent des pierres, d'autres du bois, de l'eau ou de l'air, et que les êtres supérieurs, les êtres humains, mangent du riz, du porc et du poisson cru. L'individu au teint pâle avait mangé du riz et du porc, il était lui aussi un être humain, de toute évidence, même si ses yeux étaient à l'envers, et même s'il avait enlevé son chapeau en entrant dans la maison quand tout le monde sait que l'on se coiffe d'un chapeau pour témoigner du respect et qu'on n'enlève pas son chapeau. A quoi sert un chapeau s'il n'est pas sur la tête de son propriétaire ? Mère disait que peut-être que tout est à l'envers là où ils vivent, parce qu'ils vivent de l'autre côté du monde. Ah, voyez-moi ce garçon, je souffre pour lui, comme il est fatigué. Il s'est assis contre la charrette, épuisé, il attend patiemment sa portion de riz. Et mon mari, la pipe à la bouche, il a faim, il attend sa nourriture.

Comment allons-nous dormir ce soir ? Il fait moins froid ici que dans la montagne, mais encore assez pour que nous en mourions.

Elle offrit du riz aux esprits de la plaine, puis le servit, et ils s'accroupirent à côté du feu, dans les couvertures et se mirent à manger. Au loin, les véhicules avançaient toujours, comme des créatures trapues aux yeux jaunes, plus noirs que le noir de la nuit, tous allaient vers le Nord.

Après avoir mangé, la femme nettoya les bols et la casserole dans la neige, puis les remit dans la charrette, et elle retourna près du feu.

– Nous allons nous relayer auprès du feu, dit le vieil homme.

– Je prendrai mon tour, dit le garçon.

– Tu n'es pas trop fatigué ? lui demanda la femme.

– Je prendrai mon tour en premier, dit-il.

– Tu me réveilleras ensuite, dit la femme.

– Comme vous voulez, dit le vieil homme.

– Et je te réveillerai.

– J'ai entendu.

– Comment allons-nous dormir ?

– On devrait faire des murs avec les couvertures et dormir sous la charrette... Et si nous mourons, nous mourrons.

– Nous ne mourrons pas, dit la femme, il ne faut pas parler comme ça.

– Les esprits feront comme ils en ont décidé, répondit le vieil homme.

Le garçon l'aida à étendre les couvertures et à étaler les sacs de couchage sur le sol entre les roues de la charrette, puis ils accrochèrent des couvertures aux quatre côtés.

– Tu es sûr que tu peux prendre ton tour ? dit la femme. Parce que, si tu es trop fatigué, tu ne devrais pas.

– Je ne suis pas trop fatigué.

– N'oublie pas de me réveiller.

Le vieil homme rajoutait du bois sur le feu. Les flammes s'élevèrent. Il n'y avait pas un souffle de vent. Il regarda à travers la plaine. Rien que du plat. Pas un arbre. Frissons, sueurs froides le long de son dos. Il y avait quelque chose, là. La femme se glissa entre les couvertures sous la charrette. Elle s'allongea et sentit un souffle glacé la traverser. D'où venait ce froid ? Une créature glaciale habitait-elle sous la terre en dessous d'elle ? Elle frémit, voulut se lever, mais la fatigue pesait sur ses épaules, comme une pierre, elle s'endormit avant que le vieil homme ne l'ait rejointe entre les couvertures.

Il songea : ces murs ne nous seront pas d'un grand secours contre le froid. Quelle ironie, si la mort nous surprenait cette nuit après tout ce que nous avons traversé.

Le garçon était assis à côté du feu, une couverture autour des épaules, il se demandait ce que le vieil homme aurait répondu si le soldat s'était adressé à lui plutôt qu'à la femme.

Qui est-ce Grand-Père, ton petit-fils ?

JE SUIS L'ARGILE

Pourquoi ai-je si froid avec la chaleur des flammes sur mon visage ? Je suis si près des flammes et je tremble toujours. Pas un bruit, l'air est sombre, froid et silencieux. Il sent la terre à nu. Comme cette nuit où nous campions dans la forêt et que j'ai mis au défi les garçons de mon âge de me recouvrir de terre gelée pour voir combien de temps je pourrais rester dessous ; la terre était humide et froide sur mon nez, mes yeux, mon visage, pleine de l'odeur des racines pourrissantes et des pierres moites, et je suis resté là si longtemps que Badook s'est mis à gémir et à gratter le sol, alors ils se sont tous précipités pour me déterrer et je me suis relevé en riant et j'ai ôté la terre de mes habits. Je respirais grâce à un roseau qu'ils n'avaient pas pu voir dans le noir. Et après le dîner, Père m'a appelé et m'a lancé un regard désespéré : « Ce garçon est un idiot ! Comment ai-je fait pour avoir un garçon aussi bête sous mon toit ? » Et Grand-Père avait dit : « Ce garçon aime explorer les choses, il est d'une nature curieuse, il faut faire la différence entre un garçon qui explore pour comprendre, et celui qui ne le fait que par goût du danger. Celui-là est un idiot dangereux. Lequel des deux es-tu ? » m'avait demandé Grand-Père, et mon père avait répondu : « Je dis moi que ce garçon est idiot, et qu'un jour sa bêtise lui attirera des ennuis. Que les esprits le protègent ! Qu'est-ce que tu vas encore inventer pour me faire honte dans le village, garçon stupide ? » Et il avait détourné les yeux. Il était très en colère contre moi. Mais Grand-Père souriait toujours avec sa longue pipe à la bouche. Qui l'avait dit à Père ? Ce gros bavard de Choo Kun, sans aucun doute.

Morts, ils sont tous morts les enfants de mon âge. Leurs maisons en cendres.

Il y a quelque chose d'étrange ici. Les feux brûlent de partout, sauf sur ces deux étendues d'ombre et là où nous sommes maintenant. De grands cercles noirs et des feux tout autour des Américains. Ont-ils chaud les Américains ? J'avais chaud dans mon village avec la fumée de la cuisine qui montait jusqu'à la chambre et les nattes sur lesquelles nous dormions. Cette chaleur qui nous entourait, même s'il faisait très froid dehors. Le vieil homme et la femme doivent avoir très froid, si j'ai froid moi aussi, tout près du feu. Le vieil homme ne m'aime pas, je ne sais pas pourquoi, je peux faire n'importe quoi, il ne m'aime pas. Je retournerai avec eux dans leur village si les Américains chassent les Chinois et les soldats du Nord, puis je retournerai dans mon village ; il doit bien y avoir encore quelqu'un de vivant ; ils n'ont pas pu tous être tués ; je vivrai avec un oncle, un cousin, comment auraient-ils pu tous mourir ?

Est-il déjà temps de réveiller la femme ? J'attendrai encore un peu. J'alimenterai le feu six fois au lieu de cinq cette nuit. Étions-nous encore vraiment dans les montagnes la nuit dernière ? Qu'elle dorme, des feux se sont éteints, trouvera-t-on beaucoup de cadavres gelés demain matin ? Un jour Badook avait trouvé un homme mort dans la forêt près de notre village, un étranger, mort dans la neige, il n'était parent avec aucune des familles du village et personne n'osait le toucher, personne ne voulait prendre la responsabilité de ses funérailles, et finalement quelqu'un a appelé la police. Badook a aboyé et nous sommes tous arrivés en courant, tous ceux de mon âge, nous étions en train de jouer dans la forêt. L'homme était étendu, parfaitement immobile, mais pas comme quand on dort, immobile comme une pierre, ou comme un sac de grain, comme une pierre, et le gros Choo Kun a regardé le corps puis il est devenu tout vert et il est allé vomir. J'ai dit à mes sœurs de venir voir le cadavre et elles se sont mises à hurler et à se mettre la main devant la bouche, et elles sont parties en courant, toutes effrayées, jusque dans la cour, près du jardin. Ah, les filles! Combien de fois est-ce que j'ai remis du bois sur le feu? Je ne sais plus. Qu'elle dorme.

Il resta assis sous la couverture à frissonner.

Un jour j'ai fait une tente dans la forêt avec mes deux petits frères et nous y avons dormi à côté de notre feu de camp, mes deux frères morts, les mains attachées et de la terre dans les yeux, ils tuent aussi les enfants, pourquoi les enfants? Qu'est-ce que les enfants leur ont fait? Je leur ai raconté des histoires de fantômes ce soir-là, de fantômes errants, avec Badook sous la tente à côté de moi, son corps tiède et des histoires d'étoiles, le vacher errant et la fille qui tissait, ils n'avaient le droit de se voir qu'un jour par an, le septième jour de la septième lune, parce que le vacher avait négligé son bétail et la fille sa tapisserie, alors ils étaient punis et ils devaient vivre pour toujours séparés par la Voie Lactée, chacun doit se consacrer aux occupations qui lui incombent, c'est une histoire que Grand-Mère m'a racontée, et je me suis fait un devoir d'apprendre à mes jeunes frères ce qu'on m'avait appris, mais ils voulaient seulement entendre d'autres histoires de fantômes errants et il y avait des moustiques et des mouches sous la tente, et l'odeur de la forêt, et tout d'un coup, il s'est mis à pleuvoir, un torrent de pluie qui s'est abattu à travers les arbres et la tente s'est effondrée, alors une vraie cascade s'est déversée sur nous, et Badook s'est mis à courir et à aboyer. On a ri et puis on a rassemblé les couvertures trempées et puis on a couru et Badook aboyait et il nous a suivis jusque dans la maison, il était si mouillé qu'on le regardait tous en riant, alors je l'ai appelé Deux Trois, il était si petit, si mouillé, toute sa fourrure était partie et puis on a dormi sur le sol de la maison, mes petits frères, Badook et moi, il y a combien de temps de ça, il y a combien de temps, je ne me rappelle même plus, combien de fois est-ce que j'ai remis du bois sur le feu, je ne me rappelle plus.

Il se rendormit puis se réveilla en sursaut, il s'assoupit encore et se réveilla de nouveau. Tout en tremblant, il amassa des brindilles sur le lit de braises incandescentes, il les regarda s'enflammer et, tandis que les flammes montaient, il vit que la neige avait fondu tout autour et que de petites rigoles s'étaient formées sur la terre, malgré l'épais rideau de glace qui recouvrait la plaine. Il est temps de la réveiller, songea-t-il dans une sorte de torpeur, ça doit être l'heure maintenant. Est-ce que cette lumière vient du ciel ou du camp des Américains ? Comme ils doivent avoir chaud ! Et toute la nourriture qu'ils ont ! Réveille le vieil homme, réveille-le, il doit être temps.

Le vieil homme poussa un grognement, mais se réveilla sans un mot. Il tituba légèrement et s'approcha du feu, puis il s'assit, enveloppé dans la couverture, les yeux fixés sur les flammes, perdu dans ses rêves agités.

Le garçon s'allongea à côté de la vieille femme et s'endormit immédiatement.

Des coups de feu provenant du camp américain

tirèrent le vieil homme de son demi-sommeil, trois coups en succession rapide. Il fut assailli par une foule d'images confuses et effrayantes : les Chinois, les soldats du Nord, la femme, la charrette, fuir, fuir. Il se leva, trébucha sur un coin de la couverture et faillit tomber dans le feu. Il se remit difficilement sur ses pieds tandis que ses mains prenaient appui sur la terre boueuse et il jeta des regards affolés autour de lui vers les feux, l'obscurité sur la plaine silencieuse, le nuage de lumière rougeoyante au-dessus du campement américain et le convoi de véhicules militaires qui avançait sur la route. Encore tremblant, il rajouta des brindilles sur le feu, et il s'assit enveloppé de sa couverture, il entendait les battements de son propre cœur.

Pris dans une brume de frayeur et d'épuisement, il ne sentait plus le poids de sa tête, ses yeux ne voyaient plus le feu que comme un halo de lumière jaune qui s'épandait depuis le centre des flammes, le vieil homme crut se souvenir que la femme avait demandé au garçon de la réveiller mais il n'en était pas absolument sûr, et peut-être que le garçon avait essayé de la réveiller mais qu'elle avait refusé de se lever, ou bien le garçon avait oublié, ou bien la femme ne l'avait finalement pas dit au garçon, elle lui avait dit de réveiller l'homme, pour que l'homme la réveille ensuite, elle allait encore se mettre en colère s'il ne la réveillait pas. Peut-être que le garçon l'a réveillée et que j'ai rêvé que c'était le garçon qui me réveillait alors qu'en fait c'était la femme. Les rêves étaient prenants cette nuit, je rêvais que je plantais les semis avec les pieds dans l'eau chaude et brune des rizières. Le sol suintait entre mes orteils, et la femme était à côté de moi, ou elle menait le bœuf et j'avais le soleil en plein sur les épaules, et le soir, la forte odeur des champs et le vent frais de la montagne et la lumière de la lune sur le visage fripé de la rivière. C'était des rêves forts que j'ai faits cette nuit. L'Oncle disait qu'avant de mourir un homme rêve des meilleurs moments de sa vie et qu'il emporte ces souvenirs dans son voyage vers l'autre monde, il me l'a dit quand nous chassions des faisans dans la montagne avec un faucon, une femelle de trois ans au plumage superbe; c'était mon Oncle qui l'avait lui-même dressée, l'oiseau vivait dans une cabane à toit de chaume derrière sa maison, perché sur une branche à deux mètres au-dessus du sol, avec du cuir sur les serres, il regardait le monde avec une expression froide, sauvage, cruelle dans ses yeux étincelants; pendant la chasse, le faucon se perchait sur le gros gant de cuir qui protégeait la main musclée de mon Oncle : nous avons traversé une rivière, nous avons grimpé au sommet d'une montagne escarpée et là nous avons vu un paysan qui labourait avec son bœuf une parcelle de terre prise sur la forêt, alors mon Oncle m'a dit : « C'est ça que tu veux faire? Ou ça ? » Et il a levé le faucon haut au-dessus de sa tête, l'oiseau s'est mis à battre des ailes, ce qui a fait tinter la sonnette sur son dos, et un peu plus tard, alors que le faucon survolait la vallée comme une ombre rapide à la poursuite d'un faisan, mon Oncle a dit en le désignant du doigt : « Voilà le dernier souvenir que je veux emporter avec moi dans mon voyage vers l'autre monde. »

Le vieil homme frissonna, se leva, et alla ajouter du bois sur le feu qui mourait... De la lumière dans le ciel, déjà ? des silhouettes qui commencent à se mouvoir. Un enfant qui pleure. Le sourd gémissement d'une femme : quelqu'un est mort de froid ? Un brouillard gris en volutes, des collines qui se dessinent vaguement au loin, sur un ciel bleu, trouble. La neige fondue autour du feu, la terre qui suinte de l'eau et de la boue. Une terre brune, humide. Étrange.

Il se mit sur ses pieds, les épaules toujours enveloppées de la couverture, et s'éloigna un peu du feu. Dans la faible lumière qui précède l'aube, il se pencha, gratta la neige, explora la terre de ses doigts : collines et vallées en miniature. Une terre rêche, noueuse, fraîchement retournée. Il inspecta le sol, pas tout à fait gelé, il cédait sous sa main. Il ramassa une poignée de terre et la porta à ses narines, la huma, l'émietta entre ses doigts pour en sentir la texture, et il regarda les particules tomber.

Il se retourna et se dirigea vers un feu mourant à quelques mètres de là, juste devant un abri proche, il se pencha, gratta la neige de la main. Là, la terre était dure comme un roc sous ses doigts : compacte, gelée, une terre hivernale, différente de celle sur laquelle lui, le garçon et la femme avaient dormi. Ce n'était pas la même terre. Mais une autre.

Il se releva lentement et retourna vers la charrette avec précaution. Tirant une couverture à lui, il s'accroupit près de la charrette, du côté où la femme dormait. Il resta ainsi à laisser son regard errer sur la plaine et attendit le lever du soleil.

La femme se réveilla. Elle avait rêvé qu'elle entretenait un feu et qu'une pluie d'étincelles s'était élevée dans le ciel noir. Elle y avait dessiné une constellation qui avait exactement la forme du garçon. Elle observait ces étoiles, pleine d'émerveillement et d'amour quand tout d'un coup le garçon avait bougé à côté d'elle dans son sommeil et l'avait réveillée par ses gémissements.

Elle se leva péniblement, sentant de terribles douleurs aux articulations, et elle se retrouva dans la pénombre de l'abri de couvertures suspendues autour de la charrette, elle regarda les planches au-dessus de sa tête. De vieilles planches de pin éraflées qui n'avaient même pas été peintes et que le charpentier avait sciées et rabotées, il y avait de ça des années et des années.

Elle mit un long moment à se souvenir de l'endroit où elle était.

Sortant de dessous les couvertures, avec sur son visage les plis du sommeil, la femme vit le vieil homme accroupi qui regardait la plaine. Elle voulut dire quelque chose mais les mots s'étranglèrent dans sa gorge. Elle fut prise d'une toux grasse, comme tous les matins et cracha dans la neige.

Il secoua la tête d'un geste brusque.

Elle suivit son regard à travers la plaine.

Leur feu n'était plus qu'un lit de cendres grisâtres parsemé de quelques braises incandescentes. Le calme du matin s'étendait sur la plaine comme le silence des commencements, un brouillard cotonneux flottait au-dessus du sol, à travers lequel les feux du campement américain brillaient d'un éclat orange, atténué, morne. On apercevait parfois une silhouette fantomatique qui se déplaçait dans la brume. Sur la grande route; des Jeeps, des camions, des véhicules à chenilles, des ambulances; les roues et les moteurs dans un étrange silence, saisis par l'immobilité du matin. De grands oiseaux sombres, ailes déployées, planaient en larges cercles dans le ciel d'une blancheur laiteuse.

La femme resta longtemps à regarder la plaine.

Est-ce que le garçon m'a réveillée ou est-ce que je l'ai rêvé ? Non, il m'a bien réveillée comme il me l'avait promis. C'est étrange, je ne me souviens pas de m'être réveillée sous la charrette ou d'être restée assise dans le froid. Ai-je rêvé que je m'occupais du feu, ou est-ce que je me suis occupée du feu en rêvant du garçon parmi les étoiles ?

Un vent froid passait sur la plaine comme un drap de soie. Le brouillard se levait.

Lentement, le sol de la plaine apparut à ses yeux.

Elle vit d'abord les monticules, puis les abris de tôle. Deux monticules peu élevés, recouverts de neige, chacun plus ou moins circulaire faisait environ cent cinquante mètres de diamètre, chacun à une extrémité opposée de la plaine. D'étranges protubérances sans baraques, désertes. Le monde des réfugiés commençait immédiatement à la circonférence de ces monticules. Des débris de métal et de toiles formaient les murs et les toits de la plupart des abris : des restes de camions, de Jeeps, de tanks, de véhicules blindés, des capots cabossés, des portes rouillées, des pare-chocs tordus, des morceaux de blindage, tous marqués par le feu, rayés, grêlés de trous et de fentes, avec çà et là de vagues traces de mots et de numéros.

La femme suivit le regard du vieil homme qui se déplaçait à travers la plaine pour revenir à la charrette et à la terre juste derrière la charrette. Elle vit qu'ils étaient près du centre de la plaine, au bord d'un énorme monticule recouvert de neige, et qui s'élevait jusqu'à près de deux mètres.

Ils étaient les seuls à s'être installés sur le monticule. Le sentier qui serpentait à travers la plaine effleurait le pied du monticule avant de continuer à sinuer au-delà. De l'autre côté du sentier et jusqu'à l'horizon, s'étendaient des bidonvilles construits à partir des débris de véhicules militaires.

Le vieil homme songea à réveiller le garçon et à déplacer la charrette.

A l'autre extrémité de la plaine, quatre camions quittaient la route et s'avançaient vers le campement américain. Immédiatement, on sentit que la plaine s'animait d'un bout à l'autre, on entendait des cris et des pleurs. Des silhouettes sortaient de leurs abris et se ruaient vers le campement.

Le vieil homme s'avança jusqu'à la charrette tandis que la femme réveillait le garçon.

– Nous allons chercher de la nourriture, dit-elle, reste près de la charrette.

– Dépêche-toi, femme, cria le vieil homme.

Le garçon sortit d'en dessous la charrette et cligna les yeux.

Le vieil homme et la femme se précipitèrent vers le campement, ils emportaient leurs bols et leurs casseroles. Le garçon resta appuyé contre la charrette à observer bouche bée cette foule grouillante et frénétique.

Il jeta quelques brindilles sur le feu mourant et, tandis que le bois s'enflammait, il se retourna et vit le monticule qui s'élevait derrière la charrette. Puis il regarda de nouveau la plaine et se sentit parcouru d'un frisson. Un peu après, il s'accroupit près de la charrette sous une couverture et se fit tout petit; il attendit la femme et le vieil homme.

Avant leur retour, deux autres familles s'installèrent sur le monticule, pas loin de la charrette.

Le vieil homme pensait qu'ils devaient d'abord manger pour chercher ensuite un nouvel emplacement. Et tandis que la femme faisait cuire le riz, trois autres familles arrivèrent. Ils venaient par la grande route, d'une région lointaine, devenue champ de bataille; il y avait des centaines de réfugiés qui parlaient un dialecte que le garçon avait du mal à comprendre. Il les observa installer tout ce qu'ils possédaient sur le monticule. Il y avait des enfants parmi eux, des filles et des garçons de son âge.

La femme les appela près du feu, lui et le vieil homme. Elle offrit la nourriture aux esprits de ce monticule.

– J'ai bien réfléchi, dit le vieil homme, il y a moins de monde ici, pourquoi aller ailleurs? Vous avez vu ce qu'il y a là-bas, c'est pire que les champs boueux près de la rivière.

Il prit son bol. La femme détourna les yeux.

– C'est la guerre, femme, et en plus il y en a d'autres qui sont venus s'installer ici maintenant.

Ils s'assirent près du feu et mangèrent; de temps à autre, ils regardaient vers les autres monticules dispersés dans la plaine.

Le vieil homme pensait : les habitants de nombreux villages arriveront bientôt ici. Le garçon rencontrera peut-être des gens de son village, il partira avec eux et nous serons enfin débarrassés de lui.

La femme pensait : cet endroit est horrible. Nous est-il permis de rester ici? Et si nous restons, pourrons nous apaiser les esprits?

Et le garçon : il y a des garçons et des filles de mon âge qui jouent dans la neige là-bas. Il n'y a pas de chiens ici et puis pourquoi est-ce que ces oiseaux tournent autour de nos têtes?

Pendant toute la journée, les réfugiés continuèrent à affluer et, ne trouvant pas de place, ils s'installèrent sur les monticules.

Le vieil homme et le garçon parcoururent la plaine et découvrirent l'endroit où la bataille avait été livrée : une étendue de deux kilomètres environ, recouverte d'épaves de véhicules. Ils firent trois voyages et ramenèrent des bouts de métal et un morceau de toile crasseux parsemé de trous faits par les éclats d'obus. Ils construisirent un abri autour de la charrette d'environ deux fois sa longueur. Le métal puait la crasse, la graisse et le feu. Le quatrième mur de leur abri, face au foyer était percé d'un trou, approximativement de la taille d'un homme.

Le garçon avait trouvé un bout de corde usée et il essaya de réparer la roue de la charrette avec le vieil homme, mais la corde céda.

L'après-midi le garçon s'éloigna et ne revint pas avant longtemps. La femme resta assise près du feu, le soleil hivernal éclairait son visage ridé et l'homme s'accroupit près de l'abri, la pipe à la bouche.

Comme le garçon n'était toujours pas revenu au coucher du soleil, la femme se leva, immobile et silencieuse, à attendre, le vieil homme apporta une couverture qu'il lui mit sur les épaules et il se tint près d'elle à scruter la plaine.

Le garçon revint au crépuscule. Ils le virent apparaître entre deux abris, agitant au-dessus de sa tête un bout de câble noir qu'il avait trouvé dans la terre parmi les débris. Le vieil homme s'étonna du sentiment de soulagement qu'il éprouva alors. Ensemble, lui et le garçon réparèrent la roue pendant que la femme préparait le dîner.

Cette nuit-là, ils dormirent dans l'abri. Le garçon réveilla la femme pour qu'elle aille surveiller le feu.

Seule près du feu au petit matin, la femme fit bouillir de l'eau, prépara du riz qu'elle mit dans un bol en offrande aux morts tourmentés de la plaine.

Elle inclina la tête. Pas de repos pour les soldats qui gisent dans ces tumulus, c'est un geste de bonté que de les nourrir. Pas de porc rôti à leur offrir comme nous le faisions parfois lors du culte annuel rendu aux esprits dans notre village. Seulement ce riz. Qu'il apaise vos souffrances. Je vous en offrirai encore chaque nuit, tant que nous serons ici.

Elle resta assise jusqu'au lever du jour.

Le feu avait baissé. Elle ramassa des brindilles, se releva et alla réveiller le vieil homme dans l'abri.

Le vieil homme, accroupi près du feu, remarqua le bol de riz. Il frissonna et tira la couverture sur ses épaules.

Il fermait les yeux, écoutait la nuit, sûr d'entendre les échos de la bataille que l'on avait livrée dans la plaine.

Il se souvint du soulagement qu'il avait éprouvé en voyant le garçon émerger d'entre les deux abris, au crépuscule, et il se surprit à aimer le souvenir de la journée qu'il avait passée avec le garçon, à bâtir l'abri. Il faisait chaud dans l'abri, sous les couvertures et les sacs de couchage. Le garçon s'est recroquevillé et a tendu le bras dans son sommeil. Son bras, léger comme le toucher d'une plume, ce bras maigre et osseux posé sur ma poitrine, si léger qu'il semble flotter. Un petit garçon, et intelligent en plus. Son sourire quand il agitait le fil de fer au-dessus de sa tête. Il m'a aidé à réparer la roue, il a redonné vie à notre charrette. Il y a de bons esprits en lui.

Le vieil homme, accroupi près du feu, regarda l'aube se lever sur la plaine.

6

Avant de réveiller la femme, il mangea le bol de riz à côté du feu. Son offrande : mais les esprits ont sûrement eu le temps de manger maintenant. Il mangea lentement la bouchée gélatineuse, la savourant sur la langue, puis il la laissa glisser le long de sa gorge dans son estomac. Disparue pour quelques instants, la douleur aiguë et lancinante de la faim ; revenue la force d'aller ramasser du petit bois. Allumer deux foyers, il nous faut un autre feu pour ramollir la terre. La femme et le garçon n'auront plus faim, les camions de ravitaillement reviendront.

Il se gratta la poitrine et entre les jambes, puis tenant toujours son bol il glissa sa main sous sa casquette et se gratta la tête. Les démangeaisons devenaient si pénibles qu'il songea à approcher la tête du feu. Mais ses ongles qui parcouraient furieusement son cuir chevelu parvinrent à l'apaiser momentanément, il s'assit sur ses talons et prit plaisir à manger, sa tête et sa poitrine ne lui causaient plus qu'une légère gêne.

Le vent se mit à souffler du nord, faisant vaciller les flammes. Il frissonna : l'air froid s'engouffrait dans ses vêtements. Le vent apportait des bruits étranges :

cris d'enfants, plaintes de femmes, crissements de pneus sur la route. Soudain, le souvenir précis lui revint de bruits matinaux différents de ceux-ci. Au village le chant des oiseaux faisait un tintamarre, les chiens aboyaient et les vaches et les bœufs meuglaient. Parfois le vieux charpentier revenait après avoir passé la nuit à boire sur la place du marché, avec ses amis; le vieil homme entendait ses soupirs et sa femme infirme qui se parlait à elle-même et au cochon, de la vie qu'elle aurait pu avoir si son père avait accepté de la marier à ce jeune étudiant beau et élégant du village voisin, au lieu de l'avoir donnée à ce charpentier, le fils du vieil ami de son père. Il savait beaucoup de choses. Mais il se soûlait trop souvent à l'alcool de riz tiède.

La lumière commença à se frayer un chemin à travers la plaine et l'opacité de l'air. Accroupi près du feu, son bol à la main, le vieil homme crut entendre des murmures et le bruit de pas lourds sur la neige, il leva la tête et vit qu'on évacuait des baraques proches, les morts de la nuit. Des hommes, des femmes et des enfants qui emportaient leurs morts enveloppés dans des morceaux de draps ou de toile. Ils avançaient avec précaution dans la lumière mélancolique. Là, un bras s'était échappé et pendait dans le vide. Où les emmenaient-ils ?

Il finit le riz, se glissa silencieusement dans leur abri et posa le bol dans la charrette. Il fait plus chaud ici. Qu'ils dorment. Le garçon est comme un petit enfant. Il n'y a pas longtemps, il était presque mort. Sauvé par le chien. Jeune visage lisse, de bébé. Peut-être qu'un chien aurait pu sauver le nôtre. Il n'y a pas de chien dans cette plaine, nulle part. Peut-être que la magie du garçon nous amènera un autre chien.

Il prit l'outil de pierre dans la charrette et l'emporta sans faire de bruit, derrière l'abri où il creusa un trou peu profond après avoir dégagé la neige. Il plaça du bois dans ce creux et alluma un feu. Puis il alla ranger l'outil de pierre dans la charrette et réveilla la femme et le garçon.

Les bras et les jambes tremblant de fatigue et de douleur, elle sortit et s'immobilisa un long moment, souffle court, dans le vent. Elle fit prudemment quelques pas sur la neige gelée jusqu'à l'arrière de l'abri et s'accroupit près du nouveau foyer.

Le vieil homme mit son porteur sur les épaules, comme un grand cadre en forme de A, et il partit avec le garçon.

Toujours assise, la femme les regarda s'éloigner entre les abris et les feux, jusque vers une lointaine rangée de buissons et de jeunes chênes au pied des montagnes qui bordaient la plaine. Comme elle les observait, deux hélicoptères passèrent au-dessus d'elle avec une terrifiante soudaineté, très bas au-dessus de la route principale qui longeait la plaine. Elle distinguait clairement les deux grandes croix rouges sur la carlingue, elle leva le bras et dessina dans l'air des lignes horizontales et verticales. Pour attirer les bons esprits, comme disait Mère. Dans ce sens puis dans ce sens-là. Les esprits bénéfiques de la terre et du ciel, les esprits des vallées et des plaines. En haut puis en bas, puis comme ça et comme ça. Mère l'avait appris de l'homme au teint pâle avec les yeux à l'envers qui mangeait dans la maison du gouverneur. Il l'avait appris à beaucoup de gens. Et des chants aussi. *Que ta volonté soit faite Seigneur, que ta volonté soit faite, tu es le potier et je suis l'argile.* Mère me l'avait appris.

Elle se leva, alla jusqu'au feu qui se trouvait devant l'abri et remplit une casserole de neige. Elle se surprit à fredonner le chant, comme elle posait la casserole sur le feu. *Que ta volonté soit faite, Seigneur, que ta volonté soit faite.* Le vent soufflait violemment sur la plaine. Des nuages bas et lourds : la neige menaçait.

De leurs mains nues, ils enlevèrent la neige des buissons, cassèrent les branches et les empilèrent sur le porteur qu'ils avaient posé sous un grand chêne. D'où ils étaient ils pouvaient voir pratiquement toute la plaine : les trois monticules étaient presque entièrement couverts de baraques, le campement américain entouré de fils de fer barbelés et de feu, les montagnes qui entouraient la plaine en un cercle presque parfait.

Ils travaillaient rapidement et en silence, tremblant de froid dans le vent impitoyable.

Comme quand nous ramassions du bois dans la forêt quand on campait en hiver avec Badook. Tordre les branches en avant, en arrière, les casser, les tirer. Choisir celles avec le plus grand nombre de brindilles, il y en a plus à brûler comme ça.

Des doigts fins comme ceux d'une fille mais il travaille dur et il sait ce qu'il fait.

C'est le gros Choo Kun qui m'a appris ça, il était au moins bon à quelque chose. Une langue trop bien pendue et un gros appétit. Et maintenant, la terre est sur sa langue.

Qu'allons-nous faire de lui, il n'est pas de notre sang ? Demander au charpentier peut-être ? Oui, un autre fagot, pour faire le deuxième feu, toi tu restes ici pour le surveiller, je reviendrai le chercher plus tard.

Regarde comme ils sont nombreux à s'acharner sur ce buisson. Comme une nuée de sauterelles. Tout au long de la montagne. Combien y a-t-il de bois sur cette plaine ? Et quand tous les buissons seront partis, qu'est-ce qui se passera ? L'hiver finira peut-être avant que la réserve de bois ne s'épuise. Mais si ce n'est pas le cas ? Que fait le garçon ? Ah, ça c'est un garçon intelligent.

Le garçon avait apporté les bouts de corde usée, et il les avait attachés entre eux puis reliés au morceau de câble qui leur était resté après qu'ils eurent réparé la roue. Il les glissa sous le deuxième tas de bois et fit un nœud serré, se servant des extrémités pour soulever le fagot et le hisser sur son dos, se fabriquant ainsi un porteur de fortune. Ensemble, ils traversèrent la plaine entre des masses de gens agglutinés et des enfants qui couraient ici et là.

La femme les vit approcher, lentement, le dos plié sous le poids de leurs charges. Elle eut comme un élan vers le garçon. D'où lui vient sa force ? Quelques jours auparavant, il était comme mort et maintenant le voilà plié en deux sous ce fardeau, comme l'homme, mais le dos de cet homme est trempé à l'acier, le garçon n'est qu'un brin d'herbe.

Le vieil homme laissa tomber son fagot près du foyer devant l'abri, le garçon emmena le sien à l'intérieur et le rangea sous la charrette. Si tu laisses ça derrière l'abri, on viendra te le prendre. Ses mains raidies brûlaient. Rouges et engourdies, il les mit sous ses aisselles. Il sentait des picotements dans ses doigts et le sang qui battait dans ses phalanges recroquevillées. Ce garçon est idiot, disait Père, seul un idiot enfoncerait ainsi ses mains dans la neige aussi longtemps. Et Mère baignait doucement mes mains dans l'eau chaude. Grand-Père a dit en souriant, la pipe à la bouche : « Maintenant que tu sais ce qui peut t'arriver avec la neige, vas-tu aussi essayer avec le feu ? Veux-tu que je te dise ce que disait le Maître ? Le Maître disait : " Seuls les plus sages et les plus fous d'entre les hommes ne changent jamais. " " Es-tu un sage ou un fou ? " " C'est un idiot, dit Père et je m'inquiète pour lui. " »

La femme l'appelait. Il sortit et s'assit avec eux près du feu. Avant de commencer à manger, la femme offrit le riz aux esprits du monticule. Les flammes rugissaient, la fumée s'élevait et le bois craquait dans le vent.

Quand ils eurent fini de manger, la femme nettoya les bols, le garçon entra sous l'abri, et en rapporta du bois pour le feu, à l'arrière, puis il creusa un trou dans la terre ramollie. Comme il s'accroupit, il vit un groupe de garçons de son âge qui couraient près d'un abri à proximité. L'un des garçons leva le bras, un geste à peine esquissé, et une chemise qui séchait accrochée au toit de l'abri disparut tout d'un coup.

Le garçon se leva, reboucha le trou et alla rejoindre le vieil homme et la femme dans la baraque.

Vers la fin de la matinée, les camions revinrent et le vieil homme et la femme se ruèrent vers le campement américain.

Ils couraient sur la neige sale et gelée que le vent avait transformée en une succession de petites crêtes. Entraînés par la foule, ils se sentirent grimper au haut d'une pente, puis redescendre : ils avaient traversé un des monticules. La femme qui craignait d'être séparée de son mari marchait derrière lui comme s'ils ne faisaient qu'un seul corps, suivant son pas comme une ombre ; elle pensait : Il fait plus froid ici que dans les montagnes, il n'y a nulle part où se protéger du vent. Cette petite maison nous suffira-t-elle ? Le vieil homme pensait : « Si nous arrivons trop tard et qu'il ne reste plus de nourriture, je mourrai, et au matin, je serai celui qu'on emmène. Comme ils poussent, comme des animaux devant leur auge ! Est-ce que ces camions viennent tous les jours ? Et là, ce petit garçon, huit ou neuf ans, voilà qu'il glisse la main dans la poche de cet homme. Il lui vole ses lunettes ! Disparu dans la foule. Rien dans mes poches. Que peut bien faire un enfant avec des lunettes ? Les échanger contre de la nourriture ? »

Une masse tremblante et silencieuse d'hommes et de femmes se tenaient près des camions, se pressaient vers leurs portes à rabattement où des soldats en uniformes coréens distribuaient du riz. Les fils de fer barbelés du campement américain apparaissaient à une cinquantaine de mètres au-delà du camion. Près des portes du campement, attendait en silence un petit groupe de jeunes filles coréennes.

Le vieil homme et la femme tendirent leurs bols.

– Un bol par personne seulement, cria le Coréen sur le camion.

– Nous avons un garçon dit le vieil homme.

– Un bol par personne seulement, grand-père.

– Mais hier c'était trois bols, dit la femme.

– Il n'y en a pas assez aujourd'hui. Un bol par personne.

Ils s'éloignèrent du camion en serrant les bols

contre eux, et ils se mirent en route à travers la plaine. Le vieil homme était furieux et il ne savait pas contre qui diriger sa colère, qui ainsi ne faisait que croître.

– Je partagerai avec le garçon, dit la femme.

– Regarde où tu mets les pieds, dit le vieil homme, si tu tombes, il n'y aura qu'un bol pour trois.

Loin derrière eux, une colonne de fumée s'éleva de la plaine mais ils ne la virent pas.

Le garçon était assis devant l'ouverture de l'abri près du feu à regarder les trois filles de son âge qui sautaient à la corde, quand la colonne de fumée apparut. Occupé qu'il était à observer les filles, il ne la vit pas.

Les filles jouaient devant un abri à cinq ou six mètres du garçon. Un homme et une femme d'une quarantaine d'années étaient assis à côté du feu à l'entrée de leur abri. La femme portait un enfant sur son dos. L'homme, les cheveux noirs en broussaille sur sa tête nue, le visage maigre, parsemé de poils de barbe, toussait sans cesse et s'essuyait la bouche de la manche de sa veste d'hiver.

Deux filles tenaient les cordes à sauter tendues, la troisième dansait agilement, son manteau et sa jupe relevés, elle semblait flotter au-dessus du sol. Elle dansait face au vent, ses joues étaient rouges et ses yeux sombres étincelaient.

Le garçon l'observait, subjugué. Les filles de notre village ne jouaient pas comme ça devant les garçons. Le gros Choo Kun a dit un jour que seules les filles de paysans jouaient comme ça. On voyait la chair nue de leurs cuisses au-dessus des bas de laine. Dans notre village, les filles ne portaient jamais de costume de bain et elles n'allaient pas nager pendant la journée. Même s'il faisait très chaud. Père et Mère non plus. Seuls les barbares japonais et les étrangers à la peau claire faisaient des choses comme ça, montrer leur chair nue devant des inconnus. Parfois, la nuit, quand il faisait chaud, les filles allaient se baigner dans la mare juste à l'extérieur du village, près de la rive bordée d'arbres, et quelques fois, nous étions deux ou trois de mon âge à aller les regarder en cachette. Nues dans la nuit sombre, pâles et merveilleusement belles sous la douce lumière bleutée des étoiles qui caressait leur peau de satin. Elles murmuraient et étouffaient des rires, et glissaient sur l'eau, et elles frappaient de leur pied la surface de la mare et nageaient silencieusement sur l'eau calme. Et un soir, le gros Choo Kun s'est mis à imiter le cri du léopard sans nous prévenir, c'était si vrai que mon sang s'est glacé dans mes veines et que mes cheveux se sont dressés sur ma tête, et les filles, prises de panique, se sont mises à hurler et à courir pour attraper leurs vêtements et le gros Choo Kun riait sans pouvoir s'arrêter, il ne se rendait même pas compte que la peur qu'il leur avait faite allait les chasser de la mare pour toujours. Gros idiot stupide de Choo Kun.

Le garçon observait la fille qui dansait au milieu des cordes. Il ne remarqua pas que le vent avait soudain cessé de souffler comme si on avait brusquement refermé la porte donnant sur la vallée. La fille dansa encore un instant, puis une autre prit sa place. Au bout d'un moment, elle glissa sur la neige et tomba sur le dos. Elles éclatèrent toutes de rire et le garçon rit aussi.

L'homme fut alors pris d'une forte quinte de toux, il se mit péniblement sur ses pieds avant de disparaître dans son abri. La femme le suivit rapidement, la tête du bébé se balançait en avant et en arrière, suivant ses mouvements. Le garçon entendait l'homme qui toussait toujours à l'intérieur de l'abri.

Il regarda la fille. Elle écoutait l'homme tousser, parfaitement immobile. L'éclat de ses yeux avait disparu et son visage était comme paralysé par la peur. Au bout d'un moment, elle suivit la femme à l'intérieur et les deux autres filles s'en allèrent.

Le garçon rajouta du bois sur le feu devant l'abri puis alla vérifier celui qu'on avait allumé à l'arrière. Une étrange odeur flottait dans l'air et il se demanda d'où elle pouvait provenir. Il fut pris d'un léger vertige, comme frappé soudain par le souvenir du petit chien qui avait léché sa blessure.

Où sont-ils ? Il y a bien longtemps qu'ils sont partis. Il frissonna et s'assit à côté du feu. Perdu dans la danse des flammes, il crut entendre quelqu'un qui l'appelait.

Il leva les yeux et ne vit que la fille assise à l'entrée de l'abri voisin. L'homme ne toussait plus et elle regardait maintenant le ciel couvert de nuages, bouche bée.

Il s'entendit appeler de nouveau, se leva et vit le vieil homme et la femme qui approchaient, tenant précautionneusement des bols de riz. Il alla à la rencontre de la femme, lui prit le bras et l'aida à entrer dans l'abri.

Il sentit la même odeur à l'intérieur.

L'homme alla s'asseoir près du feu un moment pour se réchauffer les mains. Puis il mit sa longue pipe à la bouche et ferma les yeux. Le garçon retourna derrière l'abri pour remettre du bois sur le feu.

La femme remplissait une casserole de neige fondue quand elle remarqua un groupe de personnes qui regardaient en silence dans le lointain. Elle tourna la tête et vit la fumée.

L'épais nuage d'un noir d'encre bouillonnait vers le ciel depuis cet endroit lointain de la plaine où le cercle presque parfait des montagnes se brisait soudain et s'ouvrait en un large défilé qui menait à travers une forêt de pins et une vallée, vers d'autres montagnes enveloppées de brume. La fumée noire montait, tournoyait vers les nuages bas, gorgés de neige, et empêchée dans sa progression se lovait comme une fleur sombre, ivre de colère, qui s'ouvrait pour finalement se répandre et dériver en toute lenteur sur la plaine.

L'odeur paraissait d'abord étrange, surprenante. Ceux qui, comme le vieil homme, la femme et le garçon, la voyaient et la sentaient pour la première fois, regardaient incrédules : qu'est-ce qui pouvait bien, sur cette plaine, dégager une telle odeur ?

Le garçon s'était avancé devant l'abri, il se tint près du feu, observant le nuage. Il vit que l'homme et la femme dans l'abri voisin faisaient de même, la fille était à côté d'eux. Le vieil homme tirait sur sa pipe et la femme détourna les yeux pour s'occuper du riz. Puis elle reposa le bol.

L'odeur avait changé.

Devenue plus âcre, la puanteur entrait dans la bouche, la gorge, les narines, recouvrait les muqueuses, s'y déposait, laissait derrière elle comme une épaisseur, un goût.

Certains mettaient les mains sur la bouche et le nez, d'autres se cachaient le visage avec des bouts de tissus, mais rien ne pouvait repousser cette infection, elle pénétrait et demeurait indélébile, longtemps après que le nuage se fut évaporé. Elle collait au riz que le vieil homme mangeait, aux brindilles que le garçon jetait sur le feu, aux couvertures dont la femme s'enveloppa l'après-midi, quand, écrasée de fatigue, elle s'allongea pour se reposer.

Le vieil homme et la femme savaient désormais ce qu'on brûlait. Mais ils n'en dirent rien au garçon.

Le vieil homme était assis, enveloppé d'une couverture à l'intérieur de l'abri, à côté de la femme, et le garçon, lui, restait près de l'entrée qu'il avait fermée d'une couverture et il regardait la fille qui avait repris son jeu avec ses deux amies. Comme elle dansait et sautait par-dessus les cordes! Elle vit qu'il l'observait, hésita un instant, puis lui tourna le dos et continua de jouer. Au bout d'un moment, elles se lassèrent et la fille disparut dans son abri.

Le soir, la neige se mit à tomber.

Il neigea toute la nuit et presque toute la journée le lendemain, formant des congères qui recouvraient certaines baraques et en renversaient d'autres. Ceux qui étaient morts au cours de la nuit furent emportés au matin, à travers la neige. Les camions de ravitaillement ne vinrent pas et le vieil homme, la femme et le garçon mangèrent des boulettes de riz que la femme avait préparées avec la ration de la veille et gardées en réserve. Il n'y eut pas de nuage noir ce jour-là, ni de puanteur d'iode et de chair brûlée.

Le vieil homme et le garçon se levèrent tôt et avancèrent à travers la tempête de neige, pour ramasser du bois qu'ils emportèrent sur leur dos et entassèrent dans l'abri. Ils laissèrent le feu s'éteindre à l'arrière, et gardèrent leurs brindilles pour le feu devant l'entrée.

Le vieil homme prit la corde usée et le bout de câble, dont il se servit pour attacher quelques brindilles et confectionner une sorte de balai, puis le garçon et lui se relayèrent pour dégager la neige qui s'était déposée sur le toit et autour du trou dans lequel ils avaient allumé le feu.

Vers la fin de l'après-midi, le vieil homme alla se reposer tandis que le garçon continua de travailler, seul, pour que le poids de la neige ne fasse pas céder le toit. Il vit la fille qui essayait d'enlever la neige avec ses mains, il lui offrit son balai et elle l'accepta en murmurant quelques remerciements.

Le lendemain, le soleil brillait et les camions de ravitaillement revinrent, et vers midi, le nuage noir s'éleva de nouveau dans un bouillonnement au-dessus de la plaine.

Plus tard, dans la journée, le vieil homme se rendit à travers la neige jusqu'à l'abri voisin. Devant l'entrée étroite, fermée par une couverture, entre deux plaques de métal kaki rayées et tordues, il se gratta la gorge bruyamment. Il attendit un moment, recommença et cette fois cracha dans l'âtre. Mais l'odeur du nuage noir lui collait à la bouche.

On tira la couverture et la fille réapparut sur le seuil; elle le regardait avec des yeux effrayés.

– Dis à ton père que quelqu'un veut lui parler.

La fille disparut à l'intérieur, la couverture usée et moisie retomba.

Comme il attendait, il entendit une toux de poitrine, sèche qui venait de l'intérieur et il pensa : un homme qui tousse comme ça n'en a plus pour longtemps. Il resta dans l'entrée à trembler dans le vent.

La couverture fut de nouveau soulevée, brusquement cette fois, par l'homme qu'il était venu voir.

– Je vis avec ma famille dans l'abri d'à côté du vôtre, dit le vieil homme.

– Que voulez-vous ? La voix de l'autre était rauque et anxieuse. Je ne possède rien.

– Vous avez du tabac ?

– Je ne fume pas de cigarettes.

– C'est pour ma pipe.

– Je n'ai pas de tabac, je vous ai dit que je n'avais rien.

Les deux hommes s'observèrent mutuellement pendant un long moment.

– Bien, entrez, dit l'homme. Et il toussa.

La couverture retomba derrière le vieil homme.

– Votre feu ne brûle pas beaucoup, dit-il.

– La femme est malade et la petite n'est qu'une enfant, que peut-elle ramasser comme bois ?

Il donna l'ordre à la fille de rajouter du bois.

– Pas beaucoup, fit-il.

Elle se glissa silencieusement hors de l'abri.

Une lumière poussiéreuse filtrait à travers un bout de tissu blanc déchiré et sale qui recouvrait une déchirure étroite sur une des parois de métal. Dans un coin obscur, la femme était accroupie, elle tenait l'enfant dans ses bras, et garda les yeux baissés tandis que les deux hommes entraient et prenaient place sur la couverture crasseuse au milieu du sol de terre.

Le vieil homme distinguait vaguement le visage de la femme : long, maigre, laid, le nez épaté, les lèvres étroites et fendues, le menton osseux. Le visage de l'homme était squelettique, les pommettes saillantes, des rides profondes et irrégulières lui barraient le front, couraient autour de ses yeux et sur ses joues. Les lèvres minces, humides de salive. Il portait une veste sombre et des pantalons blancs molletonnés, il était assis, mains sous les cuisses, parcouru de frissons et secoué d'accès de toux, comme baigné d'une aura d'épuisement.

La fille rentra dans l'abri. Le vieil homme sentit le vent qui amenait cette puanteur jusqu'à ses narines. En silence, la fille s'assit près de la femme.

– J'ai d'autres choses que du tabac, dit l'homme.

– Je pourrais vous échanger des choses contre du tabac.

– Ce n'est pas la peine de discuter alors.

– Quelles autres choses avez-vous ?

– Que voulez-vous échanger ?

– Des casseroles, des bols.

– Nous en avons déjà.

L'homme toussa.

– Qui mange des casseroles et des bols, fit-il. C'est avec des casseroles et des bols que je vais nourrir ma famille ?

– J'ai d'autres choses encore.

– Dites-moi ce que vous avez d'autre et je vous dirai ce que j'ai.

– Dans un endroit comme celui-ci, un homme a besoin de se réchauffer les os, dit le vieil homme au bout d'un moment.

– Il y a plus d'un moyen pour éloigner les démons du froid.

– Où se trouve votre village ? demanda le vieil homme.

– Notre village n'existe plus, les démons du Nord l'ont réduit en cendres.

La femme poussa un sourd gémissement. Elle berçait doucement le nouveau-né et sanglotait en silence. La fille mit la main sur le bras de la femme, puis elle ferma les yeux.

– Mes ancêtres ont été fermiers jusqu'à la dixième génération. Il y a quatre générations de tombes. Autrefois j'avais six enfants.

Il toussa, s'essuya la bouche de la manche de sa veste.

– Vous avez des enfants ?

– Nous avons le garçon.

– Je vous ai vu rapporter du bois ensemble.

– Ah !

– C'est difficile pour la petite de rapporter du bois.

Il toussa puis il ajouta :

– Pour moi, c'est impossible.

L'enfant sursauta et se mit à pleurer, la femme murmura des paroles apaisantes. La fille qui était assise tête baissée, le menton sur la poitrine, paraissait assoupie. Mais elle bougea, tendit la main et caressa doucement le visage de l'enfant.

– Qu'est-ce que vous cultiviez ? demanda le vieil homme.

– Surtout du riz. Du millet, des haricots, de l'orge. J'avais aussi des poules et des cochons.

– Le garçon est un bon garçon. Il est fort.

Ils parlèrent encore un moment, le vieil homme se leva. L'autre fit de même et toussa.

– Emportez un cadeau de ma maison, dit l'homme.

Il sortit une bouteille enfouie sous un amas de vieux vêtements. Le vieil homme ferma les yeux et les rouvrit lentement, puis il hocha la tête. Il se passa la langue sur les lèvres.

– Allez en paix, dit l'homme en retenant une quinte de toux.

– Puissions-nous nous retrouver dans la paix, dit le vieil homme.

Un peu plus tard dans l'après-midi, il était assis dans l'abri sombre, sa pipe vide à la bouche et il buvait lentement dans un bol.

Chasser les faisans avec mon Oncle dans les marais et dans les forêts de mélèzes. Oncle avait tué un mâle. Des tempêtes de neige presque toute la journée. Il m'avait appris à me servir d'un fusil, j'avais poursuivi une poule d'eau à travers le marais, je l'avais rattrapée alors qu'elle mangeait des bourgeons sur un mélèze et je l'avais tuée. C'est mon neveu qui a attrapé ça disait mon Oncle à tout le monde, sous la hutte au village, ce soir-là, en brandissant la poule d'eau. Il est jeune mais il a l'œil vif. Alors, m'avait-il dit, alors, fermier ou chasseur, qu'est-ce que tu veux être ? Il possédait un poney, quelques fusils et deux ou trois paquets de choses et d'autres. Rien de plus. Il voyageait seul, de temps à autre, ses deux fils l'accompagnaient. Chasser avec de riches Japonais, des Russes et à l'occasion un Américain. Père était furieux. Un chasseur! Quelle honte! Nous sommes fermiers depuis six générations, pas de minables chasseurs. Tu n'iras plus voir le frère de ta mère, ce fou!

Il tirait sur sa pipe vide, remplissait le bol et buvait encore.

La femme l'observait, allongée sur les couvertures, elle se reposait.

– Pourquoi est-ce que tu fais ça maintenant ?

– C'est pour chasser cette odeur.

– Ce n'est pas le moment de devenir comme le vieux charpentier.

– Femme, je ne peux pas supporter cette odeur.

Elle s'allongea de nouveau sur les couvertures. Quand les esprits se mettent à tout détruire, ils s'attaquent au bon comme au mauvais.

– Où est le garçon ? demanda-t-il au bout d'un moment.

– Quelque part au-dehors.

– Il ne devrait pas s'éloigner seul.

– Tu me répètes sans cesse qu'il n'est pas de notre sang, dit la femme, pourquoi t'inquiètes-tu maintenant ?

Elle ferma les yeux et se cacha la tête sous les couvertures que la puanteur avait aussi imprégnées. Elle avait beau se tourner dans un sens ou dans l'autre, il était impossible de s'en débarrasser.

Il marchait face au vent, avançant prudemment sur la neige souillée et tentait de ne pas respirer trop profondément l'air fétide. Le vent poussait la fumée noire à travers la plaine jusque dans les narines des hommes. Deux oiseaux tournaient tout là-haut, planant sans effort dans le vent, et de temps à autre un hélicoptère surgissait, tranchant l'air de ses hélices. Un linceul d'épuisement recouvrait la plaine. Les gens se regroupaient autour des feux, ombres perdues dans la glaciale lumière. Seuls les jeunes semblaient encore capables de se déplacer rapidement.

Ses yeux s'emplirent de larmes à cause du vent. Il les sentit couler le long de ses joues. Tout gèle ici, pourquoi pas les larmes ? Choo Kun disait que les larmes ne gèlent pas parce qu'elles proviennent d'un lac secret et chaud au fond de notre corps et qu'elles sont en fait un feu liquide. C'était son père qui lui avait appris ça, disait Choo Kun. Son père est un poète et un érudit, disait Grand-Père et il n'a jamais rien dit de si stupide. Son père : les mains liées et la terre dans ses yeux. Feu liquide. Gros idiot de Choo Kun. La terre maintenant a asséché le lac secret et chaud au fond de lui.

Des garçons de son âge parcouraient la plaine en groupes de quatre ou cinq, silencieux, furtifs, comme des ombres grises. Il les évitait. Près du campement américain, il vit de jeunes femmes qui se serraient les unes contre les autres et il les entendit appeler les soldats stationnés derrière le périmètre de barbelés. Il ne comprenait pas ce qu'elles disaient. Comment avaient-elles appris ce langage si rapidement ? A l'intérieur du campement, les soldats portaient des gants et des parkas, la capuche serrée autour de la tête, ils se déplaçaient dans d'énormes machines et des camions kaki. L'une des filles se mit à rire tout d'un coup, s'avança vers la barrière, ouvrit son manteau et sa chemise. Les soldats réagirent en faisant beaucoup de bruit.

Le garçon détourna les yeux, le visage en flammes.

Il fit demi-tour. Un nuage cachait le soleil et il leva la tête. Lourd, gris, il venait des montagnes du Nord. Il y aurait encore de la neige. Comment allons-nous manger si les camions ne viennent pas demain ? Comme il marchait en regardant le nuage au-dessus de lui, il ne vit pas un groupe de jeunes garçons qui venaient dans sa direction, et il faillit se cogner à l'un d'eux.

Ils l'encerclèrent rapidement : cinq garçons de son âge. Ils étaient tous de la même taille que lui sauf un, un grand garçon maigre à qui il manquait deux dents sur le devant, ce qui donnait à sa bouche petite et étroite un air de caverne obscure. Il était apparemment le meneur de la bande.

– Faut regarder devant toi, mon garçon, pas en l'air.

Il n'y avait ni colère, ni menace dans sa voix.

– Je vous demande pardon, je suis désolé.

– Comment t'appelles-tu ?

Il leur donna son nom.

– D'où viens-tu ?

Il leur donna le nom de son village.

– Tu as toujours tes parents ?

– Oui, dit-il.

– Tu as de la chance. Nous, nous avons perdu nos parents, ils sont morts.

Ils l'encerclaient en silence dans le vent qui soufflait sans cesse alors que le soleil avait disparu.

– Je vois que tu te promènes.

– Quel mal y a-t-il à se promener ?

– Tu veux te joindre à nous ?

– Pour quoi faire ?

Ils échangèrent des regards sans expression.

– Tu n'as pas quelque chose à vendre ?

– Non.

– Tu veux voler quelque chose ?

– Non.

– Si tu veux voler quelque chose et le vendre, il faut venir nous voir. Ne va voir personne d'autre. On te donnera le meilleur prix. Tu comprends ?

Le garçon ne réagit pas.

– Hé, tu comprends ? Tu entends ce que je te dis ?

Le garçon hocha la tête. Il y avait des larmes dans ses yeux à cause du vent.

– J'habite là-bas. Il désigna un abri près du campement américain. OK ?

Qu'est-ce que ça voulait dire : OK ?

– Tu as une sœur ?

– Quoi ?

– Une sœur.

– Non.

– Dommage. Tu aurais pu faire beaucoup d'argent et bien manger.

Ils le regardaient sans rien dire.

Leur meneur leur fit alors un geste à peine perceptible : un haussement d'épaules, un rapide mouvement de la main. Ils disparurent en un rien de temps.

Il se passa la main sur les yeux et les joues. Feu liquide. Gros idiot de Choo Kun.

La puanteur ne flottait plus dans l'atmosphère, mais il allait devoir attendre un long moment avant de ne plus la sentir dans ses narines, sur sa langue et au fond de sa gorge.

Il retourna en se hâtant vers l'abri, les yeux fixés sur la neige durcie et crasseuse.

La femme était accroupie près du feu à préparer la soupe. Dans le crépuscule que les nuages qui couvraient le ciel assombrissaient encore, elle paraissait irréelle, une apparition grisâtre qui se mouvait avec lenteur.

La neige se mit à tomber alors que le garçon entrait dans l'abri.

Le vieil homme était assis sur les couvertures, appuyé contre la charrette, il tenait le bol et buvait à petites gorgées. Il regarda le garçon en plissant les yeux par-dessus le rebord de son bol, puis il fut parcouru d'un frisson.

– Tu es parti longtemps.

– Je suis allé jusqu'au camp des étrangers.

– C'est dangereux d'aller si loin tout seul. Il prit une autre gorgée. Mon Oncle disait que même un chasseur ne devrait pas s'aventurer trop loin, seul. La fumée est partie ?

– Oui.

– Je ne peux pas supporter cette puanteur.

La femme entra avec le bol de soupe de riz.

– Il neige. Nous mangerons à l'intérieur.

– Nous avons besoin de viande, fit le vieil homme d'une voix sombre.

Elle ignora ses paroles et offrit le riz aux esprits du monticule. Ils mangèrent en silence et écoutèrent le vent qui projetait la neige contre les murs de l'abri. La femme entendait distinctement les cris des esprits solitaires sur la plaine, dans le vent et la neige. Sans foyer. Errants.

Au matin, le vieil homme et le garçon cherchèrent du bois enfoui sous la neige. Ils revinrent avec des fagots de brindilles et passèrent devant l'abri de la fille.

Le vieil homme dit en désignant le fagot sur le dos du garçon :

– L'homme et la femme sont malades : tu peux aller aider cette fille.

Le garçon lui répondit qu'il irait avec elle chercher du bois.

Il alla la voir plus tard dans la matinée. Mains nues, ils ramassèrent des branches, puis en firent deux tas qu'ils transportèrent sur leur dos jusqu'à l'abri de la fille, et ils les posèrent près du foyer. Timide, craintive, la fille balbutia quelques remerciements et disparut à l'intérieur de l'abri.

Le garçon revint, épuisé, ses mains raidies par le froid étaient toutes tailladées et saignaient. Il se glissa sous les couvertures et resta sans bouger, parcouru de tremblements. Il avait des frissons le long du dos et des cuisses, et une douleur sourde dans la poitrine, vers la blessure. La femme s'assit près d'un mur, elle fredonnait à voix très basse. Appuyé à une roue de la charrette, le vieil homme ronflait doucement, le bol vide sur ses genoux. Vieilles gens fatigués. Brave femme et homme fruste ; leurs visages sont laids, si différents de ceux de Père et Mère. Le garçon s'obligea à ne pas pleurer. Vieux et laids, braves et frustes, et ils s'étaient mis entre lui et les orphelins qui parcouraient la plaine.

Ils finirent le riz ce soir-là et, le lendemain matin, les camions de ravitaillement ne vinrent pas. A midi, le nuage noir réapparut au-dessus de la plaine.

– Si j'étais devenu chasseur, je saurais où trouver de la viande, marmonna le vieil homme. Qu'on ne me dise pas qu'il n'y a pas de viande dans cette plaine.

Il se rendit dans l'abri voisin et échangea une petite portion de riz contre la promesse que le garçon aiderait à nouveau leur fille à ramasser du bois.

– Cette puanteur me tuera, dit-il un peu plus tard à la femme.

Elle n'entendit pas mais continua de chantonner paisiblement tout en ajoutant du bois sur le feu. Si nous avions de la viande, j'en offrirais aux esprits et ils ne nous enverraient plus de vent, ni de neige, ni cette odeur. Mais il n'cst pas chasseur et nous n'avons pas de viande.

Elle leva les bras et fit dans l'air des mouvements verticaux puis horizontaux, puis elle s'assit parfaitement immobile et observa les flammes qui montaient.

Les camions revinrent le lendemain matin et, quand le vieil homme et la femme furent partis chercher la nourriture, le garçon fouilla la baraque et sur la charrette, dans la boîte qui contenait l'esprit du père du vieil homme, il trouva une bouteille presque pleine. Il alla voir la fille et lui demanda de surveiller la baraque tandis qu'il se dirigeait prudemment vers le campement américain.

Le groupe des garçons de son âge et leur chef étaient dans l'abri à côté du campement. Ils ne le laissèrent pas entrer. Il resta devant l'entrée avec leur chef et lui tendit la bouteille. Ils eurent une brève conversation. Le chef disparut à l'intérieur et revint au bout de quelques instants.

Le garçon repartit rapidement et vit le nuage noir qui commençait à monter dans le ciel.

Dans leur abri, le vieil homme attendait, furieux, assis sur les couvertures, et quand le garçon entra, il se tourna vers lui d'un bloc, comme s'il allait lui demander quelque chose mais il changea apparemment d'avis et resta silencieux. Un peu plus tard, il se rendit dans l'abri voisin, revint avec une autre bouteille et s'installa avec son bol sur les genoux.

Le garçon partit ramasser du bois en compagnie de la fille. Quand il lui montra les gants, elle écarquilla les yeux et, quand il les lui passa aux mains, elle se mit à pleurer. Rien que de la vieille laine grise et épaisse. Les siens étaient en peau, marron, fourrés, moisis. Il regarda les larmes dans ses yeux et songea : un lac secret et brûlant caché au fond d'elle. Feu liquide. Elle se prit à rire plusieurs fois tandis qu'ils rassemblaient des brindilles et les portaient vers leurs abris. Rire léger, furtif. Comme si elle craignait de déchaîner la colère des esprits de la plaine.

Quand le vieil homme vit les gants aux mains du garçon il sentit une folle rage l'envahir. Sa vue se troubla et son cœur se mit à battre tumultueusement. Voilà comme il me remercie de lui avoir sauvé la vie. Le voleur. Le traître. Fils de lettrés et de propriétaires. Que la mort l'emporte!

Il lançait sans cesse des regards haineux vers le garçon, assis près du feu à côté de la femme. Le garçon lui avait prêté ses gants pour un moment.

Un peu plus tard, le garçon apporta ses gants au vieil homme.

Il les passa sur ses mains meurtries, et sentit un frisson au contact de leur douce chaleur duveteuse. La rage qu'il avait ressentie fit place petit à petit, malgré lui, à une admiration jalouse. Ce garçon est vraiment très intelligent. Bonne magie. Très intelligent. C'est utile d'avoir un garçon aussi intelligent chez moi.

Quelques jours après, le garçon se réveilla tôt le matin et sentit une présence inconnue dans l'abri. Un changement s'était produit dans l'air, une soudaine vague de froid qu'il avait sentie sous les couvertures, alors qu'il dormait à côté de la femme. Qui était à surveiller le feu, devant? Le vieil homme. Sans doute endormi. Ou peut-être qu'il était derrière à faire ses besoins.

En levant la tête, le garçon, stupéfait, vit la silhouette de la fille sur le seuil, elle avait soulevé la couverture et se tenait immobile, tandis que le vent soufflait tout autour d'elle et s'engouffrait à l'intérieur. Le garçon distinguait mal les traits de son visage mais il remarqua qu'elle ne portait pas les gants.

Le vieil homme se glissa derrière elle et entra à son tour, en baissant la couverture pour arrêter le vent.

Elle restait silencieuse, raide, les yeux grands ouverts et les lèvres serrées.

La femme se réveilla et s'assit. Au bout d'un moment, elle s'approcha de la fille et lui parla à voix basse. Elle tendit la main et mit son bras autour des épaules de la petite qui recula craintivement.

Le vieil homme et le garçon passèrent à côté d'elle et se dirigèrent vers l'abri voisin. A l'intérieur, la femme assise sur le sol geignait en berçant son bébé. A terre, sur une couverture, le corps de l'homme était couché.

La fille apparut dans l'entrée.

Le vieil homme et le garçon regardaient fixement le cadavre. Il semblait déjà faire partie de la terre sur laquelle il gisait.

– Aidez-moi, dit la fille.

Le vieil homme observait toujours le cadavre ; il se passa la langue sur ses lèvres desséchées.

– Aidez-moi, répéta la fille.

– Mets tes gants, lui dit le garçon.

Le vieil homme enveloppa le corps dans la couverture et, quand il cacha le visage du mort, la femme poussa un long gémissement, la fille sanglota et le bébé se mit à pleurer.

Ils soulevèrent le corps enveloppé de la couverture, le vieil homme soutenait les épaules, le garçon et la fille les jambes. Le vieil homme fut surpris de le trouver aussi léger comme si l'élément le plus substantiel avait été l'esprit qui avait choisi ce corps pour son bref séjour.

La plainte de la femme s'éleva et le bébé continua de pleurer, comme ils sortaient le corps de l'abri.

A l'extérieur, se tenait la vieille femme qui les observait avec des regards désespérés. D'autres jetèrent un rapide coup d'œil et se détournèrent. Ils passèrent devant le feu avec le corps et entreprirent de le porter de l'autre côté de la plaine.

Dans l'air grisâtre, le vent du nord charriait de minuscules cristaux de neige gelée qui faisaient comme de petites flèches sur le visage. Une brève ascension d'un des tumulus avec le vent qui s'engouffrait dans leur bouche et leur frappait les yeux, leur ôta le souffle. Ils posèrent le corps pour se reposer. Les cheveux de la fille, noirs comme des ailes de corbeau, lui battaient les yeux et le visage; elle pleurait et le garçon vit ses larmes sur ses joues. Le vieil homme battait la semelle et soufflait dans ses mains. Le garçon lui offrit ses gants qu'il prit, puis ils soulevèrent le corps et continuèrent.

Le vieil homme pensait : et qui m'emportera quand je serai comme lui couché sur la terre ? La femme et le garçon ? Des inconnus ? Comme le garçon fait des efforts ! Rien que la peau sur les os, mais solide. Rusé. Et habile. Un garçon comme ça peut m'être utile, et à la femme aussi.

Et le garçon, qui sentait ses mains s'engourdir, pensa : qu'est-ce qu'elle va faire maintenant ? Elle et sa mère et le nouveau-né. Qu'est-ce qui leur arrive quand ils perdent un père ? Qui les aide ? Esprit de mon Grand-Père, protège-moi. Protège la fille. Où allons-nous ? Le vieil homme sait-il où il nous emmène ? Nous sommes passés devant les Américains. Ces filles, là-bas, qui parlent avec les soldats en riant. Comment pouvait-elle faire une chose pareille, défaire ses vêtements comme ça devant les Américains ? Il y a toutes ces bandes de garçons qui traînent partout. Est-ce qu'il va encore neiger ? Il y en a d'autres qui marchent, comme nous en transportant leur mort. Et tous se rendent au même endroit. Où ? Elle pleure toujours. Larmes sur ses joues. Mouillées. Du lac secret enfoui au fond d'elle-même ? Gros idiot de Choo Kun. Se reposer encore. Le vieil homme est très fatigué. Est-il malade ? Je repartirai tout seul un peu plus tard et j'irai chercher du bois. Et s'il meurt ? Et si nous devions le porter moi et la femme ? C'est ici que la plaine débouche sur la montagne et les forêts de pins. Qu'est-ce que c'est, là ? Mais qu'est-ce que c'est que ça ?

Une vaste étendue de terre brûlée se déroulait devant lui, noire sur la neige. Des amoncellements de formes tordues et calcinées recouvraient la terre gelée d'une obscurité grotesque. Charriés par le vent, flottaient des restes de puanteur que transportait habituellement le nuage sale. Les gens passaient les uns derrière les autres le long de la bande de terre noircie et détournaient les yeux. Il fallut un long moment avant que le garçon ne comprenne ce qu'il voyait et il sentit alors ses genoux plier, il tomba et la fille tomba presque sur lui. Le vieil homme, incapable de soutenir le cadavre à lui tout seul, le laissa glisser sur le sol. La fille pleurait en silence et tremblait. Le vieil homme aida le garçon et la fille à se relever, puis ils ramassèrent le corps et se dirigèrent vers une bande de terre gelée, où deux soldats coréens, le visage couvert par des masques, organisaient silencieusement la disposition des morts.

Ils mirent l'homme sur le sol à côté d'un autre. Le vieil homme enleva la couverture et voulut envelopper les épaules de la fille, mais elle fit un pas en arrière, il la plia alors et la lui tendit. L'un des soldats leur cria de circuler. Le garçon fit des gestes horizontaux et verticaux avec son bras au-dessus de la dépouille de l'homme. Le soldat cria de nouveau. Comme ils faisaient à rebours leur parcours dans la plaine, le vent cessa de souffler et le ciel s'éclaircit.

Un peu plus tard, les camions arrivèrent et le vieil homme et la femme allèrent chercher leur nourriture. A midi, le nuage se déploya à travers le ciel. Le garçon vit la fille et sa mère à l'entrée de leur abri, elles regardaient le nuage. Il aurait voulu parler à la fille mais il ne savait que lui dire.

Le lendemain, le garçon se rendit dans l'abri de la fille pour l'aider à ramasser du bois, il le trouva vide, tout avait disparu. Il lui sembla minuscule, une habitation juste bonne pour des nains. Pourquoi étaient-elles parties? Pourquoi ne lui avait-elle rien dit? Pas un mot, rien. Le vieil homme haussa les épaules quand le garçon lui rapporta la nouvelle, il détourna la tête et prit une gorgée de son bol; la femme secoua la tête et se pencha un peu plus sur la soupe qu'elle était en train de préparer.

Bientôt une autre famille s'installa dans l'abri, des gens renfermés qui venaient de la côte, peu enclins à parler.

Le garçon parcourut la plaine à la recherche de la fille. Il crut l'apercevoir un jour, jouant parmi d'autres enfants de son âge mais, quand il s'approcha, il se rendit compte qu'il s'agissait d'une autre fille qui portait des gants identiques. Où avaient-elles pu aller? A travers la forêt, vers les montagnes? Étaient-elles retournées vers la guerre en suivant la route? Ou avait-il rêvé tout cela? La fille, l'homme, la femme, le nouveau-né? Comme la grotte lui paraissait un rêve maintenant et la mare dans la montagne et le petit chien. Et son village, et Père et Mère et puis, et puis, Grand-Père et ses frères et ses sœurs et puis et puis Badook et le gros Choo Kun et son idée des larmes et... et... et...

Les bouteilles du vieil homme n'étaient pas un rêve. Il semblait en posséder une réserve inépuisable.

Quelques semaines plus tard, les Américains partirent soudainement. Ils empaquetèrent tout leur matériel, chargèrent leurs véhicules, enlevèrent les fils de fer barbelés et laissèrent derrière eux une vaste étendue rectangulaire, entièrement vide. Leurs Jeeps et leurs camions traversèrent la plaine et allèrent rejoindre les autres véhicules qui se dirigeaient vers le Nord en suivant la grand-route.

Pendant quelques jours, l'emplacement du camp resta vide, puis quelques abris apparurent et, au bout d'une semaine, on eût dit que les Américains ne s'étaient jamais trouvés là.

Les camions de ravitaillement ne venaient plus que rarement. Mais presque tous les matins, une Jeep traversait la plaine avec des soldats américains ou coréens qui portaient d'étranges bidons accrochés sur le dos et le nuage noir apparaissait peu après.

Puis la police militaire coréenne vint faire dégager l'aire de campement. Le vieil homme et la femme attendaient dans la queue devant les camions de ravitaillement, le matin où les bulldozers vinrent enlever les abris désertés et nettoyer le terrain. Le lendemain, arriva un autre bataillon d'Américains.

Comme le garçon errait sans cesse à travers la plaine à la recherche de la fille, il vit à nouveau les jeunes filles qui attendaient à l'entrée du campement et les orphelins qui se déplaçaient en bandes et il se demanda si lui-même, le vieil homme et la femme finiraient leurs vies ici. Pourquoi leur avait-on rendu la vie si elle ne devait être que cette existence sur cette plaine ?

Les jours devenaient plus longs, les vents plus doux, le sol n'était plus aussi dur. La neige s'était mise à fondre. On enterrait les morts, la Jeep ne passait plus et le nuage et la puanteur avaient disparu.

Un matin, une vague sonore déferla sur la plaine, une vibration, un déferlement de marée : des hommes et des femmes revenaient en courant des camions de ravitaillement. Le garçon, accroupi près du feu, entendit la rumeur faite de milliers de murmures; il se leva, inquiet, puis il écouta les paroles qui s'échangeaient et sentit soudain les sourds battements de son cœur.

Le vieil homme et la femme revinrent. Ils avaient le visage rouge. Ils criaient presque. La femme prépara une soupe et des boulettes de riz. Ils ne dormirent pas beaucoup cette nuit-là, et au matin, ils secouèrent les couvertures et le sac de couchage, enroulèrent les morceaux de toile puis entassèrent dans la charrette tous les débris de métal de l'abri qu'elle pouvait contenir. Ils regardèrent alentour et virent que la plaine se vidait. La femme laissa une offrande de riz dans un bol, à l'intérieur de ce qui restait de leur abri.

A midi, ils se mirent en route pour retourner à leur village.

[illegible]

[illegible]

[illegible]

[illegible]

[illegible]

[illegible]

III

7

Dans la montagne, l'air était froid, le sentier poussiéreux, toujours dur, mais des filets d'eau coulaient dans les ornières de chaque côté, car pendant des heures le plein soleil avait réchauffé la neige. Hordes de réfugiés d'un côté de la route, fantassins de l'autre, en file indienne, des Jeeps, des camions, des véhicules blindés, et la glace et la neige sur les parois et les pentes au-dessus de la cime des arbres.

Un long convoi d'ambulances passa.

La femme regarda les croix rouges sur les ambulances et le vieil homme la vit se murmurer quelques mots à voix basse mais il n'entendait pas ce qu'elle disait. Ils nous ont aidés ces esprits de la croix, avec les nôtres, à nous; comment peut-on faire une offrande à ces esprits? Est-ce qu'il suffit de chanter leur chant? *Que ta volonté soit faite, Seigneur, que ta volonté soit faite.* Que veulent dire ces paroles forgées par les étrangers? Mère disait que l'homme qui lui avait appris ces paroles ne les avait pas expliquées très clairement. On apprenait rarement des chants dans la langue des étrangers. Les bons esprits qui aiment ces paroles devraient recevoir une offrande pour les remercier. Je vais réfléchir à ce que je devrais leur donner. Eh bien, mais où est-ce qu'on est ? Étrange, ce n'est pas la route que nous avons prise quand nous avons traversé ces montagnes. Je n'ai pas revu l'endroit où nous avons dormi. Comment avons-nous pu rater cette route en sortant de la vallée ? Est-ce que nous étions faibles et malades au point de ne pas nous rendre compte que nous prenions le mauvais chemin ? Et il y avait des traces de pas sur cette autre route. Qui est passé par là ?

Elle frissonna, mais cette fois, le froid ne venait pas de l'air, puis elle continua à tirer sur les brancards de la charrette avec le vieil homme.

Le garçon poussait derrière. Il regardait autour de lui, il pensait qu'il apercevrait peut-être la fille et sa mère parmi tous les autres. Il pensait qu'elles apparaîtraient derrière lui, qu'il tournerait la tête et qu'il les verrait là, la fille, sa mère et l'enfant, la fille porterait toujours les gants de laine grise. Parfois il faisait quelques pas en fermant les yeux et se la représentait, il se persuadait qu'elle serait là quand il ouvrirait les yeux. Il essaya de marcher de plus en plus longtemps les yeux fermés pour voir son image en lui, il finit par tomber et s'écorcha les mains : il avait donné ses gants à la vieille femme. Vers la fin de l'après-midi après avoir observé le visage de beaucoup de filles de son âge, il se rendit compte qu'elles lui rappelaient ses petites sœurs et leurs amies avec lesquelles elles jouaient sur la balançoire. A se balancer, encore et encore, toujours plus haut, et à rire. Il voyait les visages de ses petites sœurs mortes, enfouies sous la terre de son village, il se sentit parcouru d'un frisson, se pencha en avant sur la charrette, et poussa de toutes ses forces, tant que le vieil homme lui cria de ralentir. Ce vieil homme ne veut pas que je vive avec eux, il pense que je ne leur apporte que des ennuis, je ne comprends pas pourquoi. La femme veut que je vive avec eux mais elle ne peut pas gagner contre le vieil homme, je vais retourner au village, j'y retrouverai bien quelqu'un, quelqu'un de vivant, c'est sûr, ce sont les esprits malins qui m'ont fait rêver qu'ils étaient tous morts.

La route s'enfonçait en grimpant dans la montagne et la glace étincelait sur les sommets, blanche et bleue dans les rayons d'un soleil de fin de jour. Sur la droite, la route descendait en pente raide, et le vieil homme, jetant un regard vers l'étroite vallée et le ruisseau gelé tout là-bas, se souvint du faucon qui planait au-dessus des collines et des vallées, après que le chien eut débusqué les faisans, et il entendait l'écho qui renvoyait les appels de son Oncle et de ses cousins tandis qu'ils ne quittaient pas des yeux le faucon et se hâtaient de le ressaisir après qu'il eut tué sa proie, parce que, s'il se gorgeait de sang, il ne chasserait plus de toute la journée. Ils le laissaient prendre quelques morceaux avant de remettre le faisan dans la musette. Nous avions attrapé cinq faisans ce jour-là. Ces pentes abruptes de la colline, nous les montions et les descendions à toute vitesse, couverts de sueur dans l'air de novembre. A courir après le faucon qui courait après les faisans. Ça vaut mieux que de suer derrière une charrue, disait l'Oncle quand nous étions tous assis au chaud dans la cabane en train de manger deux des faisans. Dis-moi ce que tu en penses, est-ce que ton père va me laisser faire un chasseur de son petit garçon ?

Comme il regardait en bas de la colline, il vit les débris d'un véhicule au milieu des rochers recouverts de glace et, de temps à autre, il crut apercevoir un cadavre gelé, durci, dans une forme étrange, confondue avec la glace; il remarqua à un moment les restes d'un petit cheval. La route devint plus régulière peu avant le coucher du soleil, puis elle descendit en pente raide; le vieil homme et la femme sentirent la charrette qui glissait de plus en plus vite et ils essayèrent de toutes leurs forces d'en ralentir l'allure en tenant ferme les brancards. Rapidement, le garçon alla se placer entre eux et s'arc-bouta contre la charrette. La route glissait dangereusement vers le bord et envoyait chuter des mottes de terre gelée et des morceaux de glace au bas de la route. Une ambulance passa, puis une Jeep, lentement avec des crissements de pneus. Puis la route redevint plate, saturée d'air lourd entre les hautes parois de la montagne. Un peu plus tard, ils entrèrent dans une vallée étroite où d'autres réfugiés allumaient des feux et dressaient leurs abris pour la nuit.

Ils trouvèrent un espace plat et rectangulaire près d'un arbre et le vieil homme essaya de dégager la neige qui s'y était déposée, mais il se rendit vite compte qu'elle avait gelé. Étrange, la terre s'est amollie dans la plaine, mais ici, elle est toujours comme du fer. Il étala des bouts de toile par terre avec l'aide de la femme puis il mit le porteur sur ses épaules et partit vers un bosquet de pins pour ramasser du bois.

Le garçon aida la femme à dresser les plaques de métal qui devaient servir de mur à l'abri, et il se mit à creuser un trou pour le feu à l'aide de l'outil de pierre. Il eut des élancements dans les mains au contact de la pierre et de la neige glacées : le vieil homme avait pris les gants. Il creusait frénétiquement la neige et sentait la douleur qui revenait à l'endroit de sa blessure guérie. L'air était froid mais ne le brûlait plus comme lors des semaines passées. Tout autour de lui, des feux, des abris et l'odeur de nourriture en train de cuire. Des enfants traînaient en petits groupes comme des ombres. Lentement, il parvint à donner forme au foyer. Quand le vieil homme revint, le garçon alluma le feu et la femme prépara ce qu'il leur restait de riz; elle l'offrit aux esprits de la croix et de la vallée et, lorsqu'ils eurent fini de manger, le vieil homme s'installa près du feu en mordillant sa pipe et buvant à petites gorgées dans un bol.

– Ça ne sent pas mauvais dans cette vallée, dit la femme au bout d'un moment.

– C'est pour me réchauffer, répondit-il sombrement.

– Combien de bouteilles leur as-tu encore volées ?

– Retiens ta langue, femme. Nous retournons chez nous, maintenant, là où les femmes savent quand et comment il faut parler.

Elle lui tourna le dos.

Le garçon était assis en silence à regarder le feu. Il sentait sur son visage le regard du vieil homme qui lui écorchait la peau et il garda les yeux fixés sur les flammes. Je ne suis rien pour lui, il parle à la femme comme si je n'étais pas là. Père ne parlait jamais à ma mère de cette façon. Pas quand j'étais auprès d'eux. Regarde-moi ça! Il va encore se soûler et la femme ne pourra pas le réveiller, et elle et moi devrons encore surveiller le feu à sa place.

La femme était assise à penser : la guerre l'a changé, il n'était pas comme ça avant; un peu d'alcool de riz en ville de temps en temps avec ses amis, mais jamais soir après soir comme le vieux charpentier. Comme ses yeux brillent à la lueur des flammes.

Qu'est-ce qu'il voit ? Le village ? Le bœuf ? Quels souvenirs ? Vieil idiot, si la guerre ne le tue pas, c'est l'alcool qui l'aura, et ses yeux verront bientôt la couleur de la terre habitée par les vers.

Le vieil homme prit une autre gorgée et sentit le liquide chaud qui descendait le long de sa gorge et de sa poitrine et il se demanda pourquoi il avait encore tellement froid. Il frissonna et revit clairement les cercles du faucon dans le ciel et la lutte brève du faisan. Un cri de triomphe s'échappe des lèvres de son Oncle et retentit dans la vallée. Tu entends cet écho ? demande l'Oncle. Tu l'entends ? Il voit son haleine s'élever, légère, dans l'air frais de novembre. J'ai donné un nom spécial à cette vallée, je l'appelle le Pays des Échos. Tous les bruits de la vallée se fondent en un gigantesque écho, un chant qu'entonnent tous les esprits de la vallée. Seul un chasseur peut les entendre. Les esprits de la vallée se réjouissent quand ils voient un chasseur qui aime les animaux qu'il chasse. Un vrai grand chasseur est toujours reconnaissant envers les animaux et les oiseaux qu'il tue, il prend leurs esprits en lui. Vois tout ce que je pourrais t'apprendre si ton père t'en donnait seulement la permission.

Il resta accroupi près du feu à boire et, après un long moment, il pensa : Je vois les yeux de ce garçon, il est intelligent et habile. J'ai vu à quel point il est habile. Ce serait peut-être utile de l'avoir à la maison, mais pas longtemps, parce qu'il se mettrait à penser qu'un jour, il pourrait prendre ma place, prendre ma terre, mon héritage et remplacer mon nom par le sien, il n'apporterait peut-être même pas d'offrandes à mon esprit, parce qu'il n'est pas de mon sang et il ferait de moi un fantôme, il me laisserait fondre comme la neige, mourir comme l'écho.

Il s'enfonça dans le sommeil, ivre, près du feu, et la femme et le garçon le transportèrent à l'intérieur de l'abri et le couvrirent. Le garçon vit la honte et la résignation qui se lisaient sur le visage de la femme et il détourna les yeux. Au bout d'un moment, elle s'allongea en silence au côté du vieil homme.

L'air était très froid mais immobile. Accroupi sous sa couverture près du feu, le garçon pensait à la fille aux gants de laine. Si je la retrouve, est-ce qu'elle viendra vivre avec sa mère dans mon village ? Il ne se rappelait pas les chemins qu'il avait parcourus au milieu des montagnes et des rizières jusqu'à la grand-route et il se demanda comment il retrouverait son village. La femme m'aidera, oui. Il resserra la couverture autour de ses épaules, il avait peur tout d'un coup. Des bruits étranges résonnaient dans l'obscurité. Des chiens affamés ? Les esprits duveteux de la caverne, dans cette vallée où il avait vécu avec la femme et le vieil homme ?

Il resta à observer le feu et de temps à autre jetait des brindilles sur les flammes.

Comme ils traversaient la vallée, le lendemain matin, la femme chercha la grotte mais comme il y en avait tant, elle ne pouvait jamais être sûre que celle qu'elle voyait fût la bonne. Le garçon poussait la charrette derrière et plissait les yeux dans la lumière du soleil, il crut reconnaître l'écran de brindilles qu'ils avaient placé devant l'entrée. Il était recouvert de neige et de glace, de fines épines noires en sortaient ici et là. Le vieil homme marchait à côté de la femme, tirant sur les brancards de la charrette, essoufflé. La grotte ne l'intéressait pas. Il avait mal à la tête, la langue sèche et gonflée, un goût de métal dans la bouche. Il entendit le garçon qui criait derrière la charrette : Est-ce qu'on ne pourrait pas s'arrêter pour chercher la caverne ?

– Je ne veux pas m'arrêter, fit le vieil homme sur un ton morose.

Mais la femme dit :

– Ça ne peut pas nous faire de mal d'aller revoir la grotte.

– Femme, je ne veux pas voir la grotte, pourquoi nous arrêterions-nous pour aller voir cette grotte ?

On sentait la colère et de vagues menaces dans sa voix.

Mais la femme insista :

– Une visite aux esprits de la grotte. Une offrande pour les remercier.

Le vieil homme pensa : Voyez-moi ça, comme il nous retarde. Il croit que plus il reste avec nous, plus il sera en sécurité. C'est un malin.

Sans attendre sa réaction, la femme se mit à tirer la charrette vers le côté de la route. Le vieil homme, bouillant de colère, pensa qu'il valait mieux éviter un affrontement devant le garçon. Ils quittèrent la route et parcoururent quelques mètres sur un terrain rocailleux. Le vent se leva et se mit à souffler sur les parois qui surplombaient la vallée. Ils laissèrent la charrette près des buissons et s'approchèrent de la grotte.

La femme entra. Obscurité froide emplie d'une odeur de terre et d'un silence sépulcral.

Cet endroit a failli être notre tombeau. Elle murmurait en s'adressant aux esprits de la grotte. Le garçon, immobile à côté d'elle, revoyait l'étang, les poissons, les trois chiens et le vieil homme qui mourait dans la charrette.

Le vieil homme tremblait au seuil de la grotte et refusait d'entrer. Pour lui, ce lieu n'avait été que faiblesse et honte. Il avait failli y mourir. Il se retourna pour repartir vers la charrette et vit deux garçons, des gamins aux visages sales qui enlevaient de la charrette un morceau de toile roulée et une couverture.

Il poussa un cri.

Surpris, celui qui tenait la couverture la laissa tomber. Ils s'enfuirent avec le bout de toile.

Le vieil homme tremblait de tous ses membres, son cri se répercuta à l'intérieur de la grotte, les petites créatures duveteuses se mirent à voleter frénétiquement, en poussant leurs piaillements aigus.

– Femme, appela-t-il.

La femme et le garçon le suivirent jusqu'à la charrette, ils quittèrent la vallée et cette nuit-là dormirent dans un bois où les arbres avaient été déchiquetés par les obus. A l'approche du jour le lendemain, ils installèrent leur abri sur une étendue boueuse au bord de la mer.

Un vent glacial soufflait, faisant frémir les eaux. La lumière baissait lentement dans le ciel clair. Un peu plus tôt le même jour, un officier coréen qui était passé devant eux en Jeep avait jeté un paquet de riz à la femme. Et maintenant le vieil homme la regardait préparer la soupe. Le garçon se tenait près du feu et ajoutait du bois sur les flammes.

Elle avait laissé tomber son brancard et s'était avancée au milieu de la route devant la Jeep qui approchait. Le vieil homme et le garçon avaient poussé un cri en même temps et la Jeep avait dû freiner brusquement, le conducteur s'était mis à jurer et la femme l'avait imploré de lui donner à manger. L'officier lui avait alors jeté le paquet de riz. Vieille femme folle et têtue. Il faudra que ça cesse quand nous serons de retour au village. Cette folie la tuera un jour et qui cuisinera, qui réparera mes affaires et les nettoiera et m'aidera dans les champs ?

Le vieil homme traversa l'étendue boueuse jusqu'au bord de l'eau, la partie de la plage sur laquelle il se tenait suivait une courbe surprenante, elle prenait la forme d'une paume de main implorante dont les doigts maigres et recroquevillés s'enfonçaient dans les vagues. De grands rouleaux sans écume passaient entre les doigts. De temps à autre, une vague s'amplifiait, languide, s'élevait et retombait sur le rivage avant de s'en retourner à la mer.

Comme il regardait la lumière déclinante, une vague montante vint répandre un banc de petits poissons argentés.

Il regardait, stupéfait, six petits poissons qui sautaient et frétillaient, là, par terre, à ses pieds. Il jeta un rapide coup d'œil à l'entour et vit qu'il était seul.

Il attendit jusqu'à ce que les poissons s'immobilisent, puis il les ramassa, il en mâcha deux, les avala, puis apporta les quatre autres à la femme. Elle les prit sans dire un mot et les jeta dans l'eau bouillante.

Avant de s'endormir, le vieil homme marmonna des paroles craintives à l'intention des esprits de la mer : Que vouliez-vous me dire en me faisant don de ces poissons ? Quelque chose à propos du garçon ?

La femme qui était allongée à côté de lui n'entendit pas ses paroles. Elle marmonna quelques remerciements pour les esprits qui avaient mis l'officier sur son chemin. Puis se souvenant de la colère du conducteur, elle murmura dans l'obscurité : Pouvais-je laisser ce garçon sans manger? Une mère ne laisse pas ses enfants avoir faim.

A l'extérieur de leur abri, le garçon était accroupi, enveloppé dans une couverture, il surveillait le feu et la charrette.

Le lendemain, ils entrèrent dans la ville au bord de la mer. Un nuage brun de poussière flottait au-dessus des maisons détruites et des rues, les soldats patrouillaient au milieu des ruines. Des hommes et des femmes se tenaient debout autour des braseros ou attendaient assis à côté de leurs baraques tandis que les enfants jouaient au milieu des débris. Le garçon regardait avec horreur la cité détruite et se souvint de son village. Il avait renoncé à retrouver la fille, il retournerait dans son village sans elle. La femme marmonnait sans cesse comme ils traversaient la ville; le vieil homme sentit l'odeur âcre qui s'échappait des bâtiments et il se rappela la puanteur dans la plaine; il regretta d'avoir fini la dernière bouteille la nuit précédente. Notre village sentira comme ça.

Ils passèrent devant les fils de fer barbelés qui entouraient le terrain d'aviation, mais le vieil homme ne se souvenait plus de l'endroit exact où il avait ramassé du petit bois quand les soldats lui avaient tiré dessus. Là, il avait cherché la femme et le garçon : cette peur qu'il avait ressentie à l'idée de les avoir perdus; ce souvenir maintenant l'emplissait de colère. Qu'il retourne parmi les siens, qu'il remporte son intelligence dans le village d'où il vient.

L'avancée des Chinois et de l'armée du Nord avait été stoppée près de ce terrain d'aviation et la route était parsemée de cadavres. De chaque côté de la route et dans les champs, des morceaux de véhicules militaires étaient encore éparpillés.

Avant le crépuscule, ils arrivèrent sur les berges du fleuve dans Séoul.

Ils installèrent rapidement leur abri et le vieil homme partit chercher du bois. La femme disposa les couvertures et les sacs de couchage et le garçon creusa un trou pour le feu. Les berges de la rivière étaient envahies d'abris de fortune. Un vent glacé soufflait sur l'étendue boueuse mais il avait perdu toute sa férocité. Des blocs de glace flottaient à la surface de la rivière : créatures aquatiques lépreuses et difformes qui faisaient peur à la femme.

Je vais leur offrir le peu de riz qu'il nous reste. Pourvu qu'ils ne se réveillent pas avant que nous soyons loin d'ici.

Le vieil homme avait emporté son porteur, il avait traversé la pente boueuse avant de disparaître entre deux maisons qui étaient face à la rivière. Il vit qu'il n'y avait plus de glace dans les rues et que les maisons étaient à nouveau habitées. Il y avait des gens dans la rue qui le regardaient d'un air soupçonneux : un vieil homme rabougri à la maigre barbe grise qui parcourait les rues, un porteur en bois sur les épaules, comme un A. Devant la cour avec le mur écroulé où le tas de bois était autrefois caché, il s'arrêta prudemment et jeta un coup d'œil à droite et à gauche. Le vent qui soufflait maintenant entre les maisons ne faisait qu'un bruit des plus faibles. C'était là que le petit chien était entré dans la rue, et là il s'était arrêté pour manger les grains de riz. Et là, de derrière le mur, il lui avait lancé la première pierre. Comme il avait envie de viande! C'était une morsure permanente dans son ventre et dans ses os. Quand il chassait avec son Oncle, il mangeait de la viande tous les jours. Et son Oncle exultait : c'est la meilleure des nourritures. Il ne faut pas la rôtir trop longtemps. Pour ta force, ta virilité, pour ce que tu as entre les jambes! Ça le fait devenir gros et dur. La viande.

Il resta à attendre près du mur effondré. La rue demeurait vide. Y avait-il des habitants dans les maisons maintenant ? Il passa à travers la fente dans le mur et pénétra dans la cour.

Le tas de pierres était toujours là. Il le regarda stupéfait, puis enlevant quelques pierres, il vit apparaître le bois.

Il sentit qu'il se mettait à trembler. Le bois, le chien, le poisson, le deuxième chien, le deuxième poisson et de nouveau le bois. Est-ce là la magie du garçon en train d'agir ?

Il posa le porteur par terre, le chargea rapidement, recouvrit le bois de pierres, replaça son fardeau sur ses épaules et quitta la cour. Cette rue vide. Habitée par des fantômes liés au garçon ? Son père et sa mère ? Son grand-père ?

Il sentit ses cheveux se dresser sur sa nuque comme il se hâtait vers la rivière.

Le garçon l'aida à allumer le feu.

La femme réchauffa les restes de la soupe de riz et de poisson qu'ils avaient mangés la nuit précédente, et elle l'offrit aux esprits de la rivière.

Ils s'assirent près du feu.

La femme désigna la rivière du doigt.

– Là, je t'ai porté dans mes bras sur la glace.

– Je m'en souviens à peine, dit le garçon.

– Le docteur disait qu'il n'avait pas de médicaments à perdre pour toi, que tu étais déjà mort.

– Est-ce que je suis revenu d'entre les morts ?

Le vieil homme reposa son bol et frissonna.

– La mort avait les mains sur toi, dit la femme.

– Je ne me rappelle presque rien, entre le moment où je courais sur la route et celui où je t'ai vue en ouvrant les yeux.

– Tu étais plus avec les esprits qu'avec nous, répondit la femme.

Le vieil homme sentit la terreur l'envahir.

– Mange ta nourriture, dit la femme, nous serons bientôt de retour dans notre village.

– Voulez-vous que je reste ici ?

– Tu viendras avec nous.

– Femme ! gronda le vieil homme.

Mais elle ne lui prêta pas attention et s'adressa au garçon.

– Nous déciderons plus tard de ce que nous allons faire de toi.

Le vieil homme poussa un grognement sourd.

– On n'abandonne pas un animal qu'on aime et encore moins un enfant, dit-elle.

Ils quittèrent les berges de la rivière tôt le lendemain matin et arrivèrent à la grande route qui menait hors de la ville et beaucoup d'autres avancèrent vers le nord. Des alignements de maisons de pierre sinistrées bordaient la route ; les murs troués par les obus, des toiles pourrissantes et des cadres de fenêtres qui avaient volé en éclats. Des poteaux électriques de fortune, des lignes sommairement rétablies. De temps à autre, un autobus civil avançait difficilement au milieu du flot ininterrompu des véhicules militaires. De la neige sur quelques arbres, de la glace noire et de la neige sur la route, de la poussière grise chargée de gaz d'échappement, flottant dans l'air froid et immobile.

Dans une des rues où presque toutes les maisons étaient restées intactes, ils passèrent devant un bâtiment grisâtre dont le vaste perron donnait sur un portail. Il y avait une enseigne en coréen au-dessus des portes à deux battants. On y lisait que le bâtiment était un orphelinat dirigé par une institution militaire américaine. A gauche du bâtiment on voyait un grillage de fer surmonté de quatre rangées de barbelés. Des enfants tournaient en rond dans la cour de l'autre côté du grillage. Quelques petites filles s'amusaient à sauter à la corde. Des garçons s'appuyaient au grillage et regardaient fixement la rue.

Comment ai-je pu ne pas voir ça quand nous sommes passés ici la première fois ? C'est ici que nous aurions dû laisser le garçon ; est-ce que c'est là qu'il veut vivre, le garçon, dans un endroit pareil ?

Un gamin d'une dizaine d'années, agrippé au grillage, regarda l'autre garçon passer avec la femme et le vieil homme. Comme il marchait derrière la charrette, le garçon eut soudain cette sensation étrange que c'était lui qui était de l'autre côté du grillage et qu'il regardait un autre garçon passer avec le vieil homme et la femme. Un froid glacial, gris, lourd comme du plomb, le prit à la poitrine, une terreur qui le fit trembler de tous ses membres, comme la terre froide de la tombe. Est-ce qu'ils vivent toujours enfermés derrière les grilles ? Qu'est-ce qu'ils mangent ? Vient-on parfois leur rendre visite ? Quelle part de leur vie passeront-ils dans ce monde vide ? Il s'obligea à ne plus regarder vers le grillage et le garçon, et fixa son regard sur la charrette. Petite charrette, vieux bois, fendu, craquelé. Couvertures, sacs de couchage, casseroles, bouts de métal, la boîte qui contenait l'esprit du père du vieil homme.

Il marchait derrière la charrette et la poussait au milieu de cette route encombrée.

La ville disparut. Des champs, des rizières de chaque côté de la route et les collines menaçantes à l'horizon, couvertes de neige. Des bidonvilles avaient jailli de partout; les gens s'étaient installés dans les ruines de leur passé. La guerre avait mis le pays à feu, il ne restait plus une ville ou un village qui tienne encore debout. Des abris de fortune, des bidonvilles, des gens qui se serraient les uns contre les autres. Du bois qui brûlait dans des braseros, des enfants qui couraient ici et là en troupeaux, et de temps à autre, un bœuf ou un chien affamé. Le vieil homme, la femme et le garçon marchaient lentement à cause de la circulation. Il y avait de la neige de chaque côté de la route, de la neige sur les champs et les rizières, une légère brume de poussière gris-jaune qui planait très au-dessus de la route, et obscurcissait la lumière du soleil en ce début d'après-midi.

Ils s'arrêtèrent pour se reposer un moment. Le vieil homme et la femme s'endormirent, adossés à la charrette, et le garçon les réveilla doucement. Peu après le coucher du soleil, ils arrivèrent à l'endroit de la route où ils avaient trouvé le garçon.

De chaque côté de la route, les champs étaient parsemés de larges cratères partiellement emplis d'une eau noire à moitié gelée. Marques de brûlures sur les proches collines : de longues bandes de terre calcinée que la neige n'était pas parvenue à dissimuler. Le vieil homme eut l'impression de sentir encore cette odeur de brûlé.

– Là, fit la femme en désignant du doigt le fossé dans lequel ils avaient trouvé le garçon.

– Je ne me rappelle pas, dit le garçon, honteux.

– Il vaut mieux que tu ne te rappelles pas.

Comme il regardait au fond du fossé, le vieil homme pensa : le bœuf a disparu. Il n'en reste rien. Voyez-moi ça, ils ont même pris les os. Comme notre bœuf à nous. Rien. Sans ce garçon, j'aurais pu prendre un morceau de ce bœuf et je ne serais pas tombé malade ensuite. Il a été un fardeau pendant tout ce temps et la femme s'est comportée comme un animal têtu, mais tout ça va changer quand nous arriverons au village. Les esprits de nos ancêtres nous ont protégés du malheur.

Mais il ne pouvait chasser cette idée agaçante que lui et sa femme avaient peut-être été sauvés par les esprits qui protégeaient le garçon. Comment pouvait-il savoir ce qui était vrai ?

La femme dit :

– Je t'ai porté pour t'emmener de ce fossé et en bas de cette route, près du tournant, j'ai arrêté la voiture avec la croix rouge, et le conducteur m'a donné des remèdes des étrangers pour ta blessure. Tu ne te souviens de rien ?

Le garçon secoua la tête, il avait honte, il était gêné.

– Comme tu étais blessé !

Le vieil homme se montrait impatient.

– Femme, le soleil va bientôt se coucher.

– Nous devrions nous installer ici cette nuit.

Il lui lança un regard furieux :

– Pourquoi rester ici ? Nous ne sommes pas loin.

– Pouvons-nous entrer dans le village en pleine nuit ? Qui sait ce qui nous y attend ?

Elle remet sans cesse à plus tard. Encore et encore. Elle joue toujours le même jeu : attendre, repousser le moment. Ils croient que le garçon s'en sortira comme ça.

Il suivit derrière la charrette tandis que la vieille femme et le garçon la tiraient sur le côté de la route, le long d'un remblai au-dessus du fossé, jusqu'à une étendue plane éloignée des cratères. D'autres installaient leurs abris dans les champs voisins. Tout en tremblant de froid, le garçon vit le soleil se coucher derrière les collines. Avec l'obscurité, le froid se fit mordant.

Le vieil homme partit vers le pied des collines pour chercher du bois tandis que la femme et le garçon fouillaient de leurs mains la boue glacée du fossé, ils trouvèrent des racines, des écrevisses et les plants de riz de la saison précédente, et la femme en fit une soupe.

Une neige légère tomba pendant les heures que le garçon passa à surveiller le feu et la charrette, et il sentait les flocons sur son visage et sur sa langue. Badook aboyait quand il voyait la neige tomber et il essayait d'attraper les flocons, comme si c'étaient des mouches. Ce gros idiot de Choo Kun disait que la neige tombait quand les esprits secouaient leurs couvertures. Il courait dans la neige en se grattant. Gros idiot de Choo Kun. La nuit était noire, le bruit des véhicules assourdissant, allait-elle jamais s'arrêter, la circulation des véhicules des étrangers ? Nuit et jour. N'étaient-ils jamais à court de voitures ? Comment donc étaient les routes dans leur pays ? Toujours bruyantes ? Il réveilla la femme à l'heure dite, et à son tour elle réveilla le vieil homme qui s'endormit d'un profond sommeil auprès du feu et se vit avec son Oncle chassant le sanglier dans les montagnes du Nord.

Un hélicoptère le réveilla, il volait à basse altitude, émergeant des collines, traversant la vallée et la route en direction du Sud. D'un bond, il se mit sur ses pieds et écouta. Des armes à feu ? La guerre était-elle revenue ? Ou étaient-ce les échos de la chasse au sanglier avec son Oncle ? Tu n'y retourneras plus avait crié son père. Cet homme est un fou. Il essaie de te voler à moi. Incroyable. Est-ce qu'il a la moindre décence ? C'est bien la famille de ta mère, cet homme ne connaît pas la valeur des choses. Il mérite un coup de couteau !

Il resta là un long moment, ébahi, puis il réveilla la femme et le garçon. Ils chargèrent la charrette avec des gestes las et la poussèrent à travers le champ jusqu'à la route.

Des véhicules militaires, nombreux, qui allaient dans les deux sens. D'horribles abris dans les champs et le long de la route. La poussière jaune qui collait à leurs semelles dans l'air froid sans soleil. La charrette cahotait, le garçon poussait derrière. La roue allait-elle encore se détacher et le fil de fer se décrocher ? Glace noire et neige de chaque côté de la route dans les fossés. Comme elle tirait sur les brancards, la femme se souvint de la ville qu'ils avaient traversée quand ils fuyaient de leur village : des maisons, des hangars, des marchés. Des bidonvilles désormais, sur une large étendue de terre boueuse et blessée. Les étrangers ont sauvé le pays, mais le Nord a détruit la terre. Allons-nous passer le reste de notre vie dans un abri de fortune en tôle et en bois ? Les esprits peuvent-ils être aussi impitoyables ?

La route passait au-dessus d'un large canal et le

vieil homme vit quatre tanks qui traversaient un champ, ils étaient ouverts, on voyait les commandants à leurs mitrailleuses, les panneaux jaunes et bruns, des plaques de boue sur le blindage, les longs canons pointés vers le Nord, chenilles qui soulevaient la poussière dans un bruit métallique. Si les soldats du Nord n'ont pas brûlé le village, les machines des étrangers l'auront sûrement écrasé. Reconstruire les maisons et les appentis. Où allons-nous trouver du bois dans ce pays brûlé ? Combien d'animaux ont survécu ? Ils ont certainement emporté tous les animaux, ces barbares. Et le vieux charpentier, est-ce qu'il est encore vivant ?

La route se fit sinueuse pendant un certain temps puis elle finit par longer la voie ferrée partant de Séoul vers le Nord. Au croisement, à un kilomètre environ du chemin muletier qui menait à leur village, s'était autrefois dressée une ville avec un marché et une gare. Comme ils approchaient de la ville, la femme vit le marché, il avait été agréable, beau, vivant, il n'était plus qu'un ramassis de baraques sinistres, le long de la route, en face de la gare. Disparus les quais de la gare avec leurs toits en porte à faux, il ne restait plus que la terre nue à cet endroit. Les baraquements s'étendaient depuis les voies jusqu'au pied des collines, au-delà de l'unique piste du nouveau terrain d'aviation. De l'autre côté de l'aérodrome la grande route partait à angle droit dans une voie qui passait à l'extrémité de la place du marché et menait au campement américain. Des soldats américains traînaient autour des étals et discutaient avec de jeunes Coréennes. Des Jeeps et des camions allaient et venaient sans cesse aux abords du campement. Sur la piste, un monoréacteur s'apprêtait à décoller, il avança sur ses roues un bref instant et puis se propulsa dans l'air, lugubre.

La femme regardait, stupéfaite, le marché, l'aérodrome, le camp américain. Tenant toujours le brancard de la charrette à côté d'elle, le vieil homme regardait lui aussi d'un air incrédule. L'air semblait sans vie, la lumière mélancolique, habitée par les ombres. Il sentit au plus profond de son cœur le désespoir du pays. Le garçon qui se souvenait de son village avant les incendies se remémora une histoire que lui avait racontée son grand-père sur une maladie dont les esprits affligeaient ceux qui médisaient sur les autres à tout propos.

J'ai fait des remarques cruelles sur le gros Choo Kun. Les esprits punissent parfois les mauvaises langues par de terribles maladies, disait Grand-Père. Le garçon avait l'impression que tout, autour de lui, avait été victime d'une de ces maladies. Le pays avait-il commis une faute si terrible pour mériter ainsi cette punition envoyée par les esprits ? Le pays près du village du vieil homme et de la femme avait attrapé la lèpre.

A une centaine de mètres au-delà du croisement se trouvait l'entrée d'un second campement : de longs bâtiments bas, des tentes, des Jeeps, des camions et des véhicules avec d'énormes croix rouges. Quand elle vit les croix, la femme leva les bras et fit des gestes horizontaux et verticaux. Quand ils eurent dépassé les barrières du campement, ils s'arrêtèrent au bord de la route près d'un chemin muletier.

Le garçon quitta sa place à l'arrière de la charrette et vint se poster devant le vieil homme :

– Ce chemin mène à notre village, dit le vieil homme au garçon.

Le garçon baissa les yeux.

– Tu peux rester avec nous un moment, mais après il faudra partir.

Le garçon crut que son cœur allait s'arrêter de battre.

– Tu n'es pas de notre sang et il n'y a pas de place pour toi dans ce village.

– Après tout ce que nous avons vécu ensemble ! dit la femme.

Le vieil homme aurait voulu dire : je demanderai peut-être au charpentier si le garçon peut rester avec nous. Mais l'idée que le charpentier puisse accepter cette idée l'emplissait d'une peur étrange. Quand avait-il ainsi redouté quelqu'un dans sa vie ? Et un jeune garçon en plus.

Il reprit le brancard.

Le garçon suivait à l'arrière de la charrette, comme ils traversaient les champs, les rizières et que le chemin se mettait à monter vers le sommet d'une colline, qui formait un long plateau avant de repartir en pente douce vers des champs recouverts d'herbes sauvages jusqu'à la clôture du campement américain où étaient garés les camions aux croix rouges.

Arrivés au sommet, le vieil homme et la femme reposèrent les brancards et regardèrent vers le bas de la colline. Le garçon pensait qu'ils reprendraient leur route d'un moment à l'autre, et il attendit derrière la charrette, mais comme ils ne bougeaient toujours pas, il s'avança et regarda leurs visages, puis il comprit qu'ils observaient le bas de la colline et il suivit leur regard et vit le village.

Il se dressait à l'extrémité d'une petite vallée ronde au-delà des rizières en paliers. Les arbres nus de l'hiver, des cours, des remises et des maisons de terre aux toits de chaume.

Deux petites filles sur une balançoire dans la cour d'une maison, des jupes rouges et bleues qui flottaient au vent, des chemisiers jaunes et verts, des cheveux coiffés en couettes, attachés par de longs rubans rouges.

Une femme suivait le chemin qui traversait le village, un baluchon sur la tête. De quelques cheminées s'élevait une fumée blanche.

La femme se mit à pleurer en silence, et elle se tourna vers la colline murmurant quelques paroles de reconnaissance à l'adresse des ancêtres du village. Le vieil homme sentait ses cheveux se dresser sur sa nuque, et les lourds battements de son cœur tandis qu'il observait les colonnes de fumée blanche qui s'élevaient dans le ciel. Confusion des sentiments : une joie immense à voir que son village avait été ainsi épargné ; étonnement d'avoir survécu à tout cela ; crainte devant le pouvoir du garçon. Plus aucun doute maintenant. Ce garçon a les mêmes secrets magiques que la racine de ginseng. Qu'il reste dans notre maison. Il détient un pouvoir.

Ils tirèrent la charrette jusqu'au bas de la pente, traversèrent les rizières et entrèrent dans le village. Les petites filles sautèrent de leurs balançoires, saluèrent bruyamment le vieil homme et la femme, et jetèrent des regards intrigués vers le garçon. Des hommes et des femmes apparaissaient sur le seuil de leurs maisons et se parlaient à voix basse tout en regardant vers la colline.

L'étable était là, intacte, mais quand le vieil homme y entra, il ne trouva plus de son bœuf qu'une enveloppe de cuir et quelques os qui tombaient en poussière sur la terre battue. Une horrible puanteur flottait dans l'air et il ressortit rapidement.

On s'en occupera demain.

Dans le puits profond, derrière l'étable, la cruche de kimchi en terre cuite était toujours là, sous la terre, personne n'y avait touché. Mais les rats avaient mangé la plupart du riz dans les deux sacs entreposés dans la remise à côté de l'étable. Et il ne restait rien du poisson séché.

Murmurant toujours des paroles de gratitude aux esprits de ses ancêtres, la femme entra dans la maison. De petits animaux détalèrent, laissant sur le sol des traces en zigzag dans la poussière épaisse. La grande pièce était froide, il y régnait la même odeur de moisissure que dans la grotte. Des hommes et des femmes apparurent sur le seuil et se mirent à parler à voix basse avec le vieil homme et la femme. Où ? Combien de temps ? Presque tous des paysans. Regards d'étonnement à la vue du garçon. Des filles passèrent la tête à l'intérieur, regardèrent le garçon et gloussèrent.

Ce n'était que le début de l'après-midi, mais le garçon se sentit soudain très fatigué.

Un homme se tenait dans l'embrasure de la porte, décharné, la peau brune, le visage ridé, osseux, des yeux étroits, sombres et étincelants, des doigts épais et des mains calleuses. Il était tête nue, portait une veste noire, des pantalons larges et des chaussures de caoutchouc. Il avait les cheveux blancs et quelques minces poils de barbe blancs poussaient au-dessus de ses lèvres et sur son menton. Il avait l'air très vieux ; il regarda longuement le garçon, le vieil homme vint à sa rencontre, ils sortirent ensemble et s'entretinrent à voix basse.

Le garçon observait la femme qui s'était mise à nettoyer la maison. Elle enlevait la vermine sur les murs avec une brosse, soulevait les nattes, inspectait les parois coulissantes, puis elle balaya le sol. Elle dit au garçon où était remisé le bois, il traversa la cuisine, rapporta du bois et le mit dans le poêle. Elle alluma le feu. La fumée brûlante, qui circulait à travers les conduits sous le sol jusqu'à la cheminée de l'autre côté de la maison, se mit à réchauffer l'air environnant.

Le garçon s'assit, jambes croisées sur le sol nu, il appuya la tête contre le mur. Le feu et les cendres. Ma maison. Je suis fatigué. Malade, de nouveau ?

Il s'endormit, toujours assis par terre, et rêva que la maison était en feu.

Quelqu'un lui secoua l'épaule. Il ouvrit les yeux et vit le visage du vieil homme.

Le sol était brûlant. Il se mit sur ses pieds encore à moitié endormi.

Il s'entendit lui-même dire :

– Je vais retourner dans mon village.

– Le charpentier est un sage, dit le vieil homme, il est allé dans de nombreuses villes, il a vu les cités et les montagnes du Nord. Il dit qu'il serait cruel de te renvoyer, tu peux donc rester ici aussi longtemps que tu le voudras.

– Très respectueusement, je vous le répète : je partirai demain.

– Tu devrais rester jusqu'à ce que tu retrouves tes forces, dit la femme.

– Reste aussi longtemps que tu voudras, répéta le vieil homme.

Étrange vieillard. Il veut que je reste maintenant. Pourquoi ?

– Le charpentier dit que tu peux travailler pour les étrangers.

– Je vous le dis très respectueusement, je resterai jusqu'à ce que je retrouve mes forces, puis je retournerai dans mon village.

– Comme tu voudras. En attendant si tu changeais d'avis et décidais de travailler pour les étrangers, le charpentier te dira ce qu'il faut faire.

– Je ne veux pas travailler pour les étrangers.

– Nous avons besoin de manger, dit le vieil homme. Beaucoup de gens dans le village travaillent pour les étrangers maintenant. Ce n'est pas déshonorant.

– Ma mère était servante dans la maison du gouverneur de la province, dit fièrement la femme.

– Je veux rentrer chez moi.

– Si ton village a brûlé et si tous les tiens sont morts, tu n'as plus de foyer, dit le vieil homme, ton foyer sera une maison pour les enfants sans parents, ou bien tu traîneras dans les champs, de par les routes et les rues.

Et la femme demanda :

– C'est pour ça que nous t'avons sauvé ?

– Je suis très fatigué, dit le garçon.

Il voulait s'asseoir par terre, appuyer sa tête contre le mur et s'endormir. Pourquoi est-ce que je n'ai pas retrouvé la petite fille ? Elle serait retournée avec moi au village.

Le sol était chaud. Il sentit la chaleur s'élever, caresser son visage et ses yeux.

La femme alla chercher les nattes à l'extérieur. Ils avaient laissé la charrette dans la cour, près de l'arbre. L'homme en sortit la boîte qui contenait l'esprit de son père et la plaça avec un geste plein de tendresse contre un mur de la pièce principale. A travers l'ouverture de la porte, le garçon vit la femme qui secouait les couvertures et passait la main sur les coins et les bords pour chasser les poux. Elle mit deux coussins à plat sur le sol et les enveloppa d'une couverture. Elle emporta un troisième coussin dans l'autre pièce, ainsi que les gants et une autre couverture.

L'homme était accroupi par terre et mordillait le tuyau de sa pipe.

– Je vais te donner un bain, dit la femme au garçon, ensuite, tu dormiras.

– Je peux prendre un bain tout seul.

– Je le sais, bien sûr, mais tu es trop fatigué.

– Je ne suis plus un enfant.

– Je ne sais pas ce que tu étais avant, dit la femme, mais personne ne pourrait plus dire aujourd'hui que tu es un enfant.

Elle alla tirer de l'eau au puits et la fit chauffer dans des casseroles sur le poêle; le garçon était assis, jambes croisées, entièrement nu dans une bassine posée à même le sol chaud de la grande pièce, et elle lui lava le visage, le cou et les bras en ayant soin de ne pas passer la main sur ses lèvres meurtries. Puis elle lui lava le dos et la poitrine.

Le vieil homme était assis par terre, à fumer sa longue pipe et à observer la femme qui faisait la toilette du garçon.

Comme il est maigre, on voit ses côtes et les os qui saillent sous la peau. Son pénis et ses testicules semblent bien formés, même s'il n'a pas encore de poils. Ces années avant que le corps ne se transforme. Il s'en souvenait vaguement, comme à travers un écran de fumée sombre; mais l'époque où il chassait avec son Oncle, ça il s'en souvenait bien. Comme elle le lave avec douceur. C'est presque un adolescent, et elle fait sa toilette comme s'il n'était encore qu'un enfant. L'enfant s'il avait vécu nous serait maintenant d'un immense réconfort, dans notre vieillesse, il y aurait des petits-enfants qui courraient de partout. Les esprits ont décrété qu'il n'en serait pas ainsi. Esprits de colère, nous leur donnons sans cesse des offrandes, sans résultat. Arrête, il ne faut pas penser des choses pareilles, tu vas réveiller leur colère. Arrête de penser de cette façon. Peut-être nous ont-ils donné ce garçon en échange; il détient de grands pouvoirs. Voyez-moi avec quelle tendresse elle lave ses cuisses, son dos et ses testicules. Il se laisse faire, il a l'air si fatigué. Elle chante. Qu'est-ce qu'elle chante? *Arirang, Arirang Ô Arirang, le chemin d'Arirang est long et difficile. Devant la maison, le jeune savant néglige ses livres, et à l'arrière de la maison, sa jeune épouse négligée pleure en silence.* Voix de vieille femme. C'est une brave femme. Mais têtue. Les esprits ont été cruels de lui prendre l'enfant. Voyez-moi comme elle l'essuie maintenant: elle lui met une de mes vieilles chemises, et des vieux pantalons et des chaussures de caoutchouc et ils rient ensemble parce que les vêtements sont trop grands. Les esprits se jouent-ils de nous? Se servent-ils de nous pour leur amusement? Il y a un pouvoir magique dans ce garçon, mais il remue trop de souvenirs.

Le garçon dormit sur un matelas propre dans la même chambre que le vieil homme, et la femme alla se coucher dans la petite pièce à côté. Au petit matin, quand le vieil homme et la femme se réveillèrent, le garçon dormait toujours. Ils s'efforcèrent de ne pas faire de bruit pour ne pas le réveiller. Quand le vieil homme revint à la maison vers midi après s'être promené à travers ses champs et ses rizières, le garçon dormait toujours. Il resta un long moment, à côté de la femme à observer le garçon puis il sortit pour aller chercher du bois et alimenter le poêle.

Le garçon dormit beaucoup pendant les semaines qui suivirent mais il lui arrivait souvent de se réveiller au milieu de la nuit et il écoutait la respiration sèche du vieil homme. Et le silence qui régnait sur le village. Aucun son ne lui parvenait de la grande route, le village était pris dans une carapace de silence au pied des montagnes. Il se réveilla une nuit dans une caverne où des créatures ailées et velues s'agglutinaient sur son visage; une autre fois, il se retrouva dans le bidonville au milieu de la plaine, l'air était lourd de cette fumée noire, étouffante, et la fille était dans l'embrasure de la porte comme un fantôme lui faisant signe de le suivre. Il se réveilla, tremblant et couvert de sueur, son cœur battait sourdement et sa blessure était douloureuse et brûlante.

Il se leva tard un matin et aida la femme à porter du bois dans la cuisine, puis il se promena dans le village. Il y avait des nouveau-nés dans les cours des maisons, des filles sur leurs balançoires, des hommes qui réparaient les routes et les canaux d'irrigation dans les champs et les rizières, des femmes qui lavaient et préparaient à manger. Ce village était plus petit que le sien, environ une douzaine de foyers, un seul chemin, des granges, des cours, des arbres. Il n'y avait pas de garçons de son âge. Travaillaient-ils tous pour les étrangers ? Et pas d'animaux. Pas de vaches, ni de bœufs, ni de chiens. Pas de poulets.

Le soir, quand les gens se retrouvaient parfois dans la maison du vieil homme et de la femme, le garçon écoutait les conversations. Des propos de paysans. Ils parlaient du temps, des labours. Du manque de graines à planter. De la récolte perdue. De la famine. Peut-être la nourriture viendrait-elle du gouvernement ou des étrangers.

Quand ils discutaient de la guerre qui faisait rage encore tout là-bas, dans le Nord, ils baissaient la voix et parlaient d'un ton angoissé. Les villages tout autour avaient été réduits en cendres. Deux des fermiers avaient perdu leurs femmes, elles étaient mortes de faim et de maladie dans les camps de réfugiés. Un vieillard avait été tué par une bombe américaine.

Personne ne comprenait pourquoi le village avait été épargné. Le garçon remarqua que, chaque fois qu'ils abordaient ce sujet, certains jetaient un regard vers la colline au-delà du village et se mettaient à murmurer des paroles qu'il ne parvenait pas à entendre.

Il monta au sommet de la colline un après-midi, au début du printemps et découvrit des tumulus funéraires dispersés çà et là sur les étendues planes le long de la pente douce. Il n'y avait pas de tombe au sommet, tout avait été envahi par les mauvaises herbes. Il marcha un moment entre les tumulus, puis jusqu'au sommet de la colline. Il pouvait apercevoir à quelque distance de l'endroit où il se tenait le campement américain avec ses tentes, ses longs bâtiments et ses grandes croix rouges. Les véhicules qui passaient sur la grand-route soulevaient un nuage de poussière jaune qui flottait au-dessus du campement. Tandis qu'il observait ce spectacle, un petit avion prit son élan sur la piste de décollage, puis s'éleva dans les airs.

Ce soir-là, alors qu'ils étaient assis sur leurs nattes, après le repas, le garçon annonça au vieil homme et à la femme qu'il désirait retourner dans son village.

La femme eut un clignement de paupières et baissa les yeux.

– Tu devrais peut-être attendre encore un peu, dit le vieil homme au bout d'un moment.

Les autorités locales leur avaient promis une distribution de graines et il voulait que le garçon reste pour faire agir ses pouvoirs magiques sur la récolte.

– Je vous le répète très respectueusement, ce sera demain, ou après-demain.

Le vieil homme sortit pour aller parler avec le charpentier.

– Déjà, murmura la femme, tu te sens assez fort ?

– Les neiges ont fondu et il fait chaud maintenant.

– Je pensais que tu resterais plus longtemps.

– Si tout le monde est mort, est-ce que je peux revenir ?

Elle hocha la tête d'un air grave.

– Et si tu trouves quelqu'un, tu ne reviendras pas.

– Je reviendrai vous rendre visite.

– Comme j'espérais que tu resterais encore un peu ! dit-elle.

Le vieil homme revint avec le charpentier. Ils s'assirent par terre autour de la table basse. Quelques grains de riz étaient restés collés à la barbe du charpentier.

Le vieil homme s'adressa au garçon :

– Le charpentier a quelque chose à te dire.

– Voilà ce que je voudrais te dire, fit le charpentier, d'une voix étrange, faible, qui semblait être le seul souffle d'air qui pût passer entre ses lèvres ridées. Les grains de riz tremblaient sur ses poils de barbe épars.

» Je voudrais te dire que tu ne devrais pas encore quitter le village. Je vois que ton départ amènerait de grands malheurs.

Le vieil homme dit :

– Le charpentier a beaucoup voyagé, et il a vu beaucoup de choses. Il est allé dans la vallée de Shuotsu et au fleuve Tumen dans le Nord et au grand temple millénaire de Bouddha, près de Myokosan. Il s'est rendu au sommet de la montagne sacrée, au Lac des Cieux, et il est descendu dans la grotte au centre de la terre.

Mais le garçon n'avait jamais entendu parler de ces endroits et il sentit comme un vide dans la voix du vieil homme. Est-il en train de répéter des mots qu'il ne comprend pas ?

La femme dit :

– Il est sage d'écouter ce que dit le vieux charpentier.

– Reste jusqu'après les semences, dit le vieil homme.

– J'ai vu les esprits de mon père et de ma mère en rêve, répondit simplement le garçon.

Ils lui lancèrent des regards étonnés.

– Je les ai vus deux fois.

– Et que faisaient-ils dans tes rêves ? demanda le charpentier.

– Ils me parlaient mais je ne pouvais pas entendre ce qu'ils me disaient et je ne pouvais pas leur répondre.

Le charpentier secoua la tête et soupira. Il se passa la main dans la barbe. Les grains de riz tombèrent sur sa chemise blanche.

– Alors il faut que tu partes, dit-il.

La femme poussa une plainte à peine audible. Ils donnent et reprennent. Esprits cruels et sans cœur. Le vieil homme s'affaissa. La peur s'abattait sur lui. Le pouvoir s'en allait. Le monde devenait plat et creux. Et montait la crainte des démons déchaînés.

– Sais-tu comment te rendre à ton village ? demanda le charpentier.

Une intonation de tendresse s'était glissée dans ces paroles prononcées à voix basse.

– Non ? Viens me voir quand tu seras prêt pour le départ, et je t'indiquerai le chemin le plus sûr.

Il se leva difficilement et le vieil homme l'accompagna au-dehors.

– Je souffre de te voir partir, dit la femme.

Une déchirure venait de se faire en elle. Obscurité froide et effrayante.

Le vieil homme revint, ils s'assirent ensemble un moment sur les nattes, sans rien dire.

Deux jours plus tard, le garçon quitta le village, emportant avec lui un paquet de boulettes de riz, et une couverture enroulée que la femme lui avait donnée. Il traversa les champs et les rizières, puis tourna à hauteur de la grand-route, la suivit jusqu'au pont de pierre et de fer construit très haut au-dessus du fleuve. Entre ses berges boueuses et couvertes de galets, il courait sombre et rapide au milieu de collines élevées. Les arches du pont étaient intactes à chaque extrémité mais il avait été détruit en son centre, et n'était plus maintenant qu'un assemblage de planches qui faisaient un bruit inquiétant chaque fois que les Jeeps et les camions le traversaient. Un mince tuyau de fer servait de rampe sur le passage réservé aux piétons. Il s'agrippa fermement à cette rampe et sentit ses jambes faiblir et se glacer comme il regardait en bas l'eau écumante autour des piliers du pont, tout là-bas.

De l'autre côté du pont, la route repartait en pente raide jusqu'à hauteur de la rivière et en suivait le cours. Il rencontra des hommes qui redescendaient du haut de la colline avec leurs porteurs sur les épaules, chargés de brindilles. Personne ne fit attention à lui.

Plusieurs mois auparavant, comme il fuyait son village, il avait traversé la rivière à gué, plus au nord, mais le charpentier l'avait prévenu que la rivière était traître maintenant avec la fonte des neiges. Vers midi, comme il était couvert de sueur, il s'arrêta à l'ombre d'un arbre dont les feuilles venaient de sortir, et il mangea une des boulettes de riz. Les yeux de la femme, ils étaient sombres et humides quand elle m'a tendu ce paquet et la couverture. La même couverture dont nous nous étions servis dans la grotte, et plus tard aussi, mais elle était bien plus propre maintenant, c'est ce qu'elle m'a dit avec un sourire triste sur les lèvres. Le vieil homme était muet et renfrogné. Furieux si je reste, furieux si je pars. Drôle de vieil homme.

Un avion passa au-dessus de sa tête. Rapide, argenté, très haut dans le ciel; petit avion fragile, vert comme une olive; un avion avec des ombres tourbillonnantes au-dessus et pas d'ailes. Des engins sur terre, des engins dans les airs. Les étrangers semblaient avoir un nombre infini de machines. Est-ce que les machines ont des esprits ? Est-ce que les étrangers vivent comme ça dans leur propre pays, avec des machines partout ?

Au début de l'après-midi, il passa devant une petite maison sur le bord de la route, et il vit trois jeunes femmes qui se prélassaient près de la porte, il y avait une Jeep vide garée à proximité. Une des jeunes femmes portait une jupe et avait la poitrine complètement dénudée. Le garçon qui marchait rapidement vit la chair pleine et ronde et légèrement hâlée, les cercles plus sombres au milieu desquels pointaient deux mamelons, son cœur se mit à battre, une folle chaleur lui monta au visage et une étrange sensation le tarauda entre les cuisses. Il passa juste devant la maison et aucune des femmes ne lui adressa le moindre regard.

Plus tard, il quitta les berges du fleuve et suivit un étroit chemin de montagne. Vers le soir, il découvrit une petite clairière, étala sa couverture et alla ramasser du bois pour faire un feu. Il s'assit près du feu et mangea une autre boulette de riz. Au bout d'un moment, il s'endormit sur le sol enveloppé de sa couverture et se réveilla en tremblant au milieu de la nuit. Il remit du bois sur les braises et se rendormit jusqu'à ce que le soleil le tire de son sommeil dans le silence du petit matin. Il ouvrit les yeux avec l'impression que sa mère l'appelait et qu'il entendait Badook aboyer quelque part au milieu des arbres. Il se lava le visage dans les eaux froides d'une cascade, et continua son chemin.

De temps à autre, il apercevait l'éclat du fleuve qui brillait au soleil à travers les arbres. Ne quitte pas le fleuve des yeux, avait dit le charpentier, et qu'il soit toujours sur la droite. Un vieil homme bon et sage. Souvent ivre le soir, et bruyant. Comment avait-il appris tant de choses ?

Il traversa un grand pré et arriva à l'orée d'une forêt où le chemin s'interrompait brusquement. Un mur d'arbres. Des chênes, des bouleaux, des ormes, des pins. Un toit ouvert de branchages et d'épines, de cônes et de jeunes feuilles. Odeur de l'ombre humide et fraîche. Sol meuble, humus couvert de feuilles en décomposition. Grands arbres, racines noueuses et tentaculaires, troncs creux et pourrissants. Et le bruit de ses pas qui traînent sur les feuilles.

Il s'orientait en observant attentivement les arbres. Repère un grand arbre, loin devant, avait dit le charpentier, et va jusqu'à lui, puis repère un autre arbre. Regarde où pousse la mousse sur certains arbres, elle pousse toujours côté nord. Quand tu sortiras de la forêt, tourne à droite et suis la ligne des arbres. Tu verras bientôt l'étang que tu me décris. Sa voix comme un murmure. Comme le vent à travers un tube. La voix de Grand-Père, elle est grave, nasale. La voix de Mère, douce et tendre. La voix de Père, sonore. Là, là-bas, un flot de lumière, le soleil, la fin de la forêt. Dégringoler le long de la colline herbeuse. Les souris des champs dans l'herbe et oui, c'est ça, les saules et l'étang, là, l'étang.

Les voix.

L'étang, à l'extrémité de la vaste prairie en bordure de la forêt, était séparé du village par une rangée de saules. Des hommes et des femmes sur ses rives, des inconnus et des baraques dressées les unes à côté des autres. Une écume jaunâtre sur l'eau stagnante bouillonnait monstrueusement le long de ses berges. Une puanteur s'élevait des eaux de l'étang, épaisse et suffocante, le garçon sentit qu'elle le saisissait à la gorge.

Personne ne l'avait vu sortir de la forêt. Personne

ne fit attention à lui tandis qu'il dépassait l'étang en direction du village.

Les baraques se serraient les unes contre les autres sur la terre noircie, encore maculée de cendres. Le sol était imprégné d'urine, la terre souillée de restes de feux de camp. Murmure confus de voix d'hommes et de femmes accroupis. Des enfants à moitié nus traînaient çà et là. Des garçons d'à peu près son âge bavardaient en petits groupes. Des filles sautaient à la corde dans des nuages de poussière. L'air empestait la crasse. Il allait au hasard, stupéfié. Où était sa maison ? Où était la cour où sa mère et les domestiques coupaient les légumes, réparaient les vêtements, où ses sœurs et ses frères jouaient ? Où était la maison voisine du gros Choo Kun ? Ici et là, les restes d'une maison avaient servi à la construction d'un abri. Tuiles calcinées, pierres d'angle, une planche de pin fendue, une poutre noircie. Est-ce là mon village ? Est-ce que je me suis trompé de chemin ? Mais la forêt est bien là, et l'étang aussi. Et le pré. Mes amis faisaient des feux de joie dans le pré au quinzième jour de la nouvelle année. Et puis, et puis les cerf-volants au printemps et en été. Et les baignades dans l'étang sous la lune d'automne pour éloigner la maladie pendant le reste de l'année. Et puis et puis, quand j'étais assis sur les berges à chanter. Et Badook Trois Quatre Deux Trois qui ressortait de l'eau après avoir nagé et qui se secouait. Et puis encore...

Il allait et venait entre les abris comme un fou, à la recherche d'un visage connu. Personne ne prêta attention à lui.

Hors du village, le long du flanc de la colline, il chercha les tombes. La terre était creusée par les éclats d'obus et de nombreux tumulus avaient été écrasés. Il ne trouva pas les tombes de ses ancêtres.

Il retourna à l'étang. Un vieillard pissait dans l'eau, son phallus comme un gros ver brun ridé dans la lumière du soleil. Le garçon chercha la clairière dans la forêt où il avait autrefois campé avec ses frères et Badook quand la tempête avait renversé leur tente faite de couvertures. Il ne la trouva pas.

Il continua à travers la forêt, d'abord en marchant vite, puis soudain à un tournant, il se mit à courir; il ressortit de la forêt au crépuscule et dormit cette nuit-là non loin de la maison où se trouvaient les jeunes femmes sur les rives du fleuve. Vers la fin de la matinée, il traversa le pont et vers midi, il fut de retour dans le village du vieil homme et de la femme.

Le vieil homme travaillait dans les rizières lorsque le garçon apparut au sommet de la colline basse près du village. Surpris, il s'appuya sur sa bêche et, en plein soleil, plissa les yeux. Le garçon, le regard baissé, fixé sur le sol, ne vit pas le vieil homme. Déjà de retour. Un poids sur les épaules. Les esprits de son village se sont montrés cruels. Le garçon n'utilisera plus son pouvoir que pour nous maintenant. Ce n'était pourtant pas un sentiment de triomphe ou de joie qui emplit le vieil homme, mais un chagrin et une douleur qu'il n'avait encore jamais connus. Il ne comprenait pas ce qu'il ressentait et il s'en inquiéta.

Dans la maison, la femme était couchée, souffrant d'une maladie qui l'avait saisie le jour où le garçon était parti. Une faiblesse dans les bras et dans les jambes et les battements de son cœur devenus à peine perceptibles. Elle entendit les pas du garçon dans la cour puis dans la grande pièce et elle se leva rapidement pour l'accueillir. Elle lui apporta de l'eau chaude, et dans la cour, il se lava des souillures du voyage; puis dans la grande pièce il mangea un bol de soupe de riz chaude, et il s'allongea pour dormir. Elle s'accroupit près de lui, murmurant des mots indistincts et faisant de son bras de grands gestes verticaux et horizontaux.

Le lendemain, le garçon parla brièvement avec le charpentier, et la semaine suivante il alla travailler pour les Américains.

8

Le matin où le garçon quitta le village, suivit la grande route poussiéreuse et entra dans le campement américain pour la première fois, le vieil homme et la femme sortirent de leur maison et se rendirent jusqu'à la rizière, et tandis que le vieil homme l'observait, la femme se passa autour des épaules le harnais de la charrue. Ils se mirent à labourer.

La charrue était faite de bois et de cordes, sauf pour ce qui était du métal recourbé du soc, et la vieille femme tira sous le harnais tandis que le vieil homme guidait la charrue, ses mains sur le brancard, et que le garçon, lui, entrait craintivement dans un des longs bâtiments du campement, accompagné par un soldat coréen qui le mena à travers d'étroits couloirs jusque dans une pièce sombre et lui ordonna d'enlever sa chemise et sa veste. Le soldat coréen disparut derrière un paravent et le garçon entendit sa voix. Un grand Américain s'avança avec le soldat coréen, prononça quelques mots et le soldat coréen ordonna au garçon d'aller se mettre devant la machine qui ressemblait à une fenêtre.

Le soldat coréen était un homme petit et mince,

d'une vingtaine d'années à peine, vêtu d'un uniforme américain, avec des mots étrangers écrits sur sa chemise. Il s'adressait au garçon d'un ton autoritaire. Ne montre pas à l'étranger que tu as peur. Cette machine va regarder à l'intérieur de ton corps pour voir si tu as une maladie des poumons. Si tu as la maladie des poumons, tu ne peux pas travailler pour les étrangers. Il te demande de respirer profondément. Non, non, aspire, n'expire pas avant que je te le dise. La machine se mit à ronronner, puis à bourdonner. Tu peux respirer maintenant. S'ils voient des ombres, ça veut dire que tu as la maladie. Cette cicatrice sur la poitrine, d'où vient-elle ? Ah, tu as de la chance d'être encore en vie. Remets ta chemise et attends ici. Si tu n'as pas la maladie je vais t'emmener à ton travail. Belle veste. Bien coupée. Qui a cousu le col ? Vraiment ? Le charpentier dit que tu ne viens pas de leur village. Où es-tu né ? Ah, désolé. Il ne reste personne ? Les barbares ! Écoute, je vais te donner un conseil, surveille bien ta veste sinon quelqu'un te la volera.

Le garçon attendit dans la pièce mal éclairée. Petit. Me faire tout petit.

La vieille femme tirait la charrue. Soudain, elle sentit une douleur aiguë derrière la tête. Elle s'arrêta pour se passer les mains sur son visage couvert de sueur, et reprendre sa respiration. Un faucon se mit à tourner haut dans le ciel, planant lentement au gré des courants. Il y avait le soleil chaud du printemps et l'eau de la rizière qui lui montait presque jusqu'au mollet, et la boue liquide et fraîche entre ses orteils. Le gouvernement nous enverra les plants de riz trop tard et il y aura peut-être une famine après l'été mais l'homme dit que le pouvoir des bons esprits nous aidera. J'ai mal aux seins maintenant, qu'est-ce qui pourrait bien me causer de la douleur dans ces vieux sacs desséchés ? Les doigts du nouveau-né qui s'y accrochent, les lèvres qui tètent. Des bruits de gorge comme des miaulements. Comme c'est bon ces petites lèvres au bout de mes seins et ces petits doigts qui effleurent et chatouillent la peau. Il était là un moment, et tout d'un coup, plus rien. Parti. L'homme me crie de continuer.

Un Américain en blouse blanche sortit de derrière l'écran et parla brièvement avec le soldat coréen qui répondit par un hochement de tête respectueux. L'Américain regarda les croûtes sur le visage du garçon et écrivit quelques notes sur un bout de papier qu'il tendit au soldat.

Le garçon suivit le soldat dans une autre pièce où un Américain derrière une fenêtre ouverte prit le bout de papier et tendit au soldat un petit tube que celui-ci donna au garçon.

– Deux fois par jour, matin et soir. Frotte-toi le visage avec ça, dit le soldat coréen, c'est le remède des étrangers pour soigner ton visage.

La femme et le vieil homme avaient labouré presque la moitié de la rizière quand le soldat coréen et le garçon quittèrent le long bâtiment bas pour traverser le campement. Terre brune et nue couverte d'écorchures, bruns les bâtiments bas et les tentes; un bâtiment blanc, avec à une extrémité, une tour surmontée d'une croix, et une rangée de petites maisons de toile aux toits courbes, beaucoup de Jeeps et de gros camions; des camions plus petits aussi, avec de grandes croix rouges comme sur le véhicule qui, avait dit la vieille femme, était conduit par le soldat coréen qui lui avait jeté des médicaments. Est-ce qu'il est encore vivant ce soldat ? Peut-être qu'on devrait faire une offrande à son esprit errant, au cas où il serait mort. Je demanderai à la femme.

Le garçon se rendit compte qu'on le ramenait à l'entrée du campement.

– Est-ce que j'ai la maladie des poumons ? demanda-t-il terrifié.

Il avait un jour entendu ses parents qui parlaient d'un de ses jeunes oncles, un poète et un érudit qui était mort de la maladie des poumons.

– On n'a pas vu les ombres, mais tu ne vas pas travailler ici tant que tes blessures au visage ne sont pas guéries. Reviens dans quatre ou cinq jours. Tu as l'argent ?

– L'argent ? Non, je n'ai pas l'argent.

Le soldat parut étonné et agacé.

– On verra dans quatre ou cinq jours. Si tes blessures ne guérissent pas, tu ne pourras pas travailler pour les étrangers.

Il s'éloigna, laissant le garçon seul à l'entrée du campement.

Un nuage de poussière jaune s'éleva au-dessus de la grand-route. Le soldat casqué devant le poste de garde à l'entrée jeta un regard au garçon.

Le garçon suivit la route jusqu'au chemin qui menait au village à travers les champs et les rizières. Comme il arrivait au sommet de la colline qui dominait les rizières et le village, il vit la femme qui travaillait harnachée à la charrue. Elle avançait lentement, penchée en avant, tirant sur les courroies tandis que le vieil homme guidait la pointe de fer de la charrue sous l'eau de la rizière. Le garçon descendit rapidement le long de la pente et laissa ses chaussures au bord de la rizière, il sentit l'eau semblable à celle d'une mare et la boue sur ses jambes. Sans un mot, il retira le harnais des épaules de la femme et prit sa place.

Derrière lui, le vieil homme donnait libre cours à son mécontentement.

– Les savants et les poètes ne travaillent pas dans les champs. Tu sais ce qu'il faut faire ?

– Veux-tu m'apprendre ?

– Ce n'est pas le moment de t'apprendre ça aujourd'hui. Laisse-la faire.

La femme tendit ses petites mains vers le garçon pour reprendre le harnais. Son visage était couvert de sueur et il entendait sa respiration haletante. Son cœur se serra.

– Très respectueusement, je te le demande : apprends-moi.

Tout d'un coup, le vieil homme devint fou furieux :

– Tu dois m'obéir ! Comment t'a-t-on élevé ? Un garçon devrait savoir rester à sa place, je te dis de le lui rendre.

Cédant devant la colère du vieil homme, le garçon rendit le harnais à la vieille femme, alla remettre ses chaussures et retourna à la maison.

Je n'ai jamais vu ça dans mon village, une vieille femme qui tire une charrue.

Plus tard dans la journée, il vit la femme accroupie au bord de la rivière avec d'autres femmes, elles faisaient la lessive et bavardaient entre elles, de la guerre et des Chinois et de leur fuite, loin du village. Où avaient-ils trouvé le garçon ? Le fossé les berges de la rivière la mer la grotte la montagne la plaine. Le poisson le chien. Elle ne parla pas des monticules de terre ni du nuage de fumée noire, ni de la puanteur. Tout en parlant, elles lavaient les habits et les frappaient de leurs battoirs sur le rocher plat. La femme essora les habits en les tordant et les empila tels quels puis les posa sur la tête et repartit vers la maison.

Le soir, elle prépara un dîner de soupe de riz et de kimchi, et elle s'assit pour manger avec le vieil homme et le garçon.

Le vieil homme voulait savoir si le garçon pourrait rapporter de la nourriture de chez les étrangers et le garçon leur décrivit la machine avec la fenêtre et le médicament pour ses blessures au visage.

Le vieil homme tira une bouffée sur sa longue pipe.

– Je suis un paysan, pas un érudit. Il semblait las et vexé. Redis-moi ce que fait cette machine.

Le garçon essaya de le lui expliquer.

Le vieil homme n'en revenait pas.

– Cette machine voit à l'intérieur du corps ? Le cœur, et le foie, les poumons ?

Effrayée, la femme demanda :

– Est-ce qu'elle voit les esprits ?

– Le soldat qui était avec moi m'a dit qu'elle ne voyait que les lumières et les ombres.

– Elle ne peut pas voir les esprits, ils seraient comme nous.

Elle arrivait à peine à garder les yeux ouverts.

Serais-je malade ?

– Nous avons vu les esprits de la grotte, dit le garçon.

– Ils sont apparus comme des souris ailées, juste à

nos yeux, dit la femme. Peut-on vraiment savoir à quoi ressemblent les esprits?

– Cette conversation ne m'intéresse pas, dit le vieil homme, c'est du bavardage de femme.

Il se tourna vers le garçon :

– Tu dois essayer de nous rapporter de la nourriture. Surtout de la viande.

– Je ne peux pas y retourner avant quatre ou cinq jours.

– Quand tu y retourneras, tu devras nous rapporter de la viande, dit le vieil homme.

Il tira sur sa pipe et lança un nuage de fumée.

La femme emporta les bols et partit dans la cuisine.

Le garçon utilisait le remède, une pommade blanche, tous les matins et tous les soirs; il l'appliquait précautionneusement sur les plaies de son visage. Le matin et l'après-midi, il observait souvent les filles qui jouaient non loin de là sur leur balançoire, et les fermiers du village dans leurs champs et le vieil homme et la femme qui travaillaient, le dos courbé, semant dans la rizière, puis labourant leur autre champ pour ensuite y semer du millet. Il y avait de nombreux oiseaux dans les champs et les arbres et il écoutait leur chant. Souvent d'immenses oiseaux noirs tournaient là-haut dans le ciel. Des faucons.

Le soir du troisième jour, le charpentier regarda le visage du garçon et lui dit que ses plaies étaient presque guéries. Il lui suffisait d'utiliser le remède pendant encore deux jours et il pourrait ensuite retourner au campement des Américains. Il dit au garçon qu'il avait oublié de le prévenir d'une chose : si le soldat coréen lui demandait de l'argent, il devait lui répondre qu'il le prendrait sur sa première paie.

– C'est un cadeau que tu dois lui donner pour t'avoir trouvé ce travail, dit le charpentier. Il ne prendra que ce qui lui est dû et rien de plus.

– Souviens-toi de rapporter de la viande, dit le vieil homme au garçon.

– Et où crois-tu qu'il trouvera de la viande ? fit le charpentier, tu t'imagines que les étrangers distribuent de la viande comme ça ?

Le garçon se réveilla au milieu de la nuit, il avait cru entendre dans son sommeil le bruit d'armes à feu en bordure du village. Il resta allongé, tremblant de peur, mais tout ce qu'il percevait dans l'obscurité moite, c'était la respiration du vieil homme et le bruit des souris qui détalaient sur le plancher.

Deux jours plus tard, le soldat coréen ramena le garçon dans le bâtiment et l'Américain dans la blouse blanche lui examina le visage et écrivit quelques mots sur un bout de papier blanc qu'il tendit au soldat. Le soldat emmena le garçon à travers le camp jusque dans un autre long bâtiment et, au moment même où ils entraient, la vieille femme qui était en train de laver les habits dans le ruisseau derrière le village sentit un vertige qui lui montait à la tête comme un bouillonnement. Elle s'assit sur la pierre plate, ferma les yeux, elle s'imagina la maison en train de brûler et regarda terrifiée par-dessus son épaule. La maison était là, intacte, paisible. Qu'est-ce que cela voulait dire ? Était-ce une vision envoyée par un esprit malin ? Mère m'aurait dit de préparer rapidement un bol de riz médicinal et de le manger. Mais où pourrais-je trouver du sucre, du miel, des prunes, maintenant ? Elle attendit que ce mauvais moment passe, son cœur se remit à battre plus lentement, et elle reprit sa lessive. Quand elle eut fini, elle remonta les manches de sa chemise sur ses bras rougis et elle retourna à la maison, portant le linge en un paquet posé sur la tête.

Les femmes qui bavardaient autour d'elle et en face sur l'autre rive n'avaient rien remarqué de son malaise passager.

Avant d'entrer dans le bâtiment, le soldat coréen demanda au garçon :

– Tu as l'argent ?

– Je vous le donnerai quand j'aurai reçu ma première paie, répondit le garçon et le soldat parut satisfait.

L'intérieur du bâtiment se composait d'une longue pièce au plafond bas, également de taille importante avec des éviers, des poêles, des armoires et des boîtes pleines de nourriture. Un Coréen d'âge moyen en tablier blanc et coiffé d'une casquette blanche se tenait à côté d'une table, un grand couteau à la main. Un adolescent était vautré sur des sacs de pommes de terre, lui aussi portait un tablier blanc et une casquette blanche.

– Voilà le nouveau commis, fit le soldat coréen.

L'adolescent allongé sur les sacs de pommes de terre produisit un ricanement déplaisant.

– Toi, tais-toi, lui dit l'homme. Ferme ta gueule, bon à rien.

Il se tourna vers le garçon :

– Tu travailles dur ?

Le garçon répondit par un hochement de tête; il avait la gorge serrée et sèche.

– Si tu travailles dur, tu pourras travailler ici, sinon, tu fiches le camp.

L'autre garçon bâilla.

– Quand est-ce que tu vas me débarrasser de celui-là ? demanda l'homme au soldat coréen, en désignant l'adolescent de la pointe de son couteau.

– Je t'ai trouvé un deuxième garçon, dit le soldat, alors ne fais pas d'histoire.

Il sortit.

L'homme regarda le garçon.

– Tu sais quel genre d'endroit c'est, ici ?

Le garçon secoua la tête.

– Écoute, dit l'homme, je suis le cuisinier, quand je te parle tu me réponds avec des mots.

– Non, fit le garçon.

– C'est un bataillon de docteurs et d'infirmiers; c'est ici qu'ils amènent les malades et les blessés. Et c'est ici que mangent les officiers. Comment t'appelles-tu ?

Le garçon lui donna son nom.

– Où est ton village ?

Le garçon répondit aussi à cette question.

– Tu es loin de ton village.

– Mon village a brûlé. Tout le monde est mort.

Le cuisinier et l'adolescent le considérèrent sans rien dire.

– Tout le monde est mort, dit le garçon. Grand-Père et Mère et mon père, mes sœurs, mes frères et aussi et aussi mes oncles, mes tantes mes amis et Badook mon chien a disparu et aussi... et... tout a disparu.

Le cuisinier et l'adolescent restaient sans mot dire.

– Je ne veux plus parler de mon village, dit le garçon.

Le cuisinier ferma les yeux, les rouvrit. Au bout d'un moment, il dit :

– Très bien, je vais te parler de ton travail dans les cuisines. Tu apprendras peut-être quelque chose. Ce gros paresseux là-bas refuse d'apprendre quoi que ce soit.

L'adolescent grimaça un sourire.

– Tu sais éplucher une patate ? demanda le cuisinier au garçon, je vais t'apprendre.

– Apprends-lui à éplucher un oignon, fit l'adolescent.

– Sors de là ! Fiche le camp ! cria le cuisinier en agitant son couteau. Va t'occuper de tes sales affaires.

L'adolescent éclata de rire et quitta la cuisine.

– Ce garçon ne vaut rien, fit le cuisinier. Mais je suis obligé de le garder pour un certain nombre de raisons. Commençons. Tu te portes bien ? Tu as l'air malade. Où habites-tu ?

– Au village de l'autre côté de cette colline.

– Avec qui vis-tu ?

– Des paysans, un vieil homme et une vieille femme qui m'ont trouvé quand j'étais blessé.

– Ils te nourrissent et ils te permettent de vivre chez eux ? Ce sont de bien braves gens. Des gens comme ça on les compte sur les doigts de la main... je te donnerai quelque chose à leur apporter. Mais il faut que tu travailles dur pour moi et pas comme cette teigne de paresseux et de voleur.

Le garçon pela des pommes de terre et des

oignons, il écossa les haricots, apprit à mettre la table, et ce soir-là, il servit des plats de viande. Allant et venant sans se faire remarquer parmi les officiers; à la fin de la journée, le cuisinier se montra satisfait et lui fit un cadeau. Quand le vieil homme vit le cadeau, il regarda le garçon, ébahi, et quand le charpentier sentit la fumée du cadeau qu'on faisait cuire, il se dépêcha d'aller leur rendre visite et le vieil homme lui donna un bout du cadeau : ils étaient là à mâcher et à avaler et ils jetaient de temps à autre un regard vers le garçon; le vieil homme se disait : il ne faut pas que ce garçon me quitte, ce garçon a été touché par les esprits, il détient un pouvoir bénéfique.

Comme la femme savourait la viande, la mâchait et l'avalait lentement, elle se demandait si cette nourriture n'allait pas la guérir du mal et de la fièvre dont elle souffrait au-dedans d'elle... Au matin, à sa grande joie, elle se sentait bien et, comme le garçon se rendait vers le campement, elle prit le chemin des champs avec le vieil homme.

Le garçon travailla plusieurs semaines aux cuisines, à peler des pommes de terre et à apprendre à cuire des œufs, des légumes, de la viande, à servir les plats et à laver le sol de la salle à manger des officiers tous les matins. De temps à autre, l'adolescent apparaissait et le cuisinier demandait au garçon de quitter la cuisine, et tous deux parlaient à voix basse. Parfois le cuisinier élevait la voix, traitait l'adolescent de fainéant et de vermine, mais l'adolescent se contentait de rire et de déguerpir à toute vitesse hors de la salle à manger.

Vers la fin du printemps, la grande route n'était plus qu'une couche de poussière jaune, épaisse de plusieurs centimètres, que les véhicules labouraient sans cesse, projetaient dans l'air, et qui recouvrait les bâtiments et les tentes du campement. Elle se glissait dans la bouche et les narines des gens comme un brouillard sec. Des tempêtes de poussière s'élevaient et retombaient avec l'arrivée des hélicoptères de la Croix-Rouge. L'adolescent apparut un jour et proposa au garçon de lui vendre un masque pour se protéger de la poussière et de la maladie des poumons : seuls les garçons qui avaient trouvé du travail grâce à lui pouvaient obtenir ces masques, et lui ! Est-ce qu'il voulait attraper des ombres dans les poumons et ne plus pouvoir travailler ? Le garçon acheta le masque contre une semaine de salaire, et il s'en couvrait le visage chaque fois qu'il se trouvait dans la zone du campement, en repartant ou en arrivant mais ce n'était pas très efficace et il sentait toujours le goût de poussière sur la langue et tout au fond de la gorge.

La période des semences était terminée, mais les pluies ne venaient toujours pas et il n'y avait pas assez d'eau dans les canaux pour irriguer les champs. La femme avait l'impression qu'une malédiction était en train de s'abattre sur le pays. Les démons de la guerre et de la sécheresse avaient été lâchés et ils se déchaînaient sur les justes et les méchants, sans distinction. Une poussière permanente et les vapeurs chaudes au-dessus des champs et d'étranges vents chauds qui soufflaient du Sud. Une ombre recouvrait le soleil, qui prenait parfois la forme d'une créature ailée. Elle l'avait vue alors qu'elle travaillait dans les champs;

une immense créature velue et monstrueuse qui battait lentement de ses ailes gigantesques. Le père des créatures de la grotte ? Non, celles-là étaient de bons esprits, de bons esprits du ciel et de la terre, de bons esprits des vallées et des montagnes et des grottes qui mettent fin à la guerre et apportent les pluies. Elle s'arrêta dans son travail, au milieu de la rizière et elle fit les mouvements horizontaux et verticaux de la croix. *Que ta volonté soit faite, Seigneur, que ta volonté soit faite.* C'est Mère qui me l'a appris.

Un peu plus tard, elle s'accroupit au bord de la rivière pour faire la lessive, ses bras baignés dans l'eau fraîche et peu profonde, et elle pensa au garçon. A ce moment même, le garçon était en train d'écouter le soldat coréen qui lui parlait dans la cuisine d'un autre garçon qui avait travaillé à nettoyer les petites maisons des officiers et qui n'était pas revenu au campement depuis plusieurs jours, il avait apparemment disparu. Est-ce qu'il voulait prendre sa place ? C'était un travail qui rapportait plus que ce qu'il gagnait aux cuisines.

Le garçon lança un regard interrogateur au cuisinier.

– Tu me voles un de mes meilleurs garçons, dit le cuisinier au soldat.

– Alors, qu'est-ce que tu dis ? demanda le soldat.

– Accepte ! fit le cuisinier.

Le garçon hésitait.

– C'est mieux que de peler des patates, faire la vaisselle et laver le plancher, dit le cuisinier. Tu reviendras me rendre visite. Je te donnerai quelque chose.

Le garçon hocha la tête.

– Alors c'est d'accord, dit le soldat.

– Tu devrais aller à l'école, dit le cuisinier au garçon.

– Ne lui donne pas de drôles d'idées, dit le soldat.

– Tu devrais aller à l'école, tu es un garçon intelligent, et apprendre quelque chose. Tu veux passer le reste de ta vie ici ?

– Quand tu viendras demain, je te montrerai ce qu'il faut faire, dit le soldat. Il faudra que tu me paies pour ce nouveau travail, mais ne t'inquiète pas, je prélèverai l'argent sur ta prochaine paie.

– Tu n'oublieras pas de venir me voir, dit le cuisinier, mais en attendant tu travailles toujours pour moi, allez, finis de préparer ces légumes.

Ce soir-là, le garçon raconta à la femme et au vieil homme qu'il allait avoir un nouveau travail. Le vieil homme lui demanda immédiatement : « Et la viande ? Est-ce qu'on aura toujours de la viande ? » Alors le garçon rapporta au vieil homme ce que lui avait dit le cuisinier, le vieil homme tira sur sa pipe et hocha la tête, pour lui témoigner sa satisfaction. La femme se dit : Ce garçon fait un travail de femme. Que la guerre finisse pour qu'il puisse trouver autre chose. Que les pluies arrivent. Que l'ombre sur le soleil se dissipe.

Un peu plus tard, le charpentier se rendit avec le vieil homme jusqu'à la ville voisine. La femme nettoya les bols et alla s'allonger dans la petite pièce pour dormir. Il faisait noir dehors, et froid ; le garçon était dans la cour, il sentait l'odeur prenante des rizières et il écoutait les bruits du village – l'air de la nuit dans les arbres, les voix paisibles qui s'échappaient des maisons à proximité, les rires étouffés des jeunes filles – et l'obscurité lui parut soudain immense, toute vibrante de mouvement. Les morts grattaient le mince rideau qui les séparait des vivants. Il entendit sa mère qui l'appelait et il tendit rapidement un bras, vers le néant. Était-ce son père ? Espèce d'idiot, pourquoi vis-tu avec des paysans ? Et Grand-Père répondait en murmurant : Idiot ? Où pourrait-il vivre ailleurs ? Regarde-le. Qu'est-ce qui le sépare des orphelins qui traînent de par les rues et les champs ? L'esprit embrumé d'une vieille femme, le ventre creux d'un vieil homme, et de temps à autre, un morceau de viande. Roseau fragile sur lequel s'accroche une vie. Ils étaient tous là à parler autour de lui, doucement, Grand-Père, Mère, Père. Il tendit la main vers son grand-père, toucha quelque chose, et vit vaguement la charrette sous la lumière des étoiles. Toutes ces semaines passées auprès de la charrette lui revinrent soudain à l'esprit : cette charrette, cet assemblage stupide de bois dont se sont servis Père, Grand-Père et Mère, pour m'aider à rester en vie avec le vieil homme et la femme, sur la plage, dans la grotte, la montagne et la plaine. Grand-Père, Mère et Père auraient-ils d'aussi grands pouvoirs alors qu'ils n'ont pas de tombe que je puisse honorer. Peut-être faut-il leur trouver une tombe quelque part ? Les honorer tous ensemble ? Comment ?

Un souffle de vent dans les arbres le fit sursauter. Il resta quelques instants de plus à écouter la nuit, puis il rentra dans la maison. Il dormait quand le vieil homme entra en titubant, se débarrassa avec difficulté de ses vêtements et s'allongea enfin sur son matelas où il se mit immédiatement à ronfler.

Les ronflements réveillèrent le garçon. Incapable de dormir, il se leva, emporta son matelas et sa couverture et sortit dans la cour. Il posa la couverture et le matelas dans la charrette et s'endormit là; il se réveilla gelé dans l'air du petit matin. Il se crut un instant dans l'abri au milieu de la plaine, le feu s'était éteint et il voyait la silhouette de la fille se détacher sur la lumière de neige blanche, et elle lui faisait signe de l'aider à transporter son père mort. Il resta couché, frissonnant dans l'obscurité glaciale et, au bout d'un moment, descendit de la charrette pour retourner à l'intérieur.

Le garçon travaillait dans les petites maisons de toile – il apprit qu'on les appelait des Jamesways – c'était là que vivaient les officiers et il faisait leurs lits, il balayait les sols en bois, nettoyait les fenêtres de plastique, remplissait les réservoirs d'eau, entretenait le feu dans les poêles à mazout. Il faisait ces corvées jour après jour, dans les quatre tentes petites et sombres que lui avait assignées le soldat coréen, et le vieil homme et la femme récoltaient le riz sous la chaleur écrasante, et ils faisaient sécher les plants au soleil.

Tandis que le riz séchait, les pluies arrivèrent et le vieil homme et la femme travaillèrent à sauver la récolte. Mais une bonne part pourrit dans les torrents qui se déversèrent du ciel, sur les flancs de la montagne et à travers les rigoles. Le niveau de la rivière monta et le ruisseau derrière le village déborda, la terre dans la vallée et au pied des collines se mit à bouger et les chemins que l'on empruntait autrefois avec des cargaisons de bois sur les épaules devenaient extrêmement dangereux à cause des mines qui s'étaient déplacées avec les tonnes de boue qui dérivaient. Le garçon vit deux ambulances qui amenaient dans le campement des hommes qui avaient perdu leurs jambes, et une des filles du village qu'il avait vue se balancer dans une cour d'une maison voisine, de plus en plus haut, en riant aux éclats; elle était partie jouer sur le flanc de la colline avec des amies de son âge et elle avait marché sur ce qui ressemblait à une pierre et elle avait disparu dans un bruit sourd et une pluie de poussière, de cailloux et un brouillard de rouges embruns. La pluie avait emporté une partie du toit de chaume de la maison du vieil homme et le charpentier et le vieil homme avaient passé de longues heures à travailler ensemble pour le réparer, et ce même jour, le garçon était allé voir le cuisinier dans la salle à manger des officiers et le cuisinier avait souri, il avait hoché la tête et il lui avait fait un autre présent. L'adolescent était là et il avait dit, l'air de rien :

– Est-ce que le capitaine aime son nouvel électrophone ?

Et le garçon avait dit :

– Il l'écoute tout le temps.

Et l'adolescent avait ajouté, comme par hasard :

– Où est-ce qu'il l'a mis ?

Et le garçon le lui avait dit.

Deux jours plus tard, au matin, le capitaine avait vu en se réveillant que la toile de sa tente avait été coupée pendant la nuit, juste à côté du meuble où il avait posé l'électrophone.

Quand il en entendit parler, le garçon sentit son cœur submergé par la terreur.

Le lendemain, l'adolescent essaya de lui offrir de l'argent mais il refusa.

L'adolescent lui dit :

– Écoute, ne sois pas idiot. Tu crois que ça les dérange ces riches étrangers ? Ils ont tellement d'argent qu'ils ne savent pas quoi en faire. Prends cet argent. Tu me rends plus service comme ça. Tu peux l'économiser et un jour tu pourras acheter un bœuf aux vieux, je sais ce qu'ils font, je sais où tu habites, joue pas les gros bras de la haute société avec moi, tu sais ce qu'on fait à tous ces snobs de la haute société, ici.

Il se détourna et partit, laissant son argent entre les mains du garçon.

Cette nuit-là, le garçon attendit que le vieil homme quitte le village pour la ville avec le charpentier, et que la vieille femme se soit endormie. Il creusa un trou dans la terre de l'étable, là où le bœuf du vieil homme était mort de faim, puis il plaça l'argent dans un pot d'argile qu'il recouvrit.

Au cours des semaines suivantes, il ressortait le pot de temps à autre, rajoutait de l'argent et l'enterrait à nouveau, et quelques fois il pensait : Est-ce que les esprits m'observent ? Et que pensent-ils de moi ? Mais si je fais ça, c'est pour ces deux vieillards. Comme ils travaillent dur dans les champs ! Et la vieille femme avec le harnais autour des épaules, c'est insupportable de la regarder tirer la charrue comme un bœuf, qu'est-ce que ça leur fait aux étrangers ? Ils s'en moquent, ils sont si riches et si gros. Mais les esprits le hantaient, il sentait leur présence de partout où il allait, et lors de cette vague de chaleur et de poussière de l'été, il se réveillait souvent au milieu de la nuit et tendait l'oreille à leurs chuchotements. Il lui arrivait de prendre son matelas, d'aller dormir dehors ou même dans la charrette.

Une nuit, la femme se réveilla et, à la lumière de la lune, le vit sortir de l'étable; elle crut qu'elle rêvait jusqu'à ce qu'il trébuche et tombe bruyamment. Elle l'appela et il lui dit qu'il n'arrivait pas à dormir à cause de la chaleur et des mouches et qu'il était allé se promener au bord du ruisseau.

Un peu plus tard, il se coucha dans l'obscurité et écouta les ronflements du vieil homme. Il songea à l'officier qui avait rejoint le bataillon le jour même : teint pâle, cheveux roux. Ils arrivaient et disparaissaient, puis de nouveaux venus prenaient leur place, apportant avec eux des choses et des choses, tant de choses. Puis ils en achetaient d'autres, encore et encore! Ils étaient docteurs pour la plupart, et il y avait un homme qui s'occupait de leurs esprits, un homme qu'on appelait l'aumônier, qui travaillait dans le long bâtiment peint en blanc et qui avait une tour avec une croix blanche tout en haut.

La femme semblait s'intéresser à l'aumônier.

– Est-ce qu'il chante? demanda-t-elle.

Le garçon lui répondit :

– Je ne l'ai pas entendu chanter.

– Dis-moi s'il lui arrive de chanter cette chanson, fit-elle et elle entonna pour lui de sa voix tremblante, *Que ta volonté soit faite, Seigneur, que ta volonté soit faite, tu es le potier et je suis l'argile.*

Le garçon lui demanda ce que ces paroles signifiaient.

– Je l'ai su autrefois, fit-elle d'un air un peu gêné mais j'ai oublié depuis. C'est dans la langue des étrangers.

Le vieil homme qui était assis à côté, fumant sa pipe, leur dit qu'ils lui donnaient mal à la tête à bavarder et à chanter comme ça, qu'il allait partir en ville avec le charpentier, puis il se leva et sortit.

– Il boit comme si nous étions encore au milieu de cette fumée noire, dit la femme.

– Les étrangers boivent beaucoup, dit le garçon. Le cuisinier dit qu'ils boivent pour oublier qu'ils sont loin de chez eux.

– Cet homme aussi a beaucoup à oublier. Il me dit que tu réveilles en lui des souvenirs.

Elle resta silencieuse un moment, puis elle ajouta :

– Je crois qu'il commence à bien t'aimer. Il ne veut pas te le montrer mais il m'a dit il y a deux ou trois jours que, si tu étais son fils, il préparerait déjà la cérémonie de la coiffe pour toi et que d'ici quelques années, il commencerait à te chercher une femme.

Le garçon eut soudain le visage en feu.

– Tu deviens un homme mais tu n'es pas notre fils et nous ne pouvons rien y faire, dit la femme en se levant pour aller à la cuisine. Tu me diras si tu entends l'étranger chanter ces paroles. Il t'expliquera peut-être ce qu'elles veulent dire.

Mais le garçon n'entendit jamais l'aumônier chanter ce chant. Lorsque l'automne et l'hiver arrivèrent, on se battait toujours quelque part dans le Nord et il y eut une famine dans le village. Certains parmi les plus vieux moururent et on entendit les lamentations des endeuillés : « Aigo, aigo ». Le charpentier fit leurs cercueils et monta en haut de la colline avec ses instruments de mesure pour déterminer l'endroit exact où ils devaient être enterrés.

Il y eut de nombreux blizzards et, sans cesse, la neige tombait sur la neige, bloquait les routes et rendait difficile l'accès aux collines pour aller chercher du bois. Le vent soufflait du Nord, changeant la neige en glace, puis la glace se transforma en une épaisse couche noire qui recouvrait les champs et les rizières; elle pendait des toits en une succession de couteaux noirs étincelants.

Parfois, les tentes faiblement éclairées dans le camp rappelaient au garçon la grotte dans la vallée.

De temps à autre, seul dans une tente à cirer les bottes d'un officier, il se perdait dans ses rêveries et il revoyait sa mère, son père, son grand-père; il revit Badook une fois, avec tant de netteté qu'il entendit ses aboiements et qu'il l'appela pour lui dire de se taire parce qu'il allait déranger le docteur qui se reposait dans la tente à côté, lui qui avait passé toute la nuit à veiller à l'hôpital. L'adolescent revenait le voir de temps à autre et ils échangeaient quelques mots, brièvement, et le vieil homme et la femme survécurent à l'hiver grâce à la nourriture que lui donnait le cuisinier. J'ai très peur et si on m'attrapait ce garçon détient un grand pouvoir vois ce qu'il nous rapporte de chez les étrangers l'homme le traite comme un domestique mais je vois bien le visage du vieil homme je lis dans ses yeux je le connais bien ce vieil homme il éprouve quelque chose pour ce garçon.

L'hiver fit place au printemps et la glace mit longtemps à fondre. Quand finalement ce fut de nouveau l'époque des labours le garçon alla chercher le pot d'argile dans l'étable et, en présence de la femme, il donna l'argent au vieil homme et lui dit que c'était pour acheter un bœuf. Et après un bref moment de stupeur qui le laissa bouche bée et un long silence chargé de sens, le vieil homme hocha la tête, prit l'argent et se rendit à la ville voisine avec le charpentier. Ils revinrent plusieurs heures après avec un bœuf.

Tout le village vint voir le bœuf, jeune, fort, la peau luisante et fauve. Fièrement, le vieil homme le mena à l'étable le tenant par l'anneau passé dans ses naseaux. Le lendemain matin, il attacha le bœuf à la charrue et prit les brancards tout en lui parlant. Il le guida à travers la rizière inondée et sentit derrière lui les regards envieux des autres paysans.

Pendant tout le printemps, le vieil homme se servit du bœuf. Quand il n'en avait pas besoin il le louait aux autres et avec l'argent, il achetait de la nourriture et des graines. Souvent quand elle faisait la cuisine chez elle, ou quand elle lavait le linge près du ruisseau, la femme se demandait : Mais d'où vient donc notre bonne fortune ? Il y a un an et demi maintenant que le garçon vit avec nous : est-ce à lui que nous le devons ? Est-ce que ce serait pour cette raison que l'homme veut qu'il reste ?

Un autre officier arriva vers la fin de l'automne et l'adolescent apparut un jour et demanda au garçon où l'officier avait rangé son nouveau poste de radio qu'il avait récemment acheté au magasin du camp et le garçon refusa de le lui dire. L'adolescent prit un air menaçant mais il ne dit rien et s'en alla.

Quelques jours plus tard, le poste disparut. Le garçon se mit à craindre que l'officier ne l'accuse du vol, mais l'officier en acheta un autre qu'il enfermait dans sa malle, chaque fois qu'il quittait la tente.

Un jour, tard dans l'après-midi, le garçon alla voir le cuisinier et le cuisinier lui dit qu'il y avait trop de vols dans le bataillon, n'avait-il pas vu que des gardes patrouillaient maintenant le périmètre du camp avec des chiens, et à partir de maintenant, tous ceux qui en sortiraient seraient d'abord fouillés au poste de garde : la nuit, on allumerait des braseros autour du camp et en conséquence il ne pourrait plus lui offrir de nourriture.

Le vieil homme ne sembla pas le remarquer : la femme pouvait maintenant acheter du poisson séché, des pommes de terre et de la viande au marché grâce à l'argent que rapportait le bœuf.

Au printemps, ils labourèrent et semèrent, et un jour, au milieu de l'été, ils entendirent dire que la guerre était finie, mais rien ne changea dans leur vie, et une nuit à l'automne, alors que le vieil homme était en ville à boire avec le charpentier, il se demanda si l'on rouvrirait bientôt les frontières entre les deux pays pour qu'il puisse aller chasser dans le Nord une dernière fois avant de mourir. Mais il ne pensait pas que cela se ferait. Il demanda au charpentier s'il croyait que le garçon pourrait un jour aller chasser dans le Nord, et le charpentier qui connaissait les souvenirs du vieil homme répondit que rien n'était impossible aux esprits, alors le vieil homme offrit au charpentier un autre verre d'alcool de riz.

Un après-midi, au cours de l'hiver, la femme était en train de laver des vêtements dans le ruisseau, penchée au-dessus de l'eau glacée et elle observa son visage reflété à la surface de l'eau dans les jeux d'ombre et de lumière. Elle était vieille et laide. *Seigneur, que ta volonté soit faite.* Elle se prit à penser que le ruisseau se jetait sans doute dans une rivière, que la rivière traversait la vallée et la grande ville, la rivière allait à la mer et la mer s'en revenait à la terre quelque part dans l'eau d'une autre rivière qui se divisait en mille ruisseaux, ceux-ci se déversaient à leur tour dans une rivière qui elle-même allait à la mer. Et si mon esprit entre dans le ruisseau, il vivra encore et encore dans le flux et le reflux de l'eau et de ses courants. Je serai la rivière et la berge, la grotte et le mont au milieu de la plaine. Comme son regard était pris dans le flot, elle vit les esprits de l'eau, sombres et tourbillonnants et, à son étonnement, ils tendirent les bras vers elle et l'attirèrent à eux tout doucement; elle se laissa glisser dans le ruisseau. Elle en fut retirée par les femmes qui se trouvaient auprès d'elle et qui la portèrent jusque dans sa maison.

Quand le garçon rentra, ce soir-là, il vit le vieil homme et le charpentier dans la maison et la vieille femme allongée sous les couvertures qui respirait à peine; son visage était de la couleur de la terre desséchée, un œil ouvert et l'autre clos. Il s'assit par terre près de la femme et attendit; il se fit petit, tout petit.

Elle mourut au cours de la nuit.

Tôt le lendemain matin, quand ils furent certains qu'elle était morte, le charpentier partit faire son cercueil. Et le vieil homme prit la chemise et la jupe de la femme, les jeta sur le toit de chaume et cria son nom. Puis il jeta du riz sur le toit et rentra dans la maison.

Le garçon le vit s'asseoir à côté de la femme et il entendit s'élever ses lamentations. « Aigo, aigo. » Il était là à écouter les gémissements du vieil homme et son cœur se glaçait.

Bientôt, deux femmes arrivèrent, elles demandèrent au garçon et au vieil homme de sortir et elles se mirent à préparer le corps de la femme pour l'enterrement.

Le garçon se demanda s'il devait préparer à manger mais il était très fatigué et il n'avait pas faim et le vieil homme semblait accablé par le chagrin. Ils restèrent donc assis, l'un à côté de l'autre dans la grande pièce, jusqu'à ce que le charpentier revienne avec un compas et quelques autres instruments, il échangea quelques mots à voix basse avec le vieil homme tandis que le garçon errait dans la cour; de temps en temps, il allait se poster devant la charrette, pour l'observer et la toucher; le bois était devenu glacial dans l'âpre vent d'hiver qui s'était soudain mis à souffler.

Le charpentier ressortit de la maison : petit homme à barbe blanche dans un manteau blanc, des pantalons blancs molletonnés et un chapeau cylindrique blanc. Le garçon le regarda s'éloigner vers les collines au-delà du village.

Quelques minutes plus tard les deux femmes sortirent de la maison à leur tour et passèrent devant le garçon sans un mot. Quand le garçon retourna à l'intérieur, il vit le vieil homme qui regardait, stupéfait, les gants de cuir fourrés que les deux femmes avaient trouvés dans le coffre où la femme gardait ses quelques effets. Il tendit les gants au garçon.

– Va travailler, dit-il, tu n'as rien à faire ici.

Le garçon avait cru que les gants s'étaient perdus, il ne se rappelait plus quand il les avait vus pour la dernière fois. Puis soudain, il se rappela la fille avec les gants de laine gris, portant le cadavre de son père et cet entassement de morts dans des positions grotesques. Pourquoi la vieille femme les avait-elle gardés? Pour elle toute seule. Ces gants à l'odeur de moisi, bruns, en cuir, doublés de fourrure et qui avaient appartenu au garçon.

Comme il quittait la maison, il vit la silhouette du charpentier au loin, qui montait péniblement au haut de la colline, s'arrêtant de temps à autre pour regarder le ciel d'un bleu glacé, prenant des mesures, avançant en lignes droites et en cercles jusqu'au sommet de la colline.

Un nouvel officier arriva ce jour-là, un homme inquiet aux cheveux bruns qui devait avoir dans les vingt-cinq ans, il remplaçait celui qu'ils appelaient l'aumônier. Le garçon l'observa tandis qu'il sortait ses livres de ses bagages et les rangeait soigneusement dans une vieille caisse en bois qui avait contenu des fruits, et qu'on avait retournée pour s'en servir comme d'une étagère dans la tente. Trois rangées de livres soigneusement ordonnés. Les livres de Grand-Père étaient entassés les uns sur les autres, sur les étagères dans la petite maison au fond de la cour. C'était étrange, cet aumônier n'avait pas de croix autour du cou, mais à la place, deux tablettes. Connaîtrait-il *Seigneur, que ta volonté soit faite* ?

Quand le garçon revint au village, le soir, le vieil homme lui apprit que le charpentier avait fini le cercueil.

– Et la tombe ? demanda le garçon.

– Le lieu qui convient à la tombe se trouve au sommet de la colline près du village.

– C'est un bon endroit, répondit le garçon.

– Mais le sol a gelé et nos pioches ne peuvent pas creuser la terre.

Le garçon se sentit tout entier parcouru par un terrible frisson.

Les yeux du vieil homme étaient traversés d'images funèbres, de corps gelés, de feu, de fumée noire. Que le garçon utilise une fois encore ses pouvoirs pour cela.

Le lendemain matin, le garçon se rendit hâtivement au camp et parla avec le cuisinier. Au début de l'après-midi, l'adolescent apparut à la porte de la tente où le garçon était assis à cirer les bottes de l'officier.

– Tu les fais bien briller, ces bottes. Le cuisinier m'a dit que tu voulais me voir. C'est pourquoi ?

Le garçon lui parla de la tombe et de la terre gelée. L'adolescent fit un large sourire et lui dit :

– Tu es venu frapper à la bonne porte, mais il faut d'abord que tu fasses quelque chose pour moi. Il faut que tu me promettes quelque chose.

Peu avant le retour du garçon au village, un homme se présenta devant la maison et donna une pioche au vieil homme. Il n'avait qu'à la garder, dit-il.

Tôt le matin, le vieil homme monta avec le garçon en haut de la colline. Ils se relayèrent avec la pioche et la bêche, et avec les gants de cuir et ils se mirent à creuser la tombe. Creuser, labeur harassant et monotone, avec la pioche et la bêche, presque cinquante centimètres de terre gelée jusqu'à ce qu'ils trouvent un sol meuble, encore assez dur toutefois pour qu'ils aient besoin de la pioche mais sans avoir à porter ces coups d'une telle violence qu'elle ébranlait leurs corps.

Cet après-midi-là, la procession funèbre quitta le village et suivit lentement le chemin jusqu'en haut de la colline. Le garçon était de ceux qui portaient le cercueil. Les femmes du village gémissaient. Le garçon observa en tremblant les hommes qui jetaient de la terre sur le cercueil au fond de la tombe qui se remplissait. Un vent cruel et mauvais soufflait sur la montagne et le ciel bleu semblait aussi gelé que la terre. Depuis l'endroit où il se tenait, il pouvait voir le camp du bataillon et le bâtiment bas et long avec la croix blanche et la tente de l'aumônier. Il détourna les yeux et vit le vieil homme qui tenait un coffret ouvert au-dessus de la tombe et il l'entendit crier le nom de la femme, et il vit, il en était certain, une ombre grise qui s'éleva de la tombe pour entrer dans le coffret que le vieil homme ferma, puis tous, les uns derrière les autres, redescendirent la colline.

Le vieil homme emporta le coffret dans la maison et le plaça à côté de la boîte qui contenait l'esprit de son père. Il le couvrit d'une étoffe blanche et s'assit devant, silencieux, les yeux fermés.

Le lendemain matin le garçon prépara la nourriture pour le vieil homme et pour lui-même, et il l'offrit à l'esprit de la femme en la laissant un moment devant le coffret. Ils mangèrent puis le garçon nettoya les bols, puis il monta au haut de la colline et se tint debout devant la tombe fraîche. Un petit monticule de terre. Il essaya de s'imaginer le visage de la femme sous la terre, mais à la place, il vit le visage de sa mère. « Amuni », murmura-t-il. De la terre dans ses yeux et dans sa bouche. Le village en feu.

Le nouvel officier, l'aumônier était furieux : en se réveillant, il avait découvert que son magnétophone avait disparu. Le garçon saisit une partie de ce qu'il entendit l'officier dire aux autres officiers. Ce magnétophone était un cadeau d'adieu que lui avait fait sa compagne. Ah, si on trouvait les voleurs qui ont fait ça ! A partir de maintenant, il dormirait avec une baïonnette sous l'oreiller. La colère de cet homme effrayait le garçon. Plus jamais. Il ne ferait plus jamais ça. C'était trop dangereux maintenant.

Ce soir-là, le garçon prépara le dîner pour le vieil homme et pour lui-même et de nouveau il l'offrit à l'esprit de la femme. Au matin il se rendit au sommet de la colline. Il murmura « Amuni » en s'adressant à la femme et il se rendit compte que c'était aussi à sa mère qu'il parlait alors. Puis il s'entendit dire : « Grand-Père, Père » car il les voyait tous là, dans la tombe de la femme.

Et il répéta ces mêmes gestes, tous les jours de la semaine qui suivit.

Un jour, le vieil homme le vit mettre le grand chapeau de deuil, monter jusqu'à la tombe, puis revenir et ôter le chapeau avant de se rendre chez les étrangers. Le vieil homme ne mettait jamais le chapeau de deuil : on ne portait pas le chapeau de deuil pour sa femme parce qu'une femme peut toujours être remplacée, mais lorsqu'une mère ou un père meurt, ils sont perdus à jamais. Pourtant le vieil homme souffrait de la perte de la femme, parce que tout d'un coup, il n'y avait plus personne pour lui préparer à manger ou pour laver et réparer ses vêtements et qu'est-ce qu'il serait devenu sans le garçon qui faisait la cuisine pour lui ? Et certains souvenirs précis le hantaient : il entendait nettement sa voix et il revoyait son visage, quand elle était jeune, avant qu'elle ne devienne laide. Pourquoi donc ne s'était-il pas remarié quand il était devenu évident qu'elle ne pouvait pas avoir d'enfants ? Avait-il éprouvé pour elle quelque chose de plus profond que ce qu'exigeait un mariage de convenances ? Et maintenant, l'esprit de la femme semblait l'entourer de toutes parts, même quand il allait en ville avec le charpentier pour oublier son chagrin, et un matin, tandis qu'il observait le garçon qui se rendait à la tombe coiffé du chapeau de deuil, il sentit au plus profond de lui-même se dérouler un chemin tortueux menant à des portes qui s'ouvraient sur des profondeurs toujours plus obscures, des cavernes qui débouchaient sur d'autres cavernes, et son cœur se mit à battre très vite et il se demanda si c'était là ce que signifiait le mot « amour » qu'il avait entendu prononcer de temps à autre, cette impression déroutante, à sentir soudain une bouffée de tendresse, la chaleur secrète d'un lien : tout ce qu'il éprouvait maintenant pour le garçon, mais bien sûr il n'en dit rien, ni à lui, ni même au charpentier.

Les semaines passèrent et chaque jour le garçon se rendait au sommet de la colline, coiffé de son chapeau de deuil, il se postait devant la tombe de la femme qui était aussi celle de son grand-père, de sa mère, de son père. Parfois il chantait la chanson que lui avait apprise la femme. *Que ta volonté soit faite, Seigneur, que ta volonté soit faite.* Et il faisait au-dessus de la tombe les gestes verticaux et horizontaux. Il parlait toujours aux esprits de la femme, de son grand-père et de ses parents, il leur parlait du travail qu'il faisait au service des étrangers et de sa vie auprès du vieil homme ; une fois, il demanda même à haute voix si c'était là qu'il passerait le restant de ses jours. Est-ce que c'était tout ce qu'il pouvait faire ? Si je peux faire autre chose, montrez-le-moi. Parfois il se réveillait au milieu de la nuit tremblant encore au souvenir des rêves qui l'avaient hanté, il restait couché dans l'obscurité et il sentait soudain s'écouler du haut de la colline le fluide réconfortant des esprits de la tombe.

L'adolescent continuait à venir le voir quand il ne s'y attendait pas. Il semblait connaître tous les jeunes garçons qui travaillaient dans le camp et beaucoup de sergents américains. Un jour, le garçon le vit jouer au football dans un nuage de poussière au milieu du camp, c'était au printemps, lors de la première semaine de chaleur. Un peu plus tard, l'adolescent vint le voir avec un large sourire, il sentait la sueur.

– Si tu me rends service, je te rendrai service, dit-il, tu as eu ton bœuf et ta pioche, si tu veux encore quelque chose d'important, tu n'as qu'à m'aider et je t'aiderai. Si tu ne m'aides pas, je trouverai quelqu'un d'autre, des garçons comme toi il y en a partout, à tous les coins de rue, alors refléchis bien.

Il s'en alla et revint un peu plus tard le même jour.

– Où est-ce que ton officier a rangé le nouvel appareil photo qu'il vient d'acheter ? Je partagerai avec toi, moitié, moitié, c'est plus qu'avant.

Le garçon secoua la tête et ne dit rien, l'adolescent s'en alla.

Quelques jours plus tard on sentit une étrange agitation dans le camp et comme une excitation dans l'air. Le garçon perçut cela clairement et alla voir le cuisinier.

– Ah, le bataillon va se trouver un nouvel emplacement, dit le cuisinier.

Le garçon s'inquiéta.

– Pourquoi s'en vont-ils ?

– Trop de poussière, elle vient de la route, sans cesse, ça rentre dans l'hôpital et c'est mauvais pour les malades.

– Je vais perdre mon travail ?

– Ça, j'en sais rien.

– Est-ce qu'ils s'en vont loin ?

– Non, non, juste là-bas, dit le cuisinier en montrant du doigt, à travers les grandes fenêtres des cuisines, la colline au-dessus du village.

Le garçon sentit la terre trembler sous ses pieds.

Ce soir-là, il rentra au village en courant pour se rendre compte, en arrivant, qu'ils étaient déjà tous au courant : le charpentier en avait été informé par une de ses connaissances qui travaillait au bureau de l'administration. Les étrangers viendraient bientôt s'installer au sommet de la colline. Oui, avait dit le charpentier d'un air sombre, ils allaient devoir changer l'emplacement de la tombe.

– Où ? demanda le garçon.

– De l'autre côté de la colline, dit le charpentier.

– Ça va nous porter malheur, dit le garçon en tremblant.

– Sers-toi de tes pouvoirs pour les en empêcher, dit le vieil homme d'une voix pressante.

Le garçon le fixa, interrogateur.

– Toi tu sauras comment les arrêter dit le vieil homme. Tu as sauvé le village, tu nous as apporté de la nourriture, tu as trouvé de l'argent pour le bœuf – il y avait du désespoir dans sa voix – les esprits puissants qui sont avec toi protégeront la tombe.

Même le charpentier lui lançait des regards

d'espoir. Et les yeux du garçon passaient de l'un à l'autre, pleins d'étonnement ; il comprit soudain la raison pour laquelle le vieil homme lui avait permis de rester avec eux dans le village ; et à ce moment précis, le vieil homme qui observait le visage effrayé et fragile de l'enfant, ses yeux surpris, son menton tremblant, comprit qu'il l'aimait vraiment et profondément. Mais comme il ne savait que dire ou que faire, il ne dit rien, il ne fit rien.

Le lendemain matin, le garçon alla parler à l'aumônier, dans son anglais hésitant et incorrect.

– Bataillon se déplace sur la colline, monsieur ?

L'aumônier parut surpris, il avait passé un mois dans ce bataillon et il ne l'avait jamais entendu dire quoi que ce soit.

Il allait et venait sans dire un mot, se faisant tout petit.

– Où as-tu appris à parler l'anglais ?

– J'écoute soldats américains, monsieur. Soldats disent ils vont déplacer tombe, monsieur. Ce n'est pas un bon endroit. Mauvais pour Amuni. Très mauvais pour le village.

– Calme-toi, voyons. De quoi parles-tu ?

– Tombe d'Amuni sur la colline.

– Quoi ?

– Amuni, monsieur. Mama-san. Amuni fait de bonnes choses pour nous. Amuni a bon endroit pour tombe, regarde vers le sud. Mais maintenant gens mauvais venir dans le village monsieur. Mauvais hommes et Mauvaises femmes.

– Quel village ?

– Village près de la colline, là où je vis. Les gens mauvais vont venir pour faire de l'argent avec les Américains.

– Je suis désolé, mais je ne peux rien y faire. Quel âge as-tu ?

– Treize ans, presque quatorze, monsieur.

– Pourquoi ne vas-tu pas à l'école ?

– Pas d'argent, pas d'école, monsieur. Grand-Père érudit, et poète, mais guerre venue et village brûlé et tout le monde mort. Et je vis avec fermier dans village.

Il vit le visage de l'aumônier s'obscurcir et prendre une expression de tristesse, comme revenaient le troubler des souvenirs oubliés depuis longtemps.

– Je ne peux rien faire à propos de cette tombe, dit l'aumônier en se détournant.

Le garçon alla parler à un autre des officiers, un médecin qui l'écouta et demanda :

– Pourquoi t'inquiètes-tu tellement de cette tombe, si ce n'est pas celle de ta vraie mère ?

– Esprit de ma mère aussi dans tombe, monsieur. Et esprit de mon père. Et esprit de mon grand-père. Tous dans même tombe. Pas d'autre tombe pour eux.

– Je ne comprends pas, c'est une bonne idée d'aller sur cette colline, ça nous débarrassera de cette saleté de poussière.

Deux jours avant le début des labours de printemps, le vieil homme, le garçon et le charpentier amenèrent la charrette au sommet de la colline, le vieil homme et le charpentier tiraient sur les brancards et le garçon poussait derrière. Ils ouvrirent la tombe. Le vieil homme ne laissa pas le garçon regarder à l'intérieur tandis qu'il enlevait le cercueil avec le charpentier pour le charger sur la charrette et le recouvrir de toiles. Ils poussèrent la charrette jusqu'à la pente, de l'autre côté de la colline, et tandis que le garçon détournait toujours ses regards, ils enterrèrent à nouveau la femme dans cette autre tombe qu'ils avaient creusée un peu plus tôt. Puis ils retournèrent au village et ce soir-là, après le dîner, le vieil homme partit en ville avec le charpentier, le garçon dormit dans la charrette dans la cour et il ne se réveilla pas quand le vieil homme revint.

Un des garçons de son âge qui travaillait pour les officiers disparut. Ils étaient devenus amis, et il demanda ce qu'il lui était arrivé mais personne ne semblait savoir.

Un autre garçon revint au bout d'une semaine, le visage couvert de bleus, mais il refusa de répondre aux questions qu'on lui posa sur son absence.

Pendant les labours, une nouvelle maison fut rapidement construite aux abords du village et quatre jeunes femmes vinrent s'y installer. Elles se prélassaient dans la cour et le garçon les voyait lorsqu'il se rendait au camp et revenait au village et chaque fois il sentait cette même chose dure entre ses jambes. La nuit, les étrangers venaient dans la maison et il entendait la musique et les rires qui s'en échappaient. Tous les habitants savaient que c'était là la fin de leur village, et le vieil homme et le charpentier savaient que les pouvoirs du garçon s'arrêtaient là, son pouvoir ne pouvait vaincre celui des étrangers.

Un jour, au temps des semis, le vieil homme leva les yeux et vit des camions transportant d'énormes machines à travers les champs d'herbes sauvages qui séparaient le camp du bataillon, de la colline, et bientôt des bulldozers avec de grosses chenilles et des lames, des tracteurs avec des dents capables de creuser des tranchées s'attaquaient à la colline et la nivelaient.

Ils viennent avec leurs machines et leurs cœurs de fer, les étrangers, et ils changent le visage du monde. Ils apportent des changements et la mort et d'autres changements, et encore la mort. Est-ce que les esprits changent, eux? Y a-t-il une nouvelle mort et une nouvelle vie et une nouvelle mort et une nouvelle vie aussi, parmi les esprits?

Au cours des semaines qui suivirent, les machines changèrent le visage de la colline, le sommet en fut élargi et aplani, une large route apparut, il y eut de profondes rigoles et de longs bâtiments blancs, bas, avec de grandes croix rouges sur les toits.

Quand les premières pluies tombèrent, les caniveaux furent inondés et certaines des maisons glissèrent sur le flanc de la colline, mais les machines les remirent en place et on creusa des caniveaux plus profond qu'on borda de pierres. De nouvelles maisons apparurent aussi dans le village, et d'autres filles et des hommes qui étaient des étrangers ouvrirent des boutiques de fortune faites de quelques planches dans lesquelles on vendait de la nourriture et des vêtements, des uniformes et des bottes volées aux étrangers.

Un matin, au début de l'automne, l'adolescent entra dans le camp du bataillon et vint voir le garçon.

– Écoute, dit-il, nous allons bientôt nous installer sur cette colline, là-bas, tu as le choix, tu es avec moi ou tu es mon ennemi, si tu es mon ennemi tu ne travailleras pas dans ce nouvel endroit. Si tu es avec moi, tu me dis où l'officier a rangé son nouvel appareil photo. J'ai entendu parler de cet appareil photo, c'est quelque chose de très rare.

Le garçon ne répondit pas et l'adolescent s'en alla mais il revint l'après-midi même.

– Écoute, quand nous partirons pour la colline, je te permettrai de m'aider à emmener les étrangers à cette nouvelle maison dans le village, parce qu'on me dit que tu es intelligent et j'ai besoin de toi parce que tu parles l'anglais. C'est ma maison, c'est moi qui la dirige. C'est avec ça qu'on fait le plus d'argent, et je te promets que tu en auras ta part. Si tu ne veux pas, tu n'as qu'à me le dire et je trouverai quelqu'un d'autre. Qu'est-ce que tu en dis, hein ? Réfléchis à ma proposition.

Il partit et revint le lendemain matin.

– C'est mauvais pour mes affaires si on entend dire qu'un de mes garçons ne m'écoute pas. Je peux pas laisser faire ça. Parce qu'après les autres se mettront à ne plus m'écouter. Tu comprends ? Je veux que tu y réfléchisses bien.

Plus tard dans l'après-midi, le garçon parla à un des docteurs. Le docteur lui répondit qu'il était fatigué, qu'il avait passé la moitié de la nuit debout, à cause des urgences. Et que le garçon ferait mieux d'aller voir l'aumônier.

L'aumônier était parti au Japon pour une retraite religieuse. Le garçon parla à l'assistant de l'aumônier, un homme d'une vingtaine d'années, aux cheveux blonds, à l'air jovial. Il ne savait rien sur le travail qu'on pouvait trouver à Séoul. Et pour l'amour du Ciel, pourquoi ce garçon voulait-il aller à Séoul ? Séoul était un endroit épouvantable. Le garçon allait devoir attendre un jour ou deux le retour de l'aumônier.

Cette nuit-là, l'adolescent vint s'installer dans le

village, dans la maison avec les quatre jeunes femmes. Le lendemain matin, il apparut à la porte de la tente de l'aumônier alors que le garçon balayait le sol. Il l'observa un moment et dit :

– Tu veux faire ça pour le restant de tes jours, travailler pour les étrangers comme une femme, vieillir à travailler pour les étrangers ? Travaille pour moi, tu feras de l'argent, rapidement. Tu es un garçon intelligent, je t'ai observé pendant tout ce temps, tu parles anglais, t'apprends vite, tu feras beaucoup d'argent. Qu'est-ce que t'en penses ?

Le garçon resta silencieux.

– Écoute. Tu m'écoutes ? Un bœuf peut toujours mourir. Il est là, bien vivant, et l'instant d'après, hop, le voilà mort. Tu le sais, non ? Et les maisons, ça brûle. Tu le sais, non, que les maisons ça brûle ?

Le garçon dit :

– L'étranger a emporté son appareil photo avec lui. Quand il reviendra, je te dirai où il le range.

L'adolescent lui adressa un large sourire.

– Bravo ! Bravo ! Tu es malin ! Tu as compris !

L'aumônier revint et, le lendemain, le garçon entra précautionneusement dans la tente, alluma le poêle, emplit la bassine d'eau et le réveilla.

– Je peux vous parler, monsieur ?

L'aumônier se leva sur un coude.

– Quelle heure est-il ?

– L'heure de se lever, monsieur. Je peux vous parler ? Vous, vous êtes un homme qui connaît les esprits.

– Quoi ?

– Vous avez pouvoirs, monsieur, plus que tous les autres. Vous, vous voulez m'aider ?

L'aumônier s'assit au bord du lit et resta quelques instants à observer le garçon.

– Quelqu'un peut me faire du mal, monsieur. C'est homme mauvais, il peut faire du mal aussi à abuji papa-san, il vit dans le village maintenant, monsieur je peux pas dire son nom à vous parce qu'il me ferait beaucoup de mal, et... et... il veut prendre votre appareil photo, mais je lui ai pas dit où il était et... et... il peut me faire du mal et à abuji papa-san aussi et j'ai peur et... et... et je veux partir, peut-être très loin, peut-être jusqu'à Séoul, pour travailler et étudier, Grand-Père était un érudit et un grand poète, il voulait que j'aille étudier et... et... Et... vous m'aiderez, monsieur, vous avez de grands pouvoirs, et vous connaissez les esprits, s'il vous plaît, monsieur...

L'aumônier resta parfaitement immobile, il regardait fixement le garçon.

– Je vous en supplie, dit le garçon.

L'aumônier dit :

– Je vais le faire arrêter.

Le garçon se mit à trembler.

– Oh non, monsieur.

– Pourquoi pas ?

– Il a beaucoup d'amis, monsieur. Ils peuvent me faire beaucoup de mal. Ils peuvent faire du mal à abuji papa-san. Il a dit qu'ils tueraient le bœuf et qu'ils mettraient le feu à la maison, monsieur.

Le village en feu et la terre dans les yeux et la bouche du vieil homme.

L'aumônier se leva.

– Tu dis que ton père était érudit ?

– Mon grand-père, grand érudit et grand poète.

– Qu'est-ce que ça veut dire, ici, un érudit ?

Ils discutèrent tandis que l'aumônier se lavait et s'habillait. Le garçon regarda encore une fois avec étonnement l'étoile à six branches et les tablettes qu'il portait en insignes. Ils marchèrent ensemble jusqu'au bâtiment blanc dont la tour était surmontée d'une croix.

Cette nuit-là, le vieil homme écouta ce que le garçon avait à lui dire et s'écria :

– Égoïste, tu veux t'en aller, maintenant, pour étudier ? Je suis un vieil homme. Qui me préparera à manger ? Qui lavera et réparera mes vêtements ? Comment finirai-je mes jours, tout seul ? Et où est donc ta fidélité, et ta gratitude, dis-moi un peu où elles sont, après tout ce que j'ai fait pour te sauver la vie ? Et qu'est-ce que l'esprit de la femme dira de ça ? Qui s'occupera de sa tombe ?

Le garçon ne répondit pas. Faut-il lui dire qu'ils tueront son bœuf et brûleront sa maison si je reste ? Il va se mettre à crier : « Ils ne méritent que le couteau ! » et il irait peut-être le dire au charpentier, et une guerre éclaterait entre les vieux et ces gangs de jeunes hommes. Et si je reste, où irai-je travailler ? Je trouverai peut-être du travail quelque part et je me ferai petit pour qu'ils ne me trouvent pas. Est-ce que je vais passer toute ma vie en restant petit. Petit, encore, et encore... encore et... toujours. Non ! j'ai cessé d'être petit au milieu des feux et de la fumée dans la plaine. Je ne serai plus jamais petit.

Il se réveilla tôt le lendemain matin, s'habilla, traversa le village et monta en haut de la colline. L'air était doux et frais, clair dans les rayons du soleil. Les bâtiments silencieux du nouveau camp attendaient leurs occupants. Des gardes avec leurs chiens patrouillaient tout autour.

En longeant le camp, il se rendit sur le versant opposé de la colline, le terrain était parsemé de rochers et couvert de hautes herbes. Il arriva à la tombe de la vieille femme, un petit monticule de terre signalé par une simple pierre. Des oiseaux s'égaillaient dans l'herbe et dans le ciel, là-haut. Un arbre aux branches tordues poussait à proximité, perdant ses dernières feuilles, il arracha les mauvaises herbes qui avaient poussé sur la tombe et y déposa les fleurs sauvages qu'il avait cueillies en chemin. Il se tint debout face à la tombe et vit, juste devant ses yeux, un seul et même visage : celui de la vieille femme, de sa mère, de son grand-père et de son père. Un visage qui était tous leurs visages en même temps. Leurs yeux, leurs nez, leurs bouches étaient maintenant confondus.

Soyez avec moi pour toujours, gardez-moi des esprits malins et protégez-moi des méchantes gens, et aussi, accompagnez-moi là où je vais, ailleurs, et faites que ce soit mieux qu'ici et... et aussi... et...

Sa voix aiguë et fluette s'éleva dans le silence du matin, il chanta doucement la chanson de la vieille femme. *Que ta volonté soit faite, Seigneur, que ta volonté soit faite, tu es le potier et je suis l'argile.*

Il n'eut pas le sentiment d'être entendu. La tombe semblait dégager une grande tristesse, on eût dit qu'elle exprimait le désespoir des esprits qui y séjournaient. Les esprits seraient-ils aussi démunis que les hommes ? Peut-être qu'il n'y a plus d'esprit, peut-être que les esprits ont tous été tués par la guerre, et il ne nous reste qu'un néant à combler. Le néant. Menaçant comme la grotte, haut comme les montagnes, ample et glacé comme la plaine. Est-ce vers ce néant que je suis conduit ? Il en était ainsi de la fille et de sa mère lorsqu'elles quittaient leur abri sur la plaine et s'avançaient vers cette ouverture étroite au-delà des cadavres... pour aller où ? Combler le néant... avec quoi ? Aide-moi, toi, mon village mort. Sois maintenant ma force, toi, ma tombe abandonnée.

Au bout d'un moment, il repartit lentement vers le pied de la colline. Après avoir fait quelques mètres, il fit demi-tour, revint jusqu'à la tombe et ramassa deux poignées de terre, qu'il mit dans les poches de sa veste. Il retourna à la maison, et dans la cuisine il vida ses poches et mit la terre dans un pot propre qui avait autrefois contenu de la nourriture donnée par le cuisinier dans le camp américain. Il revissa le couvercle et laissa le pot sur une étagère de la cuisine.

La veille du départ des officiers du bataillon qui devaient prendre leurs quartiers en haut de la colline, le vieil homme, le charpentier et le garçon marchèrent ensemble jusqu'à la gare de la ville la plus proche. Le garçon portait un sac qui contenait les rares objets qui lui appartenaient ainsi que les gants fourrés que le vieil homme lui avait rappelé de prendre. Et le pot plein de cette terre qu'il avait ramassé sur la tombe.

– Peut-être que ton pouvoir te reviendra quand tu seras à la ville, dit le vieil homme en clignant les yeux au soleil. Il ne connaissait pas les mots pour dire au garçon ce qu'il ressentait et il continuait de regarder fixement le ciel bleu de l'automne.

Le charpentier tendit au garçon un morceau de papier avec les noms et les adresses de deux personnes qu'il connaissait à Séoul.

– Dans une grande ville inconnue, dit-il, il peut être utile de connaître quelqu'un.

– Je voudrais te dire quelque chose, dit le vieil homme au garçon. Je te parle comme si j'étais ton père, bien que je ne sois pas ton père, tu n'es pas de mon sang. Séoul est une très grande ville et il est facile de s'y perdre. Tu devrais aller tout droit à cet endroit dont t'a parlé l'étranger. Là, il faudra que tu travailles dur et que tu obéisses à ceux qui sont au-dessus de toi. Éloigne-toi des femmes de la rue, et des femmes dans les maisons comme celle de notre village, des femmes comme ça ne t'apporteront que des maladies et des malheurs. Mange de la viande aussi souvent que possible, pour que ce que tu as entre les jambes devienne grand et ferme. Je l'ai appris de mon Oncle, qui, comme je te l'ai dit, était un grand chasseur dans le Nord. C'est tout ce que je voulais te dire.

Il y avait beaucoup de monde à la gare. Les gens bavardaient et attendaient patiemment l'arrivée du train. Le vieil homme observait les voitures sur la grande route. Des machines et encore des machines et rien que des machines. Mieux valait être vieux et mourir bientôt.

Le train entra en gare et ralentit dans un crissement de freins et de roues.

Le garçon s'inclina très bas devant le vieil homme et le charpentier. Le vieil homme détourna la tête pour que le garçon ne puisse pas voir ses yeux.

Le garçon monta dans le train. C'était le matin et il n'y avait pas beaucoup de passagers. Il se trouva une place à côté de la fenêtre et posa son sac sur le porte-bagages au-dessus de sa tête. La fenêtre était couverte d'une épaisse couche de poussière jaune.

JE SUIS L'ARGILE

Une fois assis, le garçon regarda par la fenêtre, le vieil homme et le charpentier. Ils étaient sur le quai de terre battue et le regardaient d'un air solennel. Il leur fit un signe de la main auquel ils répondirent. Deux hommes, vieux et laids. Et pourtant ils étaient plus rassurants que le vide devant lui. Sois mon soutien, petit pot de terre.

Un bruit de métal, une secousse et le train quitta la gare.

Le vieil homme et le charpentier reprirent le chemin du village.

Ils traversèrent le caniveau le long de la grande route. Comme ils la suivaient le vieil homme vit un oiseau qui volait très haut dans le bleu du ciel. Ailes immenses qui dessinaient de grands cercles. Au marché il acheta une tranche de bœuf en se disant qu'il essayerait de se faire à manger lui-même ce soir-là. Et ensuite, il irait boire de l'alcool de riz, en ville, avec le charpentier. Il oublierait bien vite le garçon. Très mauvais d'avoir trop de souvenirs. Et l'oiseau tournait toujours. Un faucon. Qui tournait et planait et tournait et planait. Faucon de mon Oncle, ombre grise et rapide à travers l'étroite vallée, guide le garçon sur cette terre brune, faucon. Délivre-le de la colère des esprits. Un cercle encore. Et maintenant, l'oiseau s'élève plus haut, et plus haut. Et là, là, trop tôt, trop vite, disparaît.

Cet ouvrage a été réalisé par la
SOCIÉTÉ NOUVELLE FIRMIN-DIDOT
Mesnil-sur-l'Estrée
pour le compte des Éditions Lattès
en janvier 1993

Imprimé en France
Dépôt légal : janvier 1993
N° d'édition : 93009 – N° d'impression : 22398